玄冥宮の屍《し》王《おう》

有田くもい

角川文庫
24416

目次

人物紹介

潤《じゅん》冬《とう》惺《せい》

強い霊力を持つ優秀な鬼方士。
過去の傷に捕らわれている。
穏やかで真面目な性格で、手先が器用。

白《はく》玲《れい》

当代「屍王」。極めて美しい容姿を持つ。
性格は頑固だが繊細なところも。
美味しいものに目がない。

屍王《しおう》とは……

冥府の王・九玄大帝《くげんたいてい》の力を借り、現世で「梟炎」を狩る使命を帯びた存在。后妃の赤子の魂を喰らい生まれるとして、「屍王」と呼ばれている。その心には使命しかなく、感情に欠けるとされているが、近年変容をみせている。玄冥宮に住まう。

梟炎《きょうえん》とは……

もとは神獣・梟叫《きょうきょう》として、冥府で人々の霊魂を浄化していた。しかしある許されざる罪を犯し、九玄大帝により切り刻まれ、無数の欠片《かけら》となって人の世に逃げた。それらが梟炎と呼ばれる。

張《ちょう》霖《りん》雨《う》

玄冥宮の管理を担う宦官。
端整な顔立ちと如才のないふるまいで
後宮女性からの人気は高いが、計算高い。

凜々《りんりん》
宵胡《しょうこ》

冥府から遣わされた侍女たち。
幼い見た目をしているが、
結構長く生きている。
白玲の世話を焼くのが好き。

イラスト／サマミヤアカザ

序

陽がのぼるにつれて、絹の帳《とばり》をはぐように空の暗がりが消えていく。

回廊を抜ける風に混じり、春蘭が淡く香る。

いまは春の終わり。その訪れを告げる春蘭の花が咲く時季はとうに過ぎているはずなのだが……。

季節外れの香りに気を取られて、潤冬惺《じゅんとうせい》は立ち止まる。

歳は二十代半ばといったところか。鋭く飛ぶ矢のように鍛えられた体軀《たいく》が精悍《せいかん》な印象を放つ青年だ。

さらには黒ずくめの装束に、腰には使い込まれた剣と、身なりもどこか厳《いか》めしい。

けれど、端整で優しげな容貌《ようぼう》が武張《ぶば》った雰囲気を薄めるのか、向き合う者に恐れや警戒心を抱かせない。

「どうかしましたか？」

前を歩いていた張霖雨《ちょうりんう》がふり返り、尋ねてくる。

高く涼やかな声と同じく、面差しも麗しい青年は深緑の官服をまとっている。太星国《たいせいこく》皇城において、それは宦官《かんがん》を意味する衣だ。

「いえ、その……春蘭の香りがしたので」

冬悍の返答に、霖雨は感心した風に眉《まゆ》を上げる。

「おや、この花香を言い当てるとは驚きです。五岳《ごがく》の鬼方士《きほうし》など、荒々しい無頼漢ばかりかと思っておりましたが、どうやら冬悍殿は違うようだ。品良く柔らかな見目のみならず、風雅を解する心もお持ちでいらっしゃる」

思いがけない反応に冬悍は戸惑う。

人が生きる世界——現世には穢鬼《えき》と呼ばれる妖異《ようい》が存在する。

太古の昔、神と人の生きる世界が隔てられる際に、現世に残ってしまった穢《けが》れの塊、それが穢鬼である。

穢鬼は人の血肉を好み、喰《く》らう。言うなれば害獣であり、有史より延々、人はその犠牲になってきた。

穢鬼の多くは猛獣よりはるかに強く、出くわそうものなら人は枝葉のごとく容易《たやす》く斬り裂かれてしまう。

しかし、長い時を経るうちに、人の中に穢鬼を退治する術《すべ》を持つ存在があらわれはじめた。霊力という五行《ごぎょう》に通じる力を使いこなす者たち。それが鬼方士だ。

冬悍は幼い頃に親を失い、孤児となったが、持って生まれた霊力のおかげで五岳——鬼方士が集う組織に入ることができた。

鬼方士は脅威を祓《はら》う存在として、人々より敬意をはらわれてはいる。

だが、黒一色の装束に加えて、武器を持ち、異能をふるうせいか、得体が知れないと恐ろしがる者も少なくない。さっき、霖雨が口にしたように、粗野で血気盛んという先入観を抱かれがちな面もある。無論、そういった者がいないとは言えないが、厳しい規律の下に生きる鬼方士たちは大部分が礼節を弁《わきま》えている。中には、学者や高官も顔負けの知識や教養を持つ者もいるくらいだ。

とはいえ、生憎《あいにく》冬惺はその範疇にない。

気質は真面目で謙虚、なおかつ辛抱強い。けれど、情趣の有無となるといささか心許《こころもと》なくなるのが潤冬惺という青年だ。当人自身も、己を剣をふるうくらいしか能のない不調法者だと思っている。

そんな風に、世間の機微にはやや鈍い冬惺ではあるが、霖雨が自分を褒めている訳ではないのはわかっている。おそらくは揶揄《やゆ》の意味が濃いのだろうが、それでも風雅などと言われてはどうにも据わりが悪かった。

「そんな大層なものでは。玄冥宮《げんめいきゅう》は春蘭の香りがする、というのは五岳では誰もが知る話でしたので」

「なるほど、そういうことでしたか。では、噂が真実と知り、感動されたと？」

「……実感した、という方が正しいかもしれません」

霖雨に対するというより、どこか独り言に近い口調で冬惺は答える。

玄冥宮を取り巻く、春蘭の香りに触れればすべてがわかる。それが、五岳に伝わる屍《し》王《おう》に関する風聞だ。

市井と比べればまだ近いといえる鬼方士にとっても、玄冥宮の屍王は謎に包まれた存在である。時には、本当にいるのだろうかという疑いさえ頭をもたげる。

だが、話に聞く春蘭の香りに触れて、いや正確には花香がはらむ尋常ならない霊力を感じ取り、冬惺は全身全霊で思い知った。確かに、この回廊の果てには人よりも神に近い存在がいるのだと。

他の霊力を感知するにも、ある程度の霊力が必要となる。霖雨にすれば、この香りも単なる花の匂いに過ぎないのだろう。説明したところで伝わらない部分は肚《はら》に収めて、冬惺は霖雨に頭を下げた。

「すみません、余計な刻を取らせました」

「お気になさらず。では、参りましょうか」

霖雨はにこやかに踏み出し、冬惺もあとに続く。

高い壁に挟まれた、複雑に入り組んだ回廊を進みながら、霖雨は気負いない口調で話しはじめる。

「しかし、花など影もなく、香木を焚《た》いている訳でもないのに、どうして玄冥宮は常に春蘭の香りで満ちているのか。現屍王、白玲《はくれい》様にお仕えして間もない頃、不思議に思って尋ねたんですが、あっさり無視されました」

戯《ざ》れ言めいた口調であったが、改めてその名を聞いて冬惺の身に緊張が走る。

冬惺が皇帝の勅命という異例の形で、屍王の手足となって働くよう命じられたのはひと月前のこと。覚悟はできているつもりだったが、今更ながらに課された役目の重さを痛感する。

「ここだけの話、白玲様は物わかりの良い方ではありません。私の前任者の話によると、先代屍王の白碧《はくへき》様は知的で優美な方だったらしいですが、白玲様ときたらまるで逆。端的に言うと、無駄に顔が良いだけの、いろいろとこじらせた面倒臭い野猿です。冬惺殿も苦労されるでしょうが、めげずに頑張ってください」

何と答えればいいのかわからない。冬惺はただ、黙ってうなずく。

感じ取れないとはいえ、この霊威の持ち主をこき下ろせる霖雨の胆力に感心してしまう。言葉の端々から察してはいたが、見かけは仙女のような優男《やさおとこ》なれども、性根の据わり方はまるで違うのかもしれない。

「さて、着きました。あれが玄冥宮の楼門です」

霖雨の言葉通り、回廊が切れ、視界が開けた先にその入り口はあった。

黒ずみひとつない真っ白な楼閣は立派な造りで、葺《ふ》いたばかりのような鮮やかな瑠璃《るり》色《いろ》の瓦《かわら》が朝陽を受けて輝く様は壮麗だった。

「あの楼門をくぐり、殿舎を取り巻く水路にかかる橋を渡れば玄冥宮――なんですが」

霖雨は話しながら楼門に近づき、門扉へ続く石階段の前で足を止めると、冬惺に向き直る。

「肝心なことを言い忘れておりました。実を申しますと、白玲様は冬惺殿の来訪を歓迎しておりません」

「え？」

「先触れを出したところ、助けなど不要、絶対に寄越すな、とまあ、何を言っても聞く耳を持たずで。毎度のことですが」

考えるまでもなく、霖雨はあえて黙っていたのだろう。

そして、それは同時に、この美貌《びぼう》の宦官が事態の解決をすでに投げ出していることを意味する。おそらく、手を貸してくれる可能性も低い。

しかし、承知していてもなお、冬惺はこう尋ねずにはいられなかった。

だとすれば、自分はどうすればいいのか？

冬惺が口を開きかけた時だった。

音もなく、門扉が大きく左右に開く。途端、あえかだった春蘭の香りが清々《すがすが》しくも濃密なものとなった。

「あれほど来るなと言ったのに……」

門扉の向こうから罷《まか》り出てきた青年が忌々《いまいま》しげにつぶやく。

その姿を目にした瞬間、冬惺は我を忘れた。

事前に霖雨から聞き及んでいた、「平伏や拝跪《はいき》は不要です。仰々しい真似は嫌がる方なので。一応、拱手《きょうしゅ》だけはお願いします」という教えも頭から消え去った。それほどまでに美しい青年だった。

冬惺より幾分も若い。二十歳に届くどころか、ともすれば少年にさえ見える。線が細く、身の丈もそれほど高くない。白蓮《びゃくれん》の花弁を思わせる肌に、このうえもなく整った眉目《びもく》。背に垂らした長い黒髪は目映《まばゆ》い燐光《りんこう》をまとっている。肩と裾《すそ》に天色《あまいろ》の水紋が入った長衣《ちょうい》をはじめ、深衣《しんい》や袍《ほう》、脚衣《きゃくい》や長靴《ちょうか》に至るまで、青年の身を包むものはすべて白銀色でそろえられている。並外れた美貌と相まって、その姿はあたかも幻想譚《げんそうたん》から抜け出してきた月の化身のようだった。

こちらをにらみつける瞳《ひとみ》は珍しい宵闇色で、しかもいっそう特異なことに双方の虹彩《こうさい》に白銀の三日月が浮かんでいる。

花香に潜む霊力同様、あの月影もまた、見える者にしか見えない。

虹彩に浮かぶ銀光は霊力の証左だ。

鬼方士でも、砂粒を散らした程度にあらわれれば多い方だが、青年のそれはしっかりと弓月を成している。容姿だけでなく霊力、いや神の代行者ならば神力と呼ぶ方が正しいのか。とにかく、その強さは人の域をはるかに超越している。

もはや、疑いの余地はない。

この美しい青年こそが現屍王、白玲だ。

「爺《じい》さんに伝えたはずだ。俺は誰も召し抱える気はないと」

白玲は段上から冬惺を見下ろし、冷たい声で言い放つ。

しかし、冬惺は動けない。

白玲の艶《あで》やかさと強大な霊威に完全に魅入られていた。

返答どころか、瞬《まばた》きひとつしない冬惺に焦《じ》れたのか、白玲は不機嫌もあらわに眉根を寄せ、再び辛辣《しんらつ》な言葉を放つ。

「聞こえていないのか？　足手まといは要らない、と言っている。わかったら、さっさと去れ」

白玲はにべもなく言い切ると、鋭い一瞥《いちべつ》を最後に背を向け、後ろ手に扉を閉める。

ガシャンという、重たい音が響き渡ってから、しばし。

静寂と春蘭の香りがゆるゆると散っていく中で、霖雨が軽く肩をすくめた。

「足手まとい、ですか。これはまた、随分と手酷い拒絶を喰らいましたね」

霖雨から声をかけられて、冬惺はやっと正気に立ち返った。

「あ、えっと……私はどうすればいいのでしょうか？」

途方に暮れながら、冬惺はさっき出し損ねた問いを口にする。

最初からいまこの瞬間まで、徹底して傍観者を貫いていた霖雨は、「さあ」と嫋《たお》やかに首を傾げた。

「私の役目はあくまで道先案内ですから。それ以外となるとちょっと」

「霖雨殿は屍王……白玲様の侍中《じちゅう》と聞きましたが」

「侍中など、神の代行者に畏《おそ》れ多い。私なぞ、ただの伝達役に過ぎません。ですが、そうですねえ。事と次第によっては、協力を考えないでもありませんがね」

「事と次第、というのは……」

「皇城内はすべてに値札がついているんですよ。知識、情報、協力といった目には見えないものにも」

世慣れないなりに、冬惺は事と次第の意味を理解した。要するに、霖雨は仲立ちを頼みたいなら手間賃を寄越せと言っているのだ。

「……それは、その。どれくらい必要なんでしょうか？」

素直過ぎる冬惺の質問に、霖雨は吹き出す。

「いまの私の話を聞いて、それを尋ねます？　言ったでしょう、すべてに値札がついていると。冬惺殿はいま少し、皇城の常識について学ばれた方がいい。まずは私の協力が贖《あがな》えるよう、精々頑張ってください」

ほほえみこそ柔和だが、霖雨のとりつく島のなさは先程の白玲と同じくらい徹底している。早々に冬惺は諦《あきら》めの息を吐いた。

「……努力します。ところで、白玲様が口にしていた爺さんというのは」

「ああ、皇帝陛下のことです」

用は済んだとばかりに、早くも踵《きびす》を返そうとしていた霖雨は足を止めて、事もなげに答える。

「不敬極まりないですが、屍王は不可侵、威光の治外法権ですから。この太星国で唯一無二、皇帝に頭《こうべ》を垂れることのない存在です」

洗練された会釈を最後に、霖雨は去って行く。

残された冬惺は再び息を落とすと、改めて扉と向き合う。

寸分の隙間もなく閉ざされた扉が冬惺の絶望をいっそう深めていく。

一体、どうすれば開くのか。皆目見当がつかなかった。

壱　招かれざる鬼方士

いまより時をさかのぼること、二百年と少し。

太星国《たいせいこく》の初代皇帝と、神にして冥府《めいふ》の王である九玄大帝《くげんたいてい》は、かつてひとつの契約を交わした。

皇帝は病で死んだ寵妃《ちょうひ》をよみがえらせてもらう。

そのかわりとして、子々孫々に至るまで九玄大帝の望みに助力を続ける。それが契約の内容だ。

九玄大帝の望みとは我が子、翠霞娘娘《すいかにゃんにゃん》を無残に喰《く》い殺し、挙げ句人の世に逃げおおせた神獣、梟叫《きょうきょう》を討ち滅ぼすこと。

人の世同様、神の世にも守るべき規律がある。

数ある中でも、〈神は人の世に関わってはならない〉という決まりごとは厳格にして絶対で、どれほど強い神でも破れない。本来であれば、梟叫を人の世に逃がしてしまった時点で、九玄大帝は敵討ちを諦めなければならなかった。

しかし、どうあっても思い切れなかった九玄大帝は、右目をえぐるという罰と引き換えに己の代行者を人の世に送り込んだ。それこそが屍王《しおう》、玄冥宮《げんめいきゅう》の主《あるじ》である。

斯《か》くして、太星国の皇城、珞慶城《らっけいじょう》の奥深くに〈玄冥宮〉と呼ばれる殿舎と、その主である〈屍王〉という存在が生まれた。

滅びれば次、また滅びれば次と、屍王は何代にもわたり九玄大帝の悲願のために戦い続けてきた。

しかし、いまだ成就には至っていない。


玄冥宮は水上に建っている。

楼門をくぐった先にのびるのは銀沙《ぎんしゃ》色の広い橋。その向こうに殿舎がある。

門扉を閉めたそばから、白玲《はくれい》は足早に橋を駆けた。

勢いのまま短い石段をのぼり、扉を開く。

そこは玄冥宮の正房《せいぼう》。中に入れば、控えていたふたりの少女がそろって白玲に拱手し、頭を下げてきた。

見た目はどちらも十四、五歳の少女のようだが、その正体は三百年近い時を生きる女仙である。ふたりは玄冥宮誕生の折より冥府から現世に下り、代々屍王に仕えている。

薄桃と群青、色こそ違うが、両名はそろってきっちりと襦裙《じゅくん》をまとい、髪を高く結い上げている。屍王の衣食住の世話を焼くのが主な役目だからと、宮中の侍女に似せた身なりにしているらしい。

「白玲様。お帰り早々、大変でございましたね」

「さぞお疲れでございましょう。湯浴みの支度ができております」

丸く大きな双眸《そうぼう》が愛らしい凛々《りんりん》と、目元涼やかな宵胡《しょうこ》が顔を上げて、それぞれにねぎらいの言葉をかけてくる。

「あとでいい。まずは連火《れんか》を済ませてくる」

白玲は足を止めないまま、ふたりに答えを返した。

「承知しました」

「お待ちしております」

再び頭を下げたふたりの間をすり抜けて、白玲はさらに奥に向かう。

玄冥宮は大きく四つの房にわかれている。正面の正房、その左右に柱廊でつながる東《ひがし》廂房《そうぼう》と西廂房、そして背後にひときわ長い尾廊を挟んで祭殿がある。

正房を出て、尾廊を進むうちにも、白玲の胸の内に怒りがこみ上げてくる。

爺さんめ、あれほど寄越すなと言ったのに。

白玲は苛立《いらだ》ち紛れに舌を鳴らす。

前屍王で、白玲の育ての親でもある白碧《はくへき》がここにいたら、たちまち無作法だと叱られたところだ。

だが、白碧はもういない。窘《たしな》められることも二度とない。

白碧が集め、仲間と呼んだ鬼方士《きほうし》たちもいない。

誰も彼も、一年前に死んでしまった。白玲の落ち度のせいで。

ぐっと拳《こぶし》をにぎり、白玲はいっそう足早に尾廊を行く。そうして、突き当たった扉を開き、玄冥宮で最も奥に位置する祭殿に入った。

広い祭殿の中は何処よりも濃く春蘭が香っている。

冷たい石壁に囲まれた殿内にあるのは中央に据えられた祭壇と、その向こうにそびえる巨大な燭台《しょくだい》のみ。

窓はないが、中は燭台の淡い光で満ちている。

白玲は扉を閉めると、祭壇の前に歩み寄り、そこから燭台を仰ぐ。

漆黒の燭台は白玲が大きく首を反らさねばならないほどに高く、また限界まで手を伸ばしても到底抱え切れないくらいに幅広い。十二支が刻まれた円盤形の灯座に立つ芯棒《しん》から、百を超える灯架が四方八方に伸びる様はまさに生い茂る大樹である。

その大きさにも目を見張るが、さらに驚くべきは数え切れないほどの炎が灯《とも》されているにもかかわらず、あたりにまるで熱がないことだ。むしろ、季節を遡《さかのぼ》ったように殿内は肌寒い。

前に立てば、この蒼《あお》い炎こそが春蘭の香りの源なのだとわかる。

花香をくゆらす数多《あまた》の蒼い炎の群れ。これは九玄大帝の愛娘《まなむすめ》、翠霞娘娘の霊魂の欠片《かけら》たちである。

人は死後、霊魂となって冥府に送られる。

人の霊魂の多くは生前に犯した罪で穢《けが》れており、そのままでは今世を終えることができない。来世を迎えるためにも、冥府の業火《ごうか》で浄《きよ》めなくてはならない。浄化の際、霊魂は贖罪《しょくざい》の苦しみから怨嗟《えんさ》を吐き出す。その諸々《もろもろ》が冥府を穢すことがないように、怨嗟を焼き尽くす役目を担っていたのが件《くだん》の神獣、梟叫だ。

梟叫は業火の化身であり、その唯一の糧は翠霞娘娘が咲かす春蘭の花だった。清らかな姫神の博愛のみが、怨嗟にまみれて生きる非業の神獣の心と肚《はら》を満たした。

そうやって百年、また百年と時を重ねていくうちに、定まりを持たぬはずの梟叫の心に確固たる想いが芽生えた。

言うなれば、それは叶《かな》わぬ恋。

翠霞娘娘を自分だけのものにしたい。その眼差《まなざ》しを、そのほほえみを、指先からこぼれる春蘭の花弁をひとつ残らず我が手に収めてしまえたら。欲望をつのらせた果て、梟叫は翠霞娘娘を無残に引き裂き、喰らい尽くした。

梟叫の暴虐を知った九玄大帝の怒りはすさまじかった。赫怒《かくど》のままに、その身の内に翠霞娘娘の霊魂があることも忘れ、梟叫を万余に切り刻んだ。

九玄大帝はすぐさま己の失態を悔いたが、時すでに遅く。無数の断片となった梟叫は世のつなぎ目の隙間から現世に逃げ去ってしまった。

屍王の使命は梟叫の断片である〈梟炎《きょうえん》〉をすべて捜し出し、狩ることだ。それは敵討ちであると同時に、その肚の内に収められた翠霞娘娘の霊魂の一片を取り返すことでもある。

翠霞娘娘の魂の欠片は〈翠炎《すいえん》〉と呼ばれ、取り返す度にこの巨大な燭台、〈天縹萬樹《てんぴょうばんじゅ》〉に灯される。この一連の作業が先程白玲が口にしていた〈連火〉だ。

招かれざる連中のせいで連火を済ませることができなかった。

腹立たしさに混ざって、白玲の脳裏に寸分前の光景がよみがえってくる。

性悪宦官《かんがん》の霖雨《りんう》の顔は眺めて楽しいものではないが、だからといって今更思うところもない。問題はもう一方、妙に惚《ほう》けた顔でこちらを見ていた背の高い男だ。

男が身につけていた鬼方士特有の黒揃えの装束や、黒い柄《つか》の剣に心がざわつく。懐かしいという想いと、それをはるかにしのぐ罪悪感が襲ってきて、白玲は堪らず上衣《じょうい》の胸元をつかむ。

北斉《ほくせい》、明磊《めいらい》、天凱《てんがい》、礼駿《れいしゅん》、青江《せいこう》……かつて玄冥宮には五人の鬼方士が出入りしていた。

そもそも、玄冥宮は屍王のみに許された空間、絶対の不可侵域である。凜々や宵胡のような、屍王が直々に許可を与えた者以外は立ち入れない。

二百年以上にわたり、代々の屍王たちは魂に備わる本則を守り、誰の手も借りず、ひとりきりで梟炎を狩ってきた。

だが、前屍王である白碧はそれを破った。

理由は、長い時を経るうちに梟炎が手強《てごわ》さを増していき、いよいよ白碧ひとりの手には余るようになってきたからだ。

屍王と共に戦える者を融通して欲しい。

白碧は皇帝を通じ、妖異《ようい》と戦う能力を持つ者たち、鬼方士が集う五岳《ごがく》に申し入れを行った。

それまで、絵空事に等しかった存在からの突然の要求に、五岳側の動揺は相当なものだったらしい。だが、才智に秀でた白碧には容易《たやす》い交渉だったのだろう。瞬く間に話をまとめ、玄冥宮の中に黒玄府《こくげんふ》という小規模な鬼方士の組織を創り上げた。

白玲は一度目を閉じ、気持ちを落ち着けると、瞼《まぶた》を上げて、上向けた手のひらを左右そろえて燭台に向かって伸ばす。

微《かす》かな呼気に合わせて、白玲の手のひらの上に昨夜取り返した蒼い炎――翠炎が舞い上がった。

白玲は春蘭の花香を薫らせる翠炎を両手でそっと包み、すでに灯架で燃え立つ他の翠炎に近づける。すると、翠炎と翠炎はたちまち溶け合い、いっそう強く輝きはじめた。

連火を終えたことで、緊張に尖《とが》っていた心身が安まる。

しかし、安堵《あんど》は束の間。すぐさま暗澹《あんたん》とした気持ちに襲われる。

この美しく揺らめく翠炎のため、犠牲になった者たちを思い起こせば、どうしても心は重くなる。

現世に散ったすべての梟炎を狩り、すべての翠炎を取り戻す。その日まで、屍王の使命は終わらない。

いまや愛《いと》しき姫神に対する執着のみで生きる神獣の断片は、身の内の翠霞娘娘の霊魂を渡すまいと死に物狂いで抵抗する。近年いっそう困難になったとはいえ、そもそもにして梟炎狩りは容易ではない。神の代行者として強い神力を授かる屍王が疲弊にすり切れていくほど過酷である。

白碧もそうだった。

黒玄府という味方を得て、梟炎狩りの成果は確かに上がった。けれど、賢明が過ぎるせいで先が見えていたのだろう。黒玄府を創った頃から、白碧は自身が滅したあとの話をするようになっていった。

――私が消えたあと、屍王となったおまえは、きっと孤独に逃げる。再び失うことを恐れて、すべてを遠ざけようとするに違いない。でもね、それはいけないよ。おまえは私以上に、ひとりで戦うことに向いていない。どの屍王よりも強く、どの屍王よりも弱い。それが白玲、おまえなのだから。

この話は殊に何度も言って聞かされたが、諭す裏側で白碧は白玲が必ず背くと見越していたのだろう。

――定めた期間が過ぎても白玲が鬼方士の招集を行わなければ、そちらから命を下し、送り込んで欲しい。

白碧が皇帝に密《ひそ》かに託した頼み事を白玲が知ったのは昨日、霖雨から新しい鬼方士が来ると聞かされた時だ。まったく、白碧の抜かりのなさには舌を巻くしかない。

白玲とて、白碧を裏切るのは辛《つら》い。恩に報いたいのなら、教え通りに助力を得て、ひとつでも多くの梟炎を狩り、翠炎を取り返すべきだろう。

白玲にとって、屍王の使命を果たすことは意義であると同時に償いでもある。決して許されることのない罪に報いるためにも、命ある限り梟炎を狩る。そのためにはどんな辛苦も厭《いと》わず、身を挺《てい》する覚悟がある。

だが、これだけは譲れない。仲間を持つことだけはしたくない。絶対に嫌なのだ。二度と、あんな思いをしたくない。もう誰も、己の使命に巻き込みたくない。如何《いか》に白碧の望みであろうと従えない。

「……誰もいらない。ひとりでいい」

己に言い聞かすようにつぶやき、白玲は天縹萬樹に背を向けた。


ひと月が過ぎ、季節は夏にかかりはじめた。

昼中は汗ばむほどの暑さになる日も増えてきているが、九玄大帝の神力を帯びた水が巡る玄冥宮は常に外界を拒むような、そんなひやりとした空気に包まれている。

「……しつこいにもほどがある」

本当なら舌打ちをしたいところだが、いまはそうもいかない。白玲は足音を潜めながら橋を渡っていく。

事は昨夜、凜々と宵胡に泣きつかれたことに端を発する。

侍女たちは口々に可哀想で見ていられないとわめき、とにかく一度その目で確かめてこいと、朝になるなり、白玲を玄冥宮から放り出した。

可哀想というのは他でもない。白碧が暗々裏に手配した鬼方士のことである。

ああも手酷《てひど》く突っぱねれば、怒るか慄《おのの》くかして来なくなるだろうと踏んでいたが甘かった。霖雨から潤冬惺《じゅんとうせい》という名だと聞かされた鬼方士は翌日も懲りずに現れて、半日びったり楼門前に立ち続けた。

白玲に限らず、屍王が楼門をくぐることはほぼないが、凜々や宵胡は皇城から隔日で送られてくる荷を受け取るため、夜明けに門を開き、外に出る。その度々、健気《けなげ》に待ち続ける冬惺に出くわすのが辛くて仕方がないらしい。

はじめの日と違い、冬惺は夕暮れの一刻前にやって来て、夜明けから一刻過ぎた頃に帰って行った。冬惺が時刻を変えた理由はすぐにわかった。鬼方士の討伐対象である穢《え》鬼《き》同様、梟炎も主に夜中に出没する。冬惺は白玲が狩りで外に出る瞬間に接触を試みようと考えて、夜通し待つことにしたに違いない。

だが、残念ながらその努力が実ることはない。このひと月の間、白玲はすでに十二度梟炎狩りを行っている。けれど、冬惺とは一度も顔を合わせてはいない。冬惺が毎晩欠かさず楼門の前に立っていたにもかかわらずだ。

黒玄府を創る交渉の中で、白碧が絶対としていたのが玄冥宮の機密の保持だった。

鬼方士たちは玄冥宮で見聞きした一切を口外しないこと。また、五岳側も鬼方士たちに開示を求めないこと。白碧はこのふたつの徹底を強く迫った。当然、五岳も反発を示したが最後には折れたらしい。白碧があらゆる論述を駆使して手折った、という方が正しいのかもしれないが。

北斉たちが誓いを守り抜いてくれたことは、白玲が梟炎狩りに赴く手段を冬惺が知らずに、楼門の前で待ち続けている点から窺《うかが》える。

秘密が守られていて良かった。

屍王がどうやって梟炎狩りに赴くのか。それを知っていたら、冬惺はじっとしていなかっただろう。そんなことを思いつつ、白玲は楼門の前で足を止める。

実のところ、冬惺の様子を探りに来たのはこれがはじめてではない。十日前にも様子をのぞき見ようと楼門を登ったのだが、あっさり勘づかれて逃げ帰る羽目に陥った。

あとから考えてみれば、屍王が放つ強大な神力に、察知能力のある冬惺が気づかないはずもない。己の迂闊《うかつ》さを白玲は呪った。

こちらが気にしていると悟れば、冬惺はますます諦《あきら》めなくなるだろう。だから、凜々と宵胡にも徹底的に無視しろと命じてある。

いっそ率直に、勅命を取り消せと、皇帝に申し立てることも考えたが、白碧の手が回っている以上、抵抗したところでおそらく無駄に終わる。白碧をよく知る白玲には嫌というほどそれがわかっていた。

詰まるところ、向こうが諦めるまで待つしかない。

白玲は覚悟を決めて、無視を続けてきたが、良心と母性が限界を迎えた侍女たちの圧力に屈し、再び楼門に向かっている。

今回は事前に術をほどこし、神力と気配を完璧《かんぺき》に消した。少しの間なら、勘の良い冬惺にも気づかれずに済むはず。

そろりそろりと、物音どころか息さえ殺して、白玲は楼門を登っていく。

仮にもここの主たる自分が、どうしてコソコソしなければいけないのか。冷静に考えると腹が立ってくる。

とはいえ、また酷い言葉を投げつけて、追い返すのも気が進まない。とにかく、いまはちゃんと様子を見てきたという実績を作り、侍女たちを納得させるしかない。

白玲は亀に似た歩みで登り切ると、ほとんど這《は》う恰好《かっこう》でのぞき窓に近づく。

そこから慎重に首を伸ばし、のぞき窓から外を見下ろす。今日も今日とて、冬惺は楼門の前に立っていた。

姿勢が良く、立ち居にも隙がない。まだ年若いが、修練と実戦経験に不足がないことは研ぎ澄まされた霊力が物語っている。

性根のみならず、口も悪い霖雨などは「まるで捨て犬」などと面白がっているが、たとえが的外れでないところが辛い。

精悍《せいかん》ではあるが、優しげで親しみを感じる冬惺の容貌《ようぼう》は確かに犬めいている。最近は明らかに顔つきがしょげてきていて、いっそう不憫《ふびん》で仕方がない、という侍女たちの訴え通り、うつむきがちになった冬惺の面差しは陰を帯び、やたらと切なげに映った。

霖雨が悪びれもせずに放言していたが、冬惺は賄《まいな》い次第で取り持ってやろうという霖雨の申し出を丁重に断ったらしい。いわく、来て欲しくないという白玲の気持ちを押しのけて、金銭で無理強いするような真似はしたくないとか。実に清く正しい馬鹿だと霖雨はあざ笑っていたが、白玲にすれば笑えない話だった。

要するに、潤冬惺は清廉で真面目な人間であり、このうえなく真摯《しんし》に役目と向き合おうとしている。そして、自分はその誠心を日々踏みにじっている。凛々や宵胡と同じく、白玲もまたこの事実にどうしようもなく追い詰められていた。

とにかく、玄冥宮に来るのをやめさせたい。験《げん》が悪いとかなんとか、こじつけでいいから理由になるものはないかと、白玲は冬惺を注意深く眺める。

冬惺は昇り切った太陽に目を向けて、なにやら疲れた息を落とす。

鬼方士の体力や精神力は常人離れしているが、それでも報われない努力は堪《こた》えるだろう。目の下には薄いクマが浮いていた。

さらに増した罪悪感に白玲は頭を抱える。

一方で、そんな苦悩に気付けるはずもない冬惺は、軽く両手を伸ばしてから、おもむろに懐から小さな包みを取り出した。

これまでにない動きに白玲は身を乗り出す。

しかし、なんということもない。開かれた包みの中は小さな棒状の食べ物だった。菓子だろうか。色は褐色で飾り気はない。小麦を使った焼き菓子の酥《スー》に似てなくもないが、白玲の知るそれとは随分と違う。

見たことのない食べ物の登場に、白玲の視線に違った熱がこもりだす。

神も屍王も人間同様、生きていくうえで食事や睡眠は欠かせない。

屍王の暮らしの必需品は供物という形で皇城から支給されるが、その大部分が後宮の上級妃たちと同じ水準で用意される。そのため、白玲の食生活はかなり贅沢《ぜいたく》で、質の高いものばかりを口にしている、のだが。

冬惺が手にした、あの菓子めいた棒はなんなのか。北斉たちと二年共にしたことで、鬼方士のことはそれなりに知っているが、あんな食べ物は見たことも聞いたこともない。

よくよく眺めてみれば、雑穀や干した果実だろうか、いろいろなものが混ぜ込んである。時に飾らない野の花がなによりも美しく見えるように、洗練された宮廷菓子とは対極の、素材そのままの姿形がとにかく新鮮だった。

冬惺は手にした一本を残して包みを懐に戻すと、特に感慨もない様子でかじりはじめる。ゆっくりと咀嚼《そしゃく》する様子から、見た目より硬そうだ。口にすればほろほろと溶ける焼き菓子しか知らない白玲にとって、それもまた衝撃であった。

どうしようもなく好奇心が刺激される。悪いとは言わなかったが、白碧は白玲の食い意地の強さを常々案じていた。

——それが原因で失態を演じるようなことがなければいいが。

そんな前任者の心配通り、白玲は謎の菓子に夢中になるあまり、ついうっかり臓腑《ぞうふ》で膨れ上がった欲を口にしてしまった。

「…………美味《うま》そう」

完全に意識の管理を外れたつぶやきに、一番驚いたのは白玲であった。

そして、それほどではないにしろ、冬惺もまた十分に驚いた。

「え……？」

大慌てで口に手をあてた白玲と、びっくりした様子で頭上を仰ぐ冬惺の目と目がかち合う。

視線の邂逅《かいこう》は一瞬。

冬惺は急いで声をかけようとしてきたが、それに先んじて白玲は身を翻す。

まさに脱兎《だっと》のごとく。白玲はすさまじい速さで楼門から逃げ出した。

必死に駆けながら、白玲は前回以上に己をなじりになじる。

どうしてこう、自分は迂闊なのか。盗み見に気づかれただけでなく、謎の菓子に気を取られて、とんでもない失言まで聞かれてしまった。

「違う。聞かれていない。絶対ないっ……」

一縷《いちる》の望みにすがりながら、白玲は「聞かれていない」と繰り返す。

それが虚《むな》しい願いであることは、他でもない白玲が一番よくわかっていた。

翌日。

その夜は梟炎狩りに出なかったため、白玲は寝床に入ったものの、いまもまた冬惺が門前に立ち続けていると思うとロクに眠れなかった。

夜が明けて、凜々と宵胡が、定例の荷の受け取りに出かけていく。

ふたりを無言で見送ったあと、白玲は起き抜けの姿のまま、座牀《ながいす》に腰を下ろす。

寝不足で頭が上手《うま》く回らない。しかし、どれだけぼんやりしていようと、昨日の醜態だけはやたらと鮮明に浮かんでくる。

あの失言を聞かれたからといって、何が変わる訳でもない。また無視を続けて、向こうが根負けするのを待てば良い。

幾度となく自分に言い聞かせるも、心はまるで落ち着かない。白玲は憂鬱《ゆううつ》を引きずりながら、座牀に寝そべり懊悩《おうのう》する。

どうして屍王の力の中には記憶を消す術がないのだろう。それさえあれば、すぐさま解決できるのに。埒《らち》もないことをぐずぐず考えているうちに、大きな荷を両手に抱えた凜々と宵胡が戻ってきた。

玄冥宮には屍王が許しを与えた者しか入れないため、皇城の従僕たちは手前までしか荷を運べない。

だが、外見は少女でも中身は違うふたりにとって、多少の荷運びなど苦にもならない。まさに朝飯前だ。

凜々と宵胡はてきぱきと運び込みを終えると、改めて座牀に寝そべる白玲の前に立つ。

「白玲様」

「お話があります」

「……………なんだ？」

身体どころか顔さえ上げず、物憂げ全開ながらも、白玲は返事をする。

昨日、すさまじい勢いで戻ってくるなり、自室にあたる東廂房《ひがしそうぼう》に引きこもった姿から察するものがあったのか、凜々と宵胡が理由を尋ねてくることはなかった。

今朝もおそらく、冬惺は門前に立っていただろうが、白玲が何かやらかしたと推し量っているいま、ふたりがあえてそこに触れてくるとは考えにくい。

聡《さと》く、それ以上に過保護な侍女たちが、それでも白玲に伝えようとするからにはそれなりの事情があるのだろう。だとすれば、聞かない訳にはいかない。

「霖雨殿がお話があるそうです」

「昨日の件と言えば、おわかりになるはずだと」

宵胡が口にした、霖雨の意味深な言伝《ことづて》に髪を引っ張られる心地で、白玲はノロノロと身を起こす。

「……まだ外にいるのか？」

「はい。玄冥宮の前でお待ちですが……大丈夫ですか？」

「嫌なら、力尽くで門の外に投げ返しますよ？」

懸念を含んだ宵胡の窺《うかが》いに続き、凜々が頼もしく力こぶを作ってみせる。

「構わん、出る」

聞きたくないが、聞きたい。

相反する感情を持て余しながら、白玲は立ち上がる。

霖雨はきっと、冬惺から何かしら聞いているに違いない。冬惺が昨日の一件について
どう考えているのか、嫌ではあるが知りたかった。

「身支度は？」

「このままでいい。あの性悪に礼儀など無用だ」

「それもそうですが、せめて帯だけでも締め直させてください」

つき従う凜々と宵胡に焼け石に水程度の身繕いをされながら、白玲は外に向かう。

扉を開けば、霖雨が底意地の悪い笑みを浮かべて立っていた。

「おはようございます。さてさて、なにやら妙なことになったようですね」

「御託は不要だ。早く用件を言え」

楽しげに嘯《うそぶ》く霖雨の尻《しり》を蹴飛《けと》ばしてやりたい衝動を堪《こら》えて、白玲は先を促す。

「霖雨殿、白玲様をいじめるおつもりですか？」

「無礼は許しませんよ」

我らが務めとばかりに、凜々と宵胡が白玲をかばうように割って入ってくる。

玄冥宮の歴史のはじまりから知るふたりにすれば、屍王を継いで一年の白玲などひよっこ同然。それ故に、態度が侍女というより乳母のごとくになりがちだ。

「いつもながら甲斐甲斐《かいがい》しいですねえ。私にも母性があれば、白玲様のお心を多少なりともほぐすことができたでしょうに。残念な限りです」

「凜々、宵胡。控えていろ」

白玲は侍女たちを脇に下がらせる。

霖雨のからかいに乗るのは癪《しゃく》だが、白玲とて幼子扱いされるのは不本意だ。

「それで？　何の用だ？」

「楼門の前の方からの預かり物をお持ちしました。白玲様にどうしてもと。玄冥宮が余計な干渉を嫌うことは存じておりますが、一途《いちず》な熱意についほだされまして」

「白々しい。おまえのことだ、さぞ法外な賄《まいな》いを毟《むし》り取ったんだろ」

「法外といえば、そうかもしれませんね。なにせ、この私が菓子包みひとつで引き受けてあげたんですから」

菓子包みのひと言に、白玲の頬が引きつる。

その動揺を見逃す霖雨ではない。実に楽しそうに目を細めると、懐から小さな包みを取り出した。

「まずは、昨日はお見苦しいところをお見せして、申し訳ありませんという謝罪。それから、あのときご覧になったものといえば、おわかりいただけるはず。というのが、冬惺殿の言伝ですが……どうやらお心当たりがあるようで」

揶揄《やゆ》めいた笑みを含みながら、霖雨は包みを差し出す。

白玲はぶすりと唇を引き結んだまま、受け取ろうとはしない。

しかし、それも想定内とばかり、霖雨は涼しい顔で言葉を重ねる。

「雑胡《ざっこ》というそうです」

「なに？」

「この包みの中身です。鬼方士の携帯食で、黍《きび》と粟《あわ》の粉に、干した棗《なつめ》と茱萸《ぐみ》を混ぜて炒《いた》めたものを乾かし、棒状に切ったもの、だとか。私も同じものを頂戴《ちょうだい》しましたが、悪くありませんでしたよ。冬惺殿は器用でいらっしゃる」

「あいつが、自分で作ったというのか？」

「唯一、得意だと胸を張れるのがこの雑胡作りだとか。私が調べた限り、冬惺殿は五岳でも有数の腕利きですけどねえ。謙遜《けんそん》も過ぎると鼻につきますが、ああも澱《よど》みがない人間が言うと臭みが出ないから恐ろしい」

霖雨の話も右から左で、白玲はまじまじと包みを見つめる。

散々無視して、ひたすら待ちぼうけを喰《く》わせ続けた相手のために、手間暇をかけて作ったというのか。

「なんで……」

困惑から、白玲は独りごちる。

無論、拒絶を続ける自分に取り入るためと考えるのが自然だろう。

曲がりなりにも皇帝の勅命となれば、冬惺はこの務めをおいそれと投げ出せない。現状打破の糸口になると思えば、多少の骨折りは惜しまないはずだ。

だが、どうしてだろう。何故か、そんな打算があるとは思えなかった。

冬惺がこの雑胡に込めた想いは、美味そうだと言っていたから食べさせてやりたいという、ごく単純で純粋なもの。根拠はないが、そう感じられてならない。

「神の代行者に勧めるようなものじゃないとか、そもそも自分が作ったものなどとか、あれこれ悩んだみたいですが、昨日の白玲様の様子を思い返すと、贈らずにはいられなかったとまあ、涙を誘うほどの健気《けなげ》さで。それにしても、どれだけ物欲しそうな顔をして見せたんです？」

「誰がそんな……そもそも、欲しがった覚えなどない」

「へえ、では要らないと？　なら、処分するとしましょう。冬惺殿も、不快なら捨ててください、と言ってましたし」

霖雨はいまにも放り投げんばかりに包みをかかげる。

ほとんど反射的に、白玲は霖雨の手から包みを奪い取っていた。

「おや、収めてくださるので？」

白玲は悔しげに唇を嚙《か》み、霖雨をにらむ。

まんまとしてやられた。しかし、手にしてしまった以上、あとには退《ひ》けない。

「……わかった、これは受け取る。あいつにもそう伝えろ。そして、おまえは用が済んだら帰れ」

「収めてくださり、なによりです。雑胡ひと包みの義理が果たせて安心しました」

霖雨は満面の笑みで白玲に拱手《きょうしゅ》し、するりと踵《きびす》を返す。

遠ざかっていく背中に対し、白玲は舌を打ったが、やがて包みに視線を戻す。

頭の中に、門前にたたずむ冬惺の姿が浮かんでくる。

きっと、どれだけ無視を続けても冬惺は諦《あきら》めない。ずっと、白玲が門を開いてくれると信じて待ち続けるのだろう。

「白玲様。受け取ったからにはやはり、相応の返礼が必要かと」

「我々も、礼儀知らずになるのは嫌でございますよ」

控えていた凜々と宵胡が遠慮がちながらも告げてくる。

そろって胸の内は同じ、いい加減に冬惺を受け容《い》れてやれと言いたいのだ。

「餌付《えづ》けされるつもりはない」

言外で侍女たちの進言を突っぱねながらも、白玲はそっと包みを抱え直す。

純粋な心遣いがうれしくないと言えば嘘になる。

白碧の懸念通り、自分は弱い。こうして温《ぬく》もりを差し出されれば、自戒を忘れて、飛びついてしまいそうになるほどに。

最初は玄冥宮に迷い込んできた仔猫《こねこ》だった。そして、次は北斉たち。目の前に現れた温もりに抗《あらが》えず、次々と手を伸ばしてきた。

――おまえには必要だから、温かいものを抱え込むのは構わない。だが、心の内に入れ過ぎてはいけないよ。それは執着につながるから。

そんな白碧の教えを守れたためしはなく、失うたびに打ちのめされてきた。

だからこそ、今度は手を伸ばさない。弱いからこそ、無理なのだ。

不意に重い湿り気を含んだ風が吹きつけてきて、うつむき加減になっていた白玲の髪をなびかせる。

「嵐が来る……三日後は来ない方がいいとあいつに教えてやれ」

侍女たちに言い置いて、白玲は玄冥宮に戻っていく。

一日のはじまりを迎えたばかりの空は晴れ渡っていて、荒天の気配はどこにもない。

しかし、屍王が荒れると言えば必ず荒れる。

冥府《めいふ》は九泉《きゅうせん》と呼ばれる九つの水の層の最深部にあり、別名を水底《みなそこ》の国ともいう。

水は死の世界に生きる者たちの力の根源であり、屍王もまた水を通じて神力を得ている。それ故に、屍王が水の気配を読み違えることはない。

だが、その力を以《もっ》てしても嵐を止められないのと同じく、どう諭したところで冬惺はやって来るのだろう。

そんな揺るぎない確信を白玲は見て見ぬフリをする。

それ以外に、どうすればいいのかわからなかった。

白玲の言った通り、三日後の昼を過ぎた頃から、たたきつけるような激しい雨が降りはじめた。合わせて吹きはじめた強い風に煽《あお》られて、雨はまるで鞭《むち》のごとくしなり建物や木々を打つ。バラバラと重い雨音と、悲鳴めいた風音を聴きながら、白玲は落ち着かない気分で座牀《ながいす》に身を横たえていた。

元より暗がりにまみれていた空は夕刻を迎えてますます闇を深めた。外の世界はいまや半歩先も覚束《おぼつか》ないほど、漆黒一色に塗り潰《つぶ》されている。

しかし、それでも冬惺はいつもと同じくやって来た。確かめに行かずとも、霊力を探ればわかる。

凜々と宵胡も察しているのだろうが、そろって何も言わない。物言いたげな空気はひしひしと伝わってくるが、懸命に耐えているようだ。

ひたすら心を無にしてやり過ごすと、白玲は三日前から決めていた。

何も感じないように、何も考えないように。

そもそも、屍王は使命ありきの存在だ。

九玄大帝の代行者として梟炎を狩り、翠炎を集める。それがすべてで、他に動じることはない。そういう風に創られている――はずなのに。

どういう訳か、白玲は違う。余計な感情を持ち、使命以外の事柄にも心が揺るがされてしまう。

それは多分、白玲が飛び抜けて強い神力を授かったことが原因だろうと、白碧は説明づけていた。

屍王という代行者を挟んだ、間接的なものであっても、神が現世に干渉するのは許されざる行為である。

仮に九玄大帝が己と並ぶほどの神力を屍王に与えていれば、梟炎狩りはすでに終わりを迎えていただろう。だが、そんな存在を遣わせば現世を大きく壊してしまう。

おそらく、神々の中には、現世に及ぼす影響の限界はここまでだとする尺度があり、屍王に与える神力もそれを超えないように調整されてきた。

しかし、昨今の梟炎の変容は著しく、明らかに従来の基準では対処できなくなってきている。だから、九玄大帝は屍王に与える神力を増やした。その強化の余波が感情面に及び、白玲は人に近い心を持って生まれてしまった。あくまで持論としながらも、白碧はそう考えていた。

これまでになく高い思考力を備えて創られた白碧も、白玲ほどではないにせよ、後継に対する親心という屍王らしからぬ感情を持っていた。

己の能力は不穏な変容を続ける梟炎の実態把握と分析、そして今後の戦略を考えるためにあるとして、冷徹に使命を全《まっと》うしながらも、一方で白玲の行く末に心を砕き続けてくれた。

——おまえはきっと、私とは比べものにならないほど多くに囚《とら》われ、そして苦しむのだろうね。

昔日のどこかで聞いた、白碧の言葉が甦《よみがえ》る。

いま胸の内でせめぎ合う苦味がまさにそれだ。

本来であれば知らずに済んだはずの痛みに白玲が唇を噛んだ瞬間、すさまじい雷鳴が轟《とどろ》く。

耳が痺《しび》れるほどの轟音《ごうおん》で辛うじて残っていた堪《こら》えが切れた。

白玲は勢いよく立ち上がると、一直線に扉へ向かう。

「白玲様、どこへ？」

「外に出るのでしたら、我々も一緒に」

「ひとりで構わん。すぐに戻る」

侍女たちを残して、白玲は扉を開く。

行く手を遮るように吹き荒《すさ》ぶ風雨にも怯《ひる》まず、白玲は玄冥宮を飛び出した。

楼門の軒下に身を潜め、冬惺は空を眺めていた。

視界も聴覚も、荒れ狂う風雨と雷鳴にじんわりと閉ざされていて、まるで世界のすべてから取り残されたような心地がする。

立派な入母屋《いりもや》屋根のおかげで雨は大方凌《しの》げている。斗篷《がいとう》を羽織ってきたので、叩《たた》きつけてくる風の寒さも問題ない。冬惺自身は、このまま朝まで過ごすことに左程《さほど》の苦痛を感じていなかった。

とはいえ、傍目には忠告を無視してやって来て、門前に立ち続ける姿はさぞ愚かで不気味に見えるだろう。風雨の合間に冬惺は自嘲《じちょう》をこぼす。

こんなことを続けたところでどうにもならない。

それはわかっているが、さりとて簡単に妙案を思いつくものでもない。とにかく、いまは屍王のもとで働く意思が確かなものであることを示す他ない。

きっかけはどうであれ、玄冥宮に行くと決めたのは自分だ。引き受けたからには投げ出すような真似はしたくない。

それに、経緯は不明だが、この一件は皇帝の勅命である。命令不履行が続けば、いずれは問題視されるだろう。権力者との余計な摩擦は五岳の望むところではない。

元より、五岳は権力との関わりを嫌う組織だ。人命を脅かす脅威を駆除する、という特殊な技能を盾に治外法権をつかみ取り、ただの一度も国家に与《くみ》することなく三百年近く存続してきた。

そんな五岳が玄冥宮に五人の鬼方士を遣わしたのはおよそ三年前。

屍王の要請に応じた決定だったが、そこに至るまでの道のりは平坦ではなかった。

たとえ神の代行者であろうと、権力の象徴たる皇城内に拠点を置く屍王の命に従うことは、五岳にとって快いものではなかったからだ。

その名が示す通り、五岳は五つの山岳から成る組織である。

各山は東岳《とうがく》、西岳《せいがく》、南岳《なんがく》、北岳《ほくがく》、中岳《ちゅうがく》と呼ばれ、それぞれにひとり、総主《そうしゅ》と呼ばれる統治者がいる。五岳の主だった舵取《かじと》りは五総主の合議で決められるが、このときの話し合いは揉《も》めに揉め、最中には抜刀騒ぎまで起こったと聞いている。

それでも可決に至ったのは、五岳が屍王の戦果に密《ひそ》かに依存しているという、悔しくも認めざるを得ない現実があったからだ。

似て非なるものとはいえ、穢鬼と梟炎の生態には共通点が多い。それだけに、穢鬼討伐を生業《なりわい》とする鬼方士が梟炎に遭遇する危険は常にある。

それでも、屍王が絶え間なく梟炎を狩ってくれているおかげで、五岳側の危難は格段に軽減されてきた。だから、五岳の助けがなければ、今後は梟炎の狩り漏らしが増えるだろうという、屍王の訴えは強く響いた。事実、梟炎の被害は徐々に増加していた。

矜持《きょうじ》と現実を天秤《てんびん》にかけた、苦渋の選択。

だが、五人の鬼方士を遣わして以降、目に見えて梟炎の被害は減った。この点に関しては、五岳側は前屍王との取引に満足していた。

しかし、黒玄府に入った鬼方士たちが、前屍王に深く心酔していたことは懸念材料とされていた。

誓いはしたものの、総主たちは折に触れて、玄冥宮の委細を黒玄府の者たちから聞き出そうとした。

しかし、彼らは一様に口を割らなかった。家族や仲間にも同じく、ささやかな風聞さえ漏らしはしなかった。誓約がある以上、総主たちも無理強いはできず、玄冥宮は霧中に在り続けた。

その忠誠の強さに、黒玄府の者たちは屍王に操られているのではないか、放っておけば五岳すべてが屍王に支配されてしまうのではないか、などと、いずこからともなくわいてきた恐れや疑いを冬惺も幾度か耳にしたことがある。

悲劇が起こったのは一年前。屍王に対する疑念が、じわじわと五岳に広がりつつあった時だった。黒玄府が前屍王もろとも全滅したのだ。

最悪の結果を迎えた明くる日、五総主は次の屍王の要請には応じないという意向を即断で固めた。

だが、身構えたものの、次の屍王から新たな申し入れはなかった。また、危惧《きぐ》していた梟炎の被害増加も起こらず、なし崩し的に屍王と五岳のつながりは断たれた。

どんな衝撃も、時が経てば次第に遠くなっていく。一年が過ぎる頃には、屍王との関わりも忘れ去られようとしていた。

しかし、いまになって、寝た子を起こすように皇帝から勅命がくだった。潤冬惺なる鬼方士を玄冥宮に出仕させよ——と。

冬惺が告げられたのは勅命の内容だけで、何故自分なのか、どうして屍王は一年の歳月を置き、また鬼方士を用いようと考えたのかなど、具体的なことは何も聞かされていない。五総主もまた、はっきりとした理由は知らず、勅書にあった〈適宜、適材であるから〉という一文に従ったまでのようだった。

ただ、五総主が過去の決議に添い、皇帝、ひいては屍王の要請をはじめは拒むつもりでいたのは感じ取れた。しかし、召し出しが冬惺ただひとりだったので譲歩することになったらしい。

無論、一年ぶりに生じた屍王との関わりは五岳に波紋を呼んだ。

冬惺に同情する者もいたし、安易に応じるのは弱腰だと非難する者もいた。五総主に抗議するべきだという声もあったが、冬惺は一切を拒んだ。

己の何が適宜、適材と判断されたのか。

その点には首をひねりつつも、「不要な争いを避けるために行ってくれ」という命に対し、不満も抵抗も感じなかった。属する場所が玄冥宮であれ五岳であれ、鬼方士として果たす務めに変わりはない、単純にそう思うからだ。

改めて意を決し、冬惺は腰の剣の柄《つか》をにぎる。

担う役目があるから、生かされた意味を見失わずに済んでいる。居場所にはこだわらないが、妖異《ようい》を斬り、人々を脅かす危難をわずかでも減らすという、鬼方士の責務だけは手放す訳にはいかない。

それに……ふと思い立ち、冬惺は軒下から出ると、吹きつけてくる風雨にも構わず楼門を見上げる。

白玲の姿を目にしたのは三度。いずれも、場所はこの楼門だった。

はじめて顔を合わせた時は本当に驚いた。

美しいという言葉の意味をあれほど実感したことはない。強大な霊威に畏怖《いふ》を覚えながらも、屍王というより麗しい女神と対峙《たいじ》している心地がした。

二度目は大急ぎで逃げていく姿をちらりと見ただけだったが、慌てふためく様子が兎か何かの小動物のようで、不敬かもしれないが可愛らしいと思った。

そして、三度目。朝食がわりの雑胡をかじるところを目撃されてしまったのは失態の極みだが、頭上から降ってきた白玲の声は素直そのもので、それが偽りのない気持ちであるのがわかった。

だから、雑胡を作り、霖雨に託した。おもねりと取られるかもしれないが、白玲の願いに応《こた》えたかった。

確かに、はじめは役目のためだった。白玲が受け容《い》れてくれなければ、鬼方士として働くことができない。だから、どうしても門扉を開きたかった。

けれど、いまは少し違う。

ずっと考えもなく信じ込んできた。屍王は人とは別の生きものだ、と。

しかし、実際に目にした白玲はまるで違った。桁外《けたはず》れの力を持っていようとも、感情も露《あら》わに慌てたり、童のように食べ物を欲しがったり、その姿は人と同じだ。

己の偏見と無知を恥じたあと、冬惺の胸にかつてない想いが芽生えた。

屍王という存在を、いや白玲のことを正しく知りたい。役目だからではなく、冬惺自身の心がそれを望んでいた。

白玲にとって、前屍王や黒玄府の鬼方士たちがどんな存在であったか、それはわからない。だが、近しい者たちを一度にすべて失うことが辛《つら》くなかったはずはない。

残される者の苦しみを冬惺は知っている。

並べて語るなどおこがましいが、白玲があの痛みを抱えながら、ひとり戦い続けているのかと思うと心が軋《きし》む。たとえわずかでも助けになれたら。そう思うのは身の程知らずだろうか。

斗篷《がいとう》では防ぎ切れず、叩きつけてくる雨滴が髪や衣服を冷たく濡《ぬ》らしていく。

開かぬ門の前で立ち尽くす冬惺を嘲笑《あざわら》うように、風がひとわき鋭く鳴った、そのときだった。

すさまじい勢いで強大な神力が近づいてきたかと思うや、門扉が左右に大きく開く。

冬惺が驚きに目を見張る中、いまのいままで想い描いていた姿――白玲が中から飛び出してきた。

「おまっ……よりにもよって、何故そんなところに突っ立っている？」

白玲は風雨に身をさらす冬惺に目を剝《む》くや、怒鳴りつけてくる。

「馬鹿だ馬鹿だと思っていたが、どこまで馬鹿なんだ。どうかしているぞ」

白玲は荒々しい足取りで近づいてくると、冬惺の手をわしりとつかむ。

途端、吹きつけてきていた風雨がぴたりと止《や》んだ。

扉が開き、白玲が現れたこともそうだが、いきなり雨が止んだことがまず不思議で、冬惺は周囲を見回す。

相変わらず、あたりは嵐の只中《ただなか》で、雨も風も吹き荒れている。次第に遠ざかっているとはいえ、雷も止んではいない。

それでも、風雨を感じないのは、それらが届く手前で弾《はじ》かれているからだ。

「こっちだ」

「え……、あの」

「グズグズするな。さっさと入れ」

半ば引っ張り込まれる恰好《かっこう》で、冬惺は楼門の中に踏み込む。

白玲がくいと顎《あご》を引けば、すぐさま扉が閉まった。

「ついて来い。あまり離れるなよ」

白玲は冬惺の手を放すと、踵《きびす》を返し、歩き出す。

念願叶《かな》い、ようやく楼門を潜ることができたという実感もないまま、冬惺は白玲のあとを追う。

玄冥宮に続く、銀沙色の橋を渡りながら、冬惺は改めて頭上や左右に目をやる。

やはり、雨は見えない壁に当たったかのように弾かれていた。

「遅れるな。濡れるぞ」

前を向いたまま、白玲が声をかけてくる。

冬惺は慌てて、知らず知らずのうちに鈍っていた速度を上げた。

「……白玲様の御力で雨を防いでくれているのですか？」

そうして良いものかどうか迷いながらも、冬惺は尋ねる。

白玲は若干肩を強張《こわば》らせたものの、ぼそぼそと返事をした。

「そんな大仰なものじゃない。水の流れを変えているだけだ」

少し考えたのち、冬惺は理解する。

九玄大帝は冥府《めいふ》の王であると同時に、水を象徴する神だ。その神から力を授かる屍王もまた、水を味方につけることができるのだろう。

「水を操る……美しい貴方《あなた》によく似合う力ですね」

冬惺は自然と胸にわき上がってきた気持ちをそのまま口にする。

それを聞くや否や、白玲はぐっと息を詰まらせ、次いで足も止めた。

「おい、妙なことを口走るな。舌を噛《か》むかと思ったぞ」

白玲はふり返り、冬惺をにらみ上げてくる。

叱責《しっせき》めいた言葉に、冬惺はすぐさま姿勢を正した。

「申し訳ありません。何か不敬がありましたか？」

「不敬とか、そんな話はしていない。ただ、美しいなどと、おかしな形容をかぶせるなと言っている」

冬惺は返答に窮する。

命令とあらば、従うことに否やはない。けれど、意味を理解できないままうなずく訳にもいかなかった。

「無学をさらすようで恥ずかしい限りですが、どうして貴方を美しいと表するのがおかしいことになるのでしょうか。後学のためにご教授いただきたいです」

「……俺は屍王だぞ」

「無論、存じております」

「だったら、わざわざ説明するまでもないだろ」

心底呆《あき》れた風に言い渡されたものの、やはり冬惺にはわからない。

白玲の容姿が極めて秀でていることと、白玲が屍王であること。

ふたつの事実がどのようにつながれば、〈美しいと口にすることがおかしい〉という結論に至るのだろうか。

「それは、つまり……玄冥宮では、美しいものを率直に美しいと褒めることは礼儀に反する、ということでしょうか？」

屍王は尊貴な神の代行者だ。直接的で単純な褒め言葉は下品とされ、無礼にあたるのかもしれない。冬惺なりに必死に考えた末の答えだったが、大きく的を外していることはじわじわと歪《ゆが》んでいく白玲の顔を見れば明らかだった。

「……俺はただ、俺が美しいというのがおかしいと……いや、もういい。それ以上、しゃべるな。黙ってろ」

白玲はうんざりした様子で言い渡すと、冬惺に抗弁の機会を与えず視線を戻し、再び歩き出す。

命令の意図を把握できなかったことに一抹の不安を覚えながら、冬惺も進む。

橋を渡り終えれば、いよいよ玄冥宮にたどり着く。

玄冥宮の前に立った途端、冬惺はぞっとするほど冷たい拒絶に気圧《けお》された。

楼門の堂々と分厚い門扉と違い、玄冥宮の扉は瀟洒《しょうしゃ》で小さい。

しかし、冬惺にはわかった。その門がどれほど堅牢《けんろう》で無慈悲か。身を弁《わきま》えずに踏み込もうものなら、命さえ失いかねないということが。

多分そうなると踏んでいたのだろう。白玲はくるりと背を返すと、居竦《いすく》む冬惺と向かい合う。

「わざわざ言わずとも、その身で理解していると思うが、玄冥宮は九玄大帝の結界に守られている。許されざる者は決して中に入れない」

白玲は手を伸ばし、冬惺の胸元に指先をあてる。

「玄冥宮の入室を許す。ただし、この一度限りだ」

幻聴だろうか、冬惺の耳元で滴《う》が水面を打つような音が響き……次の瞬間、玄冥宮を取り巻く重々しい威圧感が消え失せた。

白玲は身を翻すと、殿舎の前の階段に足をかける。応《こた》えるように、するりと扉が内向きに開いた。

「入れ。嵐が去るまで置いてやる」

白玲は素っ気なく言い置くと、さっさと中に入っていく。

許しを与えられ、拒絶の威圧が消えてもなお、緊張はぬぐい切れない。冬惺はゆっくりと息を吐きながら、意を決して玄冥宮に踏み入った。

あたかも出迎えるように、満ち満ちた春蘭の香がふわりと舞う。

それと共に、灯籠《とうろう》の淡い光の中でふたりの少女が待ち構えていた。

「潤冬惺殿、ようこそ玄冥宮に」

「今宵は主《あるじ》が迎えた客人として、我らがおもてなしいたします」

挨拶を済ますや、返事の暇さえ許さぬ勢いで、少女たち――凜々と宵胡は冬惺に飛びついてきた。

「さ、こちらに。斗篷はお預かりしますね」

「この嵐です。さぞ難儀されたでしょう。これをお使いください」

「いや、どうぞ構わずに……あ、白玲様」

手早く斗篷を剝《は》ぎ取られ、手巾《しゅきん》を押しつけられながら、冬慍は部屋を出て行こうとした白玲を呼び止める。

「東から雨はあがりはじめている。ここもあと半刻ほどで静かになるだろう。適当な頃合いに帰れ」

「どうか、話を。私は——」

「前にも言ったが、俺は誰も召し抱えるつもりはない。あの勅命は白碧……前屍王が手《て》筈《はず》したもので、俺の意思じゃない。わかったら、二度と——」

「もー、白玲様！　なにもそう、矢継ぎ早に突っぱねなくてもいいじゃないですか」

「そうです。自らお招きしておいて、その態度は良くありません」

白玲の言葉を遮り、凜々と宵胡が割って入ってくる。

「凜々、宵胡。余計な口出しをするな」

「いいえ、黙りませんわ。主の非礼は我らが非礼ですもの。見過ごせば、玄冥宮の名折れになります」

「それに、以前に頂戴《ちょうだい》した雑胡、でしたか。どうせ、あの御礼も申し上げてないのでしょう？」

「そうそう、餌付けされるつもりはない、なんておっしゃってましたけど、結局ほとんどひとりで食べてしまわれて」

「まあ、我らもお相伴に与《あずか》りましたけどね。ひとつきりですが」

「黙れと言っているだろ。ぺらぺら喋《しゃべ》るな」

立て板に水のごとく、かわるがわる内情を暴露する凜々と宵胡を白玲は慌てて止める。

だが、出してしまった言葉は戻らない。当然、三者の話は冬惺にも聞こえた。

「雑胡を食べてくださったのですか？」

嬉《うれ》しさの余り、冬惺はつい勢い込んで尋ねる。

それがいけなかったのか、白玲は追い詰められた鼠のように身を竦ませた。

「し、知らん、知らん知らん！　とにかく、雨がやんだら出て行け」

白玲は叫ぶように答えると、今度は猫のごとく身を翻し、奥に駆け込んでいく。

さすがに、追いかけるまではできない。

冬惺はまた不躾《ぶしつけ》な真似をと反省しながらも、その背を見送るしかなかった。

「白玲様ったら。困ったことがあると、すぐに逃げ出すんですから」

「昔から変わらぬ、悪い癖です」

呆れた声を上げる凜々と宵胡に、冬惺は頭を下げる。

「申し訳ありません。私が来たせいで」

冬惺の言葉に、凜々と宵胡はそろって表情を明るく切り替える。

「謝る必要などございません。むしろ、こちらがお詫《わ》びせねば。我らが主の無礼、どうかお許しください」

「意気地なしの白玲様など放っておいて、しばしおくつろぎください」

「お気持ちはありがたいですが、職務中ですので」

「あら！　休憩も立派な職務ですわ」

「そうです。緩急は肝要でございますよ」

有無を言わせず、凜々と宵胡は半ば力尽くで冬惺を座牀《ながいす》に座らせると、髪や衣服の湿り気を手巾でぬぐう。

「夏とはいえ、嵐のせいで冷えましたでしょう」

「身体を温めれば、疲れが取れますわ」

てきぱきと冬惺の身なりを整えたあと、凜々が流れるような手際の良さで茶を差し出してくる。

ここまでくると、拒む方が却《かえ》って失礼にあたる。素直に、冬惺はふたりの好意に甘えることにした。

「頂戴します」

冬惺は白磁の茶杯を受け取る。

茶は明るい琥珀色《こはくいろ》で、独特の燻香《くんこう》とほのかに甘い香りがした。

ひとくち飲み、冬惺は軽く目を見張る。心地好《よ》い渋みと、さわやかな甘味が絶妙に混ざり合った茶は大層美味だった。

「とても美味《おい》しいです」

「まあ、うれしいお言葉。ちなみに、調合はおわかりになります？」

「調合ですか？　そうですね」

嬉々《きき》と声を弾ませた凜々の尋ねに、冬惺は新たに茶をふくむ。

「……滇紅茶《てんこうちゃ》に棗《なつめ》と生姜《しょうが》、それに蓬《よもぎ》……あと、何かの生薬《しょうやく》でしょうか。微《かす》かな苦味を感じます」

「まあまあ、大当たり！　あの雑胡の丁寧な作りから踏んだ通り、冬惺殿は味がわかっていらっしゃる」

「苦味の正体は遠志《おんじ》。温苦の生薬で、鬱血《うっけつ》を解く効能があります」

凜々が手を叩《たた》きながら褒め、宵胡が説明を加える。

それから、ふたりは相手を指しつつ、互いに互いの紹介をはじめる。

「こちらの宵胡は百薬に通じております。そのお茶も彼女が調合したものです」

「淹《い》れたのはこの凜々ですが。私はそちらは得手ではないもので」

「そろってのもてなし、ありがたく思います。私は――」

「潤冬惺殿。五岳の鬼方士で、此度《こたび》は皇帝の勅命にて玄冥宮にいらっしゃった。まことにご苦労様でございます」

「ご事情は概《おおむ》ね承知しております。どうかお気遣いなく」

「そうですか」

凜々と宵胡が普通の侍女でないことはわかっていた。気配が人とまるで違う。少女に見える姿も仮初めで、本性は屍王と同じく、人ならざる存在なのだろう。

だとすれば、この玄冥宮の諸事にも深く通じているはず。冬惺は茶杯を座牀の脇の小卓に置き、改めて口火を切る。

「おふたりに、お聞きしたいことがあるのですが」

「ええ、なんなりと」

「我らに答えられることでしたら」

「助かります。その、ご承知の通り、私は白玲様に拒まれております。此度の勅命もご自身ではなく、前屍王の計らいであると。それはまことでしょうか？」

「はい、確かにそうです」

「すべては前屍王、白碧様のご遺志なれば。白玲様にとって、冬惺殿の来訪は予期せぬものでした」

「だとすれば、迷惑に思われるのも当然ですね……。ですが、前屍王は何故、白玲様の心にそぐわない用立てを行ったのですか？」

凜々と宵胡は顔を見合わせると、息を合わせて冬惺に向き直る。

「必要だと考えていらっしゃったからでしょう」

「白碧様は、白玲様が孤独に逃げ込むことを案じておいででした」

「……逃げ込む？　それはどういう意味でしょうか」

冬惺の質問に、躊躇《ためら》いながらも凜々が口を開きかけた、そのとき。

急激な霊力の高まりを感じ、冬惺は白玲が駆け込んでいった殿舎の奥に目をやる。

発生源は間違いなく白玲。何かあったとしか思えない事態に、冬惺は弾《はじ》かれたように座牀から立ち上がった。

「……失礼します」

「冬惺殿！　お待ちください！」

「白玲様の許しなく、奥の間に入ってはなりません！」

冬惺とて、無礼は承知のうえ。しかし、たとえ無断侵入で罰せられようとも、鬼方士としてこの異常は看過できなかった。

凜々と宵胡の制止をふり切り、冬惺は部屋を飛び出した。


そびえ立つ天縹萬樹を背にしながら、白玲は祭殿の最奥の壁に手をつく。

翠炎の煌《きら》めきに消えるほどの小声で何事かささやけば、白玲の指先から光が溢《あふ》れ出し、瞬く間に壁面に大きな六角形を描いた。

六角の光の広がりはつるりと透明で、鏡面と酷似している。

これは〈渡水鏡《とすいきよう》〉と呼ばれる屍王の霊魂に備わる力のひとつで、梟炎狩りには欠かせぬものだ。

梟炎は闇と同化する能力を持っており、暗がりさえあれば完全に隠れ潜むことができる。神の代行者である屍王でもそれを見つけ出すことは難しい。

わずかな例外を除き、基本的に狩りの機会は空腹の限界に達した梟炎が闇から抜け出し、贄《にえ》を求める時に限られる。

本来、梟炎の糧となり得るのは翠霞娘娘がその歌声で咲かせる春蘭だけだが、現世で贖《あがな》うことは叶《かな》わない。故に、梟炎は贄を求めて彷徨《さまよ》う。

獲物にこだわりはない。獣でも鳥でも、はたまた人間でも。血肉とあれば梟炎は襲いかかる。天の下に姿をさらせば、梟炎は気配を隠せない。そうなれば、屍王は現世に存在する水という水を通して梟炎を察知することができる。

渡水鏡の役割は出没した梟炎のもとに屍王を導く、いわば路《みち》をつなぐことにある。

梟炎狩りはほぼすべてが渡水鏡を通じて行われるため、屍王はいちいち楼門を通る必要がない。冬惺が門前で待っても白玲と会えなかったのはそのためだ。

ついさっき、霊魂の奥で梟炎の出現を報《しら》せる水響が鳴った。そのため、白玲は急ぎ渡水鏡を開いた。

そこに映るのは、白玲の姿や天縹萬樹をはじめとする室内の様子ではない。鏡面には薄闇に包まれた山中の風景が広がっている。

路は通じた、あとは狩りに赴くのみ。

いつものごとく、白玲が鏡面の向こうに踏み出そうとした瞬間だった。

扉が開け放たれる音がしたかと思うや、確実に凛々や宵胡のものではない足音が近づいてくる。

にわかには信じ難いながらも、白玲が嫌な予感を覚えた通り、天縹萬樹の向こうから冬惺が姿を現した。

「おまえ、誰が入っていいとっ……出て行け！　いますぐだ！」

白玲の怒声にも怯《ひる》まずに、冬惺は詰め寄ってくる。

「申し訳ありませんが、従えません。罰はあとで如何様《いかよう》にも。白玲様、ここで――」

冬惺は驚きに言葉を止めて、渡水鏡が映し出す光景を見つめる。

しかし、狼狽《ろうばい》は束の間。刹那《せつな》のうちに理解したらしい。

「……成る程。屍王はその神力で路を開くことができるのですね」

冬惺の察しの良さに舌を打ちながら、白玲は必死に怒りを、そしてそれ以上の動揺を押し殺しながら告げる。

「……おまえは何も見ていない。いいな？　すべて忘れて、玄冥宮から去れ」

白玲は顔を背けると、再び渡水鏡に指をあてる。

やにわに、鏡面が輝きを放ち、次いで白玲の身体も淡い白光に包まれていく。慣れ馴《な》染《じ》んだ、越境の感覚に全身が浸される寸前だった。

「――っ、お待ちください！」

いきなり冬惺に右腕をつかまれ、白玲は目を見開いた。

「なっ……は、放せ！」

叫んだが、冬惺は退《ひ》かない。それどころか、にぎる手にいっそうの力を込めてくる。

渾身《こんしん》の力でふりはらおうとしたが、間に合わなかった。

身体から重さが消え、五感がぷつりと絶える。

白玲は冬惺を引き連れたまま、発動した渡水鏡に導かれ、玄冥宮をあとにした。


消え失《う》せた身体の重さが戻り、続いて膜を剝《は》ぐように白玲の視覚や聴覚が次々と開かれていく。

実際は精々一拍か二拍、わずかな間であるはずなのに。感覚のすべてが途絶するせいか、いつもひどく長いような錯覚に陥る。

土を踏む感覚、肌を過《よぎ》る風、雨に蒸れた木々の匂い……玄冥宮から一転、大きく切り替わった状況をひとつひとつ感じ取りながら白玲はあたりを見回す。

屍王は夜目が利く。鬼方士も霊力や修練で暗中でも戦えるだけの可視を保つことができるが、生来その力を得ている屍王は日中と変わらないほど鮮明に捉《とら》えられる。

すでに雨は止《や》んでいて、風に押し流されていく黒い雲の合間には半身の欠けた月が浮かんでいる。となると、ここは皇城より東に位置しているのだろう。

もっとも、ここが何処か。それはさして重要な問題ではない。

現世に累を及ぼす事態をできるだけ避けねばならない白玲にとって、他を巻き込む恐れがなければ何処であろうと構わない。

梟炎は潜む場所が多い山峡を好むので、狩場は人里から離れていることが多い。

夜の山間《やまあい》となれば人と遭遇する危険は低い。だが、狩りや採取で出向く者もいると聞く。幸いにも白玲は出くわしたことはないが、かといって注意を怠る訳にはいかない。

周囲に人の気配がないことを素早く確認し、白玲は眼前に視線を据える。

二丈（約3ｍ）ほどの距離を挟み、山猫に似た巨大な妖異《ようい》が低い唸《うな》り声をあげている。

もうもうと黒い燻《くすぶ》りを全身から漂わせるそれこそが梟炎、屍王が狩るべき敵だ。

「あれは梟炎……」

不本意にも連れ立ってしまった冬惺がかたわらでつぶやく。

性懲りもなく、その右手は白玲の腕をつかんだまま。白玲は力の限り、忌々《いまいま》しい男の手をふりはらった。

「これはご無礼を」

「詫《わ》びて済むか。不法侵入に命令違反、おまけに狼藉《ろうぜき》。梟炎がいなければ、問答無用で叩《たた》きのめしてやるところだ」

白玲は吐き捨てつつも、いまはそちらが大事とばかりに話を切り替える。

「……おまえ、梟炎を見たことがあるのか？」

「はい、三年ほど前の討伐の際に。一度きりですが」

ちょうど白碧が黒玄府を開いたばかりの頃だ。その時分は梟炎の狩り漏れが多く、鬼方士たちが遭遇する確率も格段に高かっただろう。

「狩れたのか？」

「……二体同時に現れたのを、三隊がかりで辛うじて。七名が犠牲になりました」

痛みを堪《こら》えるような声で冬惺が答える。

鬼方士は五人で一隊を成す。

通常は一隊で動くが、対象が手強《てごわ》いと知れている場合は複数隊で臨む。三隊のうちの七名というと全体の半数にあたる。如何に梟炎が人の手に余る脅威であるかが知れる。

基本、梟炎も穢鬼も人にすれば凶悪な妖異、生命を脅かす危難という意味では同等の存在だ。

冥府《めいふ》で穢《けが》れを喰らう神獣、梟叫と呼ばれていた頃、その姿は鳥面と翼を有する、巨大な蛟《みずち》であったという。

しかし、九玄大帝に切り刻まれ、万余の梟炎に分かたれた梟叫は、その姿形も種々様々に変じた。見た目は狒々《ひひ》や虎、牛や蛇、鳥、魚、いま目の当たりにしているような山猫といったように、現世の鳥獣を髣髴《ほうふつ》とさせるものが多い。

だが、見上げるほどの巨体や、複数の角や眼球。硬い体毛や頑強な爪、もしくは翼といった、明らかに異形と映る特徴を持つ。そして、それは穢鬼も同じくするところで、外見に関して言えばふたつに大きな差異はない。

では、なにがふたつを隔てるのかと言えば――放つ気配。これが決定的に違う。

梟炎は穢鬼にはない、神力をはらむ黒炎をまとっている。それは刃とも盾ともなり、狩る者を阻む。その元神獣としての力が梟炎を穢鬼よりも厄介な難敵たらしめるのだ。

悲痛な冬惺の横顔に胸の疼《うず》きを覚えながらも、白玲は努めて冷たく言い放つ。

「梟炎の力を知っているなら話が早い。下がって、おとなしくしていろ。そもそも、梟炎は屍王の獲物だ。人が骨を折る必要はない」

「我が身の至らなさは認めます。ですが、妖異の討伐は鬼方士の責務。たとえ誰に命じられようと、それを放棄することはできません」

冬惺は断固として言い放つと、剣を抜く。

鬼方士特有の黒衣をまとった者が剣を構える姿を目にした途端、白玲の脳裏が白く染まり、同時に激しい動揺が全身を駆け巡る。

心の隙を突くように、過去の記憶の奔流が次々に襲いかかってくる。

虎の姿をした五体の梟炎。

戦場の緊迫感に圧《お》されて、動けなくなった自分のせいで隊列が乱れた。

梟炎たちの牙《きば》に、爪に、次々と裂かれていった北斉、明磊、天凱、礼駿、青江……最後に白碧の首が引きちぎられ、一緒に白玲の心も砕かれた。

白玲は胸を押さえ、飛び出しかけた悲鳴を死に物狂いで押し戻す。

耐えなければ。正気を保ち、梟炎を狩らねば。

屍王の使命、それだけが唯一白玲の手の中に残った意義と贖罪《しょくざい》なのだから。

「白玲様……？」

命令に従わない自分に激昂《げきこう》しているだけではないと気づいたのか、冬惺が案じるような声をかけてくる。

白玲は気力をふり絞って自身を奮い立たせ、冬惺をにらみつける。

神経という神経が冬惺という存在を拒む。梟炎を前にしたこの状況下で、誰かがそばにいることが恐ろしかった。

ひとりでいい。

いいや、ひとりがいい。

誰も要らない。誰もいて欲しくない。また誰かを失うのが怖くて怖くて仕方がない。

思考が飛び交い、感情が乱れる。冷や汗が流れ、鼓動が高まっていくのを感じながら白玲は震える声で叫んでいた。

「駄目だ！　戦うなど、絶対に許さないっ」

白玲は焦りと怯《おび》えに駆られながら、冬惺に指先を向ける。

途端に、懇願を重ねようとした冬惺が大きく体を前に傾がせた。

足に絡みつくものの正体を確かめようとして、今度は右手が捕らわれる。そうやって正体不明のものに引き倒され、冬惺は地面に膝《ひざ》をつく。右手は剣をにぎったまま地面に縫い止められて、寸分も上げることができないようだった。

「水ですか……！」

腕や足に絡む、透明な紐《ひも》のようなものに抗《あらが》いながら冬惺が呻《うめ》く。

やはり、察しが良いと思いながら、白玲は視線を背ける。

降り止んだとはいえ、地面はつい先程までの豪雨によって重く泥濘《ぬかる》んでいる。どんな状態であっても、水とあれば屍王は自在に操れる。

「そこで、じっとしていろ」

「お待ちください。これを……術を解いてください！」

冬惺の必死の訴えに背を向けて、白玲は梟炎に近づいていく。

白玲の身体に染みた春蘭の香りにあてられているのだろう。山猫の梟炎は毛を逆立てながら、いっそういきり立つ。

翠霞娘娘の移り香は、並の鳥獣より高い知能を持つ梟炎を猛《たけ》り狂わせる。それは梟炎が三界でただひとつ欲するものだからだ。

「騒ぐな、すぐに始末してやる……地に染むる雨滴よ。屍王の命に従え」

白玲は梟炎に向かって両手をかざすと、ひやりとした声で詠《うた》う。

ほぼ同時、梟炎も地を蹴《け》り、襲いかかってくる。

梟炎は飛ぶ勢いで距離を詰め、白玲に喰らいつかんと牙を剝《む》く。

だが、寸の間を先んじて、地面から次々にそそり立った水の刃《やいば》が梟炎を穿《うが》つ。

数多《あまた》の水刃に串刺《くしざ》され、梟炎は耳障りな叫声を上げながら地面に横倒しになった。

「終わりだ」

白玲はぐっと右の拳《こぶし》をにぎり、うしろに引く。

仕草に呼応するように、水の刃がいっせいに梟炎を覆い囲うように伸び、そのまま締めつける。短い断末魔と共に梟炎は切り刻まれ、四散した。

白玲は散っていく梟炎の飛沫《ひまつ》をしばし眺めていたが、やがて小さく息を吐くと、冬惺に向き直る。

たったいま目にしたものが信じられない。

そう語るように顔を強張《こわば》らせながら、冬惺はこちらを見つめていた。

白玲は微《かす》かに眉根《まゆね》を寄せる。

冬惺の双眸《そうぼう》には疑いようのないほどの恐怖が滲《にじ》んでいる。

過去に対峙《たいじ》し、身を以《もっ》てその脅威を知っているにもかかわらず、冬惺は再びまみえた梟炎に怯《ひる》まなかった。

しかし、そんな男がいま、白玲に対し恐れを露《あら》わにしている。

突きつけられた現実に、白玲の胸の奥がじわりと昏《くら》くなる。

だが、すぐさま翳《かげ》をはらい、再び冬惺に指先を向けた。

「足手まといの意味が理解できたか」

白玲が指先を回せば、たちどころに冬惺の手足から水の縛りが解けた。

「俺に助けなど必要ない、ひとりで十分だ。わかったら、二度と玄冥宮に来るな」

「……私は――」

この期に及んで、まだ何か言わんとする冬惺に白玲の堪えが切れた。

「うるさいっ、何も言うな。梟炎より、俺の方が化け物だと震え上がっているやつの言葉など聞きたくもない」

冬惺は青ざめ、黙り込む。

違うと言いたいが、できないのだろう。

潤冬惺はその場凌《しの》ぎの嘘が吐ける人間ではない。わずかな接触だけでも、その人となりは十分に伝わっている。

また、冬惺が怯えるのも理解できる。

同じ屍王の白碧でさえ、白玲の力には驚きを覗《のぞ》かせることがあったくらいだ。人である冬惺に動じるなと言う方が無理だろう。

だが、それでも正直に恐れを認める冬惺の態度に心が乱される。わかっていても苛立《いらだ》ちが抑えられず、白玲は荒ぶるままに罵声《ばせい》を吐き出していた。

「図星か？　神の代行者といったところで、菓子で懐柔できる程度だと甘くみていたんだろ。残念だったな、俺はおまえが思っているようなものじゃない。俺はっ……」

白玲がさらに叫びかけた、そのとき。

背後で梟炎の気配が蠢《うごめ》く。

危機を察し、ふり返る最中《さなか》に、白玲は瞬く間に四肢を生やし、牙を剝いて飛びかかってくる梟炎の断片の姿を視界の端で捉《とら》えた。

術を放とうと構えるも、遅れは決定的だった。

駄目だ、間に合わない。

そう感じると同時、白玲は冬惺に抱え込まれていた。

背を向けていた白玲と違い、正対していた分、早く動けたのだろう。冬惺は白玲を抱えながら横に飛び、梟炎の断片の突撃をかわす。

冬惺はすかさず身を翻すと、その勢いのままに剣をふるい、再び襲いかかってきた梟炎の断片を斬りはらう。

真っ二つに裂かれた梟炎の断片は今度こそ息絶えたのか、空中で散り散りとなり、消えていった。

無事に退治できて安堵《あんど》したのか、冬惺が短い息を吐く。

しかし、それとは反対に白玲の精神は恐慌をきたしていた。

「…………めろ。やめろ！　放せ、このっ！」

白玲は大声でわめきながら身をよじり、冬惺の腕の中から抜け出す。

胸の奥底から、身体が壊れそうなほどの恐怖がせり上がってくる。先程感じたものの比ではない。本当にどうにかなってしまいそうだった。

「白玲様？　落ち着いてください。顔色が悪い、少し休まれた方が」

案じる冬惺の声も白玲の耳には届かない。肩で息をしながら、ひたすら冬惺の右腕を凝視していた。

白玲を庇《かば》ったせいで、梟炎の欠片《かけら》の牙を避け切れなかったのだろう。冬惺の右上腕部の衣服が裂け、傷が覗いている。

傷から流れる血を目にした途端、胸郭が締め上げられる。鼓動が耳を塞《ふさ》ぎ、視界が暗く歪《ゆが》む。酷《ひど》い吐き気を覚えながらも、白玲はどうにか声を絞り出し、叫んだ。

「おまえは本当にっ……どこまで勝手をすれば気が済む！　何故、言うことを聞かない！　頼まれもしないのに庇《かば》って、怪我をして、そのせいで死んでも、役目だから構わないと？　ふざけるのもいい加減にしろ！　残された俺がどんな思いでっ……」

徐々に語勢を弱らせながら、白玲は胸元をつかむ。

どうしたことか、呼吸をしようとしても息が吸えない。困惑と苦しさでぐらりと意識が傾ぐ。手足まで痺《しび》れてきて、立っていることさえ辛《つら》い。

けれど、倒れるより先に白玲は再び冬惺に抱え込まれ、強引に地面に座らされた。

血の臭いを近くに感じるのが嫌で、白玲は冬惺から離れたい一心でもがく。

だが、満足に呼吸ができず、力もまともに入らない状態では冬惺の腕をはらうことはできなかった。

「これは過剰呼吸です。深く吸わず、浅くゆっくり呼吸してください。大丈夫、すぐに冬惺は宥《なだ》めるように白玲の背中をさすりながら、静かに声をかけてくる。

「……るさい。誰のせいだと、思って……」

なけなしの気力をすべて投じて、白玲は毒づく。

しかし、それ以上は身体がついていかず、力尽きるままに冬惺にもたれかかった。

「一度吸ったら、二度吐いて。吐くことに意識を集中してください」

億劫《おっくう》で返事こそしなかったが、白玲は冬惺の言う通りに呼吸を繰り返す。しばらくすると、徐々に身体から強張《こわば》りが抜けていき、息が楽になってきた。

「落ち着いてきましたか？」

「…………随分と手慣れている」

「え？」

「おまえの対応だ。よくすぐに過剰呼吸だとわかったな」

「幾度か経験がありますから。はじめて討伐に赴いた際、耐え難い緊張や恐怖から過剰呼吸を起こす鬼方士は少なくありませんので」

「そうか……」

白玲は深く息を吐く。

いまに限らず、この男は常に身を挺《てい》して他者を守ってきたのだろう。清廉で真面目で、そのうえ善良。改めて思う、こんな人間をそばに置くなど、恐ろしくてできない。なにより、それは自分が手にして良いものではない、と。

白玲は己を戒めると、やんわりと冬惺の腕を遠ざけ、身を起こす。

「大丈夫ですか？」

「平気だ。もう治った」

「ですが――」

「それより、答えろ。どうすれば、おまえは俺の前に現れなくなる？」

正面から問われて衝撃を受けたのか、冬惺が顔を曇らせる。

「どうしても、黒玄府に入る許可はいただけませんか？」

「ああ。何度も言っているように、俺は未来永劫《みらいえいごう》、誰も召し抱える気はない」

「……凜々殿と宵胡殿が話してくださいました。前屍王はご自身同様、白玲様にも共に戦う者が必要だと考えていたと。僭越《せんえつ》ながら、私もそう思います」

「何を偉そうに。俺を怖がっておいて」

「確かに、貴方《あなた》の力を脅威に感じました。それは事実です。しかし、いまはそれ以上に危うく思っております」

聞き捨てならない冬惺の物言いに、白玲は眉《まゆ》をつり上げる。

「おまえ、誰に向かってそんな口を利いている？」

「つい先程、梟炎の断片に隙を突かれたことをお忘れですか。貴方はご自身の力をやや過信している。戦いに身を置く者にとって、それは致命的な欠点になり得ます」

痛いところを突かれて、白玲は声を詰まらせる。

「あれはっ……おまえのせいだろうが。おまえがいたから、気が散って……」

「貴方が孤独に逃げ込むことを案じた前屍王の計らいで、私は玄冥宮に遣わされたとも聞きました。助けなど要らないという気持ちが貴方の本心なら、前屍王はそんな斟酌《しんしゃく》をなさらなかったのでは？」

「白碧は――」

「前屍王は貴方が孤独で在るべきではないと考えられていた。そして、貴方もまた孤独を望んではおられない。違いますか？」

白玲は唇を噛《か》み、黙り込む。

さっきの冬惺と同じだった。違うと言いたいが、どうしても口にできない。

何故なら、それは偽りだから。冬惺のように口にできない性分ではなく、単純に白玲は昔から嘘が下手だ。

何度か唇を震わせたが、白玲はついぞひと言も出せないまま項垂《うなだ》れる。

心を結び直したはずなのに。

失う覚悟を持てず、さりとて孤独も受け容《い》れられない。半端を揺蕩《たゆた》う己のなんと情けないことか。神の代行者が聞いて呆《あき》れる。

「白玲様」

冬惺の手が両肩にかかり、白玲はびくりと身を竦《すく》ませる。

逃げたかったが、身体が動かない。聞いてはいけないと思いながらも、どこかで冬惺の次の言葉を欲している自分がいた。

「ひとりが辛いのなら、そうおっしゃってください。たとえ力及ばずとも、私は貴方の助けになりたい」

白玲の心臓が大きく跳ねる。

冬惺が放った言葉は白玲の望み通りのものであり、また恐れていたものだった。

何の躊躇《ためら》いもなく、飛びつけたならどれほど良かっただろう。ひとりは寂しいと正直に吐露できたら、どれほど楽か。

しかし、どうあってもそれは許されない。

迷いをはらうように首をふり、白玲は顔を上げる。

「…………駄目だ。それでは罰にならない」

「罰？　何のことです？」

「俺は白碧と黒玄府の五人……北斉、明磊、天凱、礼駿、青江を殺した。孤独はその罰だ。俺はひとりで戦い、罪を償わなければならない」

「殺す……？　まさか、そんな」

「事実だ。本当に皆、俺のせいで……」

どこか白状めいた口調で白玲は話し出す。

「……昔、玄冥宮に猫が迷い込んできたことがあった。真っ白で、毛並みが綺麗《きれい》だったから、白碧は後宮の后妃が飼っている猫だろうと」

前触れもなく、白玲が脈絡のない話をはじめても、冬惺は口を挟もうとはしなかった。黙って、耳を傾けている。

「白碧に好きにしていいと言われて、俺は必死で猫の機嫌を取った。凜々と宵胡に頼んで餌を用意してもらったり、敷布を整えたりしてな。その甲斐《かい》あって、猫は時折玄冥宮にやってくるようになった。深入りになると言って、白碧は名をつけることは許してくれなかったが、それでも十分に慰められた」

かつてそこにあったぬくもりを思い出しながら、白玲は自分の手を見つめる。

「だが、半年ほど経ったある日、猫が瀕死《ひんし》の状態で現れた。傷だらけで、白い毛が血で赤く濡《ぬ》れていた。人か、皇城内に入り込んだ獣か、何にやられたのかわからないが……俺が見つけてすぐ、猫は死んだ。この手の中で息絶えた」

もしかしたら、玄冥宮に出入りしていることが知られて、不吉だと処分されかけたのかもしれない。

屍王は后妃たちにとって、なによりも忌むべき存在である。何故なら、屍王は后妃の胎内に宿った赤子の魂と肉体を乗っ取り、生まれてくるからだ。屍王という蔑称《べっしょう》に等しい呼び名も、最初の屍王を産み落とした后妃の嘆きから生じたと言われている。

真偽は知りようもないが、屍王という存在が猫を殺したかもしれない、という蓋然《がいぜん》が白玲の心に棘《とげ》となって残っている。

そして、それ以上に死が必ずしも穏やかであるとは限らないと思い知らされた。

猫を失ってから、白玲はいつ、どんな風に襲ってくるかわからない死というものが恐ろしくて堪《たま》らなくなった。白碧や、新たに玄冥宮にやって来た北斉たちの死が怖くて仕方がなかった。共に過ごす時間が幸せであればあるほど、怯《おび》えは増していった。

「白碧はそんな俺の弱さを見抜いていて、戦えるほど成長してからも、狩りに出ることを許してくれなかった。白碧はわかっていたんだろう。北斉たちが怪我をして帰ってくる度に泣いて騒ぐ俺がまともに戦えるはずがないことが」

それでも、日に日に焦燥は強くなる。

今日が無事でも次は？

次が無事でも、その次は？

誰よりも強い自分が加われば、白碧たちが死ぬ確率は絶対に下がる。

だったら、戦いたい。共に在り、仲間を守りたい。逸《はや》る想いはもはや、抑え切れないほどにふくれ上がっていた。

「一年前のあの夜、嫌な胸騒ぎが収まらず、俺はとうとう許しもないまま白碧たちのあとを追って、梟炎狩りに出向いた。渡水鏡をくぐった先で、白碧たちは五体の梟炎を相手に戦っていた。厳しい状況だったが、俺が邪魔をしなければ、勝てていたかもしれない。緊張と恐怖ですくみ上がって、まともに動けなかった俺のせいで戦局が狂った。俺を守ろうとして、皆は死んだっ……」

白玲は震える手をにぎり締める。

戦うことも、殺すことも怖かった。

相手は敵だと、梟炎を狩ることが使命だとわかっていたのに動けなかった。

その取り返しのつかない怯《ひる》みが、躊躇いが、白碧と黒玄府の五人の命を奪った。

「白碧たちを殺されて、頭の中が白くなって、それでやっと動けた。どうやって梟炎どもを狩ったのか、まるで覚えていない。気づいたら俺だけがその場に立っていた」

「……違います。白玲様、それは貴方の罪では――」

「俺の罪だ！　誰が何と言おうと、全部俺のっ……だから、要らない。救いなど、求めるつもりはない」

白玲は叫ぶように言い、視線を下げる。冬惺がどんな目で自分を見ているのか、知るのが怖かった。

重たい静寂が満ちる中、白玲は冬惺の諦《あきら》めの言葉を待った。

どんな理由をつけたところで、白玲が北斉たちを、冬惺にとっての同胞を死に追いやったのは事実だ。それを知ってなおも、屍王に仕えたいと思えるはずがない。

しかし、短くも長い沈黙のあと、冬惺が口にしたのは思いも寄らないことだった。

「……大切な者を救えなかった罰が孤独ならば、私も受けねばなりません。ですが、それは本当に必要な罰なのでしょうか」

「え……？」

意味がわからず、白玲は思わず顔を上げる。

冬惺の双眸《そうぼう》は静かだった。

恐れていたような非難や忌避の色はどこにもない。まるで、先程まで雲間に浮かんでいた雨上がりの月のように透明で、そして酷《ひど》く悲しげに見えた。

「私も、貴方《あなた》のように罪を償う術《すべ》を求めて生きておりました。無論、救いなど望むべくもないと。ですが、あるとき友が言ってくれたのです。おまえが自分を許せぬなら、かわりに俺がおまえを許すと」

呆然《ぼうぜん》とする白玲に対し、冬惺はほほえむ。

「罪を許してくれる者がいる。それがどれだけ心を救ってくれるか、私はよく知っております。だからこそ、いま貴方に言いたい。白玲様がご自身を許せぬなら、かわりに私が許します」

冬惺は白玲の肩から手を放し、拱手《きょうしゅ》すると、片膝《かたひざ》をつき、頭を下げる。

「白玲様、もし貴方に罪があったとしても、貴方は過酷な屍王の使命を果たすことで十分に償っていらっしゃる。このうえ、さらにご自身を責める必要はありません。誰が何と言おうと、私は貴方に罪はないと断言します。いつでも、何度でも」

「俺は――」

「どうかお仕えする許可を。かつての私が友に救われたように、今度は私が貴方を救いたいのです」

冬惺は顔を上げ、白玲を真っ直ぐに見つめる。

優しい声と視線。それなのに、驚くほど直向《ひたむ》きで白玲の心を揺さぶった。

何と答えればいいのかわからず、白玲は立ち尽くす。

いや、元より答えはひとつしかない。

拒絶、それのみだ。

理解していてなおも戸惑うのは、拒みたくないから。冬惺の希《ねが》いを受け容れて、許されたい。誤魔化しようのないほどに、白玲の本心はそれを望んでいた。

どこからか鳥の囀《さえず》りが響き、生い茂る木々の合間から陽が差し込んでくる。

芽生えかけの主従に夜明けが訪れようとしていた。

弐　屍王というもの

風のない、盛夏の昼下がり。

一歩外に出れば、すぐさま蒸れた熱気がまとわりついてくるが、玄冥宮《げんめいきゅう》、特に最奥にある祭殿は別世界のように澄んだ冷気に浸されている。

白玲《はくれい》は凜々《りんりん》と宵胡《しょうこ》を左右に従え、天縹萬樹《てんぴょうばんじゅ》の前に据えられた青銅の祭壇の前に立つ。

祭壇は夏の意匠、凌霄花《のうぜんかずら》や芙蓉《ふよう》といった艶《あで》やかな花々に、糸瓜《へちま》や露草などの素朴な草花が添えられ、その合間に蝶《ちょう》や蜻蛉《かげろう》、蟷螂《とうろう》が精巧に彫り込まれている。

祭壇の意匠は九玄大帝《くげんたいてい》の計らいで季節ごとに移ろう。

中央に据え置かれた天縹萬樹を通して、玄冥宮は冥府《めいふ》とつながっている。

九玄大帝が現世に累を及ぼさない微弱な神力で祭壇の彫物を変えるのは、ここに連なり灯《とも》る愛娘《まなむすめ》の霊魂に対するせめてもの慰めなのだろう。

凜々と宵胡が進み出て、翡翠《ひすい》の茶杯と香炉を祭壇に捧《ささ》げる。最上級の伽羅《きゃら》香《こう》が春蘭の香りの合間を縫い、楚々《そそ》と揺蕩《たゆた》った。

凜々と宵胡が下がり、再び白玲の背後に添う。

それに合わせて、白玲は拱手し、天縹萬樹に頭を下げる。凜々と宵胡も倣い、そろって拝礼した。

支障がない限り、屍王《しおう》は身を浄《きよ》め、日昳《にってつ》の正刻（午後二時）に天縹萬樹に祈りを捧げる。梟炎《きょうえん》の出没に伴い、夜から明け方が忙《せわ》しないことが多い屍王にとって、日中は最も心静かな時間だからだ。

普段はにぎやかしい凜々と宵胡も、このときばかりは神妙に口を閉ざし、一心に翠霞《すいか》娘娘《にゃんにゃん》の本復を願っている。

元々、ふたりは冥府で翠霞娘娘に仕えていた。

現世に対する干渉の許しを他神たちに請うために、九玄大帝は右目をえぐった。そのとき、翠霞娘娘の侍女だった仙女たちもまた、冥府の王の嘆願に添うべく、こぞって自ら命を絶った。

ただ、年若く、また侍女となって間もなかった凜々と宵胡は、先達の仙女から諭され、永らえる路を選んだ。そして、生き残ったからには翠霞娘娘の本復を陰ながら支えようと、そろって屍王の側仕えに志願した。

参拝を終えて、白玲たちは祭殿をあとにする。

白玲のあとに続き、正房につながる尾廊を歩きながら、くるりと表情を一変させた凜々が「さて」と明るい声を上げた。

「夕餉《ゆうげ》は何にしましょうか。腥《なまぐさ》が使えないと、どうしても淡白で物足りなさが出てしまいますから。せめて味つけには趣向を凝らさなくては」

冥府の生きものである凜々と宵胡は現世で無用な殺生ができない。それは屍王にもあたる規律で、白玲も鳥獣や魚は口にしない。

「そこは二百年磨いた我らが腕の見せ所。冬惺《とうせい》殿は小さな工夫にも気づいてくれるので凝り甲斐《がい》があります」

宵胡の相槌《あいづち》に、凜々は熱心にうなずく。

「本当に。前のように、たくさん作るのとはまた違った――」

楽しみがある。

そう続けたかったのだろうが、凜々は両手で口をふさぎ、言葉を押し留める。

「……ああ、そうだ。緑豆《りょくとう》で餡《あん》を作るのはどうでしょう？」

ふわと漂いかけた気まずさを押し流すように、宵胡が声を上げる。

「ま、まあ、それは名案！　なら、合わせて紫黒米の粥《かゆ》を炊きましょうか」

殊更はしゃいでみせながら、凜々が話を引き継ぐ。

そのまま、再び夕餉談義に花を咲かす侍女たちの声を背中で聞きながら、白玲はそっと息を吐く。

一年前のあの夜以降、凜々と宵胡は白玲の前で白碧《はくへき》や北斉《ほくせい》たちの話をするのを控えるようになった。

できるだけ白玲が心安くあるように。そんな侍女たちの献身に感謝しつつも、これだけはという思いで白玲は苦言を呈す。

「……あいつは遊びに来るんじゃないぞ」

「あら！　もちろん、承知してますわ」

「我々も弁《わきま》えております」

ふたりは「ねえ」と顔を見合わせると、すぐさま料理の話に舞い戻り、はしゃぎはじめる。

処置なしとばかりに、白玲は再び息を落とした。

半ば押し切られる形で冬惺を黒玄府に受け容《い》れてふた月半程が過ぎた。

冬惺の処遇について、白玲は断り切れなかっただけで許した訳ではない、という態《てい》を保っているつもりでいるが、当の冬惺をはじめとして、凜々も宵胡もそうとは考えていない。おそらく、三者の間では完全に許されたことになっている。

久しぶりに訪れた日常の変化に、侍女たちはどこからどう見ても浮かれているが、さりとてこれ以上咎《とが》める気にもなれない。

冥府と現世では時間の尺度がまるで違う。

凜々も宵胡も、白玲よりはるかに長く生きているが、人になぞらえればその実年齢は見た目通りで、十四、五歳と、まだ十分に年若い。

凜々と宵胡の決意が揺るぎないものであるのは知っている。

しかし、少女ともいえる齢《よわい》のふたりにとって、異界であるうえ、昏《くら》く閉ざされた玄冥宮の暮らしが辛《つら》くないはずもない。殊に白碧たちを失って以降、心身の失調が酷《ひど》かった白玲を懸命に支えてくれた。そのことに深く感謝している白玲としては、ふたりの数少ない楽しみに水を差すような真似はしたくない、のだが。
白玲は三度目の息を吐く。その憂悶《ゆうもん》の色は先のふたつより濃い。
駄目だ駄目だと思いながらも、周囲に流されるがままに現状を受け容れてしまってい
る。白玲自身はまだ覚悟を決められていないというのに。
許されたいという、己の弱さに負けて冬惺を黒玄府に迎え入れたが、白玲の中から他
者を巻き込むことに対する恐怖が消えた訳ではない。あの夜以降、すでに六度狩りに赴
いたが、やはり冬惺を伴うことには強い拒否感を覚える。けれど一方で、少しずつ慣れ
はじめているのも確かである。
評価基準が辛辣《しんらつ》な霖雨《りんう》が褒めただけあって、冬惺は鬼方士《きほうし》としてかなり優秀だ。正直
なところ、優れた判断力や巧みな援護には大いに助けられている。
とはいえ、白碧が秘密裏に手を回してまで冬惺を遣わしたのは戦力を補強するためで
はない。あくまで、白玲の孤独を和らげる存在が必要だと考えたからだ。
育ての親の思い遣《や》り、でもあるのだろうが……冷たい指で背筋をなでられるような心
地がして、白玲は身を震わす。
白碧は優しかった。
白玲に与えてくれた情愛も偽りなどでは決してない。凜々や宵胡、北斉たちに対して
も同様で、相対する者すべてを深く慈しんでいた。
だが、白碧もまた屍王だ。

白碧にとって、北斉たちは仲間であると同時に、使命に必要な道具だった。それぞれの能力を遺憾なく発揮させるために情愛をくべ、敬意を呼び起こす言葉を与えた。どれも嘘ではないが、根底には常に屍王としての算段があった。

北斉たちは心から白碧を敬い、そして死んでいった。最期まで、白碧が隠し続けた屍王の本性に気づかぬままに。

もし、白碧の行いが不善なら、見て見ぬフリを貫いた自分も同罪だ。そして、いま再び同じ罪を犯そうとしている。

あの夜、己もまた、大切な者を救えなかった罪を負う者だと冬惺は言った。仔細《しさい》に差はあれども、冬惺は白玲とよく似た痛みを抱えている。だから、白玲の心情にああも寄り添えた。

おそらく、白碧は算段を尽くしたうえで冬惺を名指した。誰よりも白玲の痛みを理解できて、それ故に白玲が抗《あらが》えなくなる者。ふたつの条件を満たす存在として、冬惺は選《よ》りすぐられたのだろう。

もちろん、白碧は白玲が己の思惑を察することも見越していたに違いない。賢《さか》しらなまでに適《かな》った道具を用意することで、白碧は訓示しているのだ。「どんな犠牲や非道も厭《いと》わずに、使命をまっとうさせよ。それこそが屍王である」と。

「……玲様。白玲様ったら」

凜々の呼び声に、白玲は我に返る。

「そんなにぼうっとして、どうかされました？　もしかして、具合が悪いのでは？」

「腹痛ですか？　それとも頭痛？　すぐに薬を煎《せん》じますよ」

凜々の案じに、宵胡がすかさず熱を確かめようと額に手を伸ばしてくる。

「どこも悪くないし、痛くもない。ちょっと考え事をしていただけだ」

白玲は宵胡の手を避けながら、凜々に言い返す。

「本当に？　苦いお薬が嫌で我慢してません？」

「心配せずとも、いつものように蜜湯《みっとう》を添えますから」

「違うと言っているだろ。いつまでも童扱いするのはよせ」

白碧たちを失ってから、しばらくの間は精神の失調が酷く、白玲は腹痛や頭痛、発熱としばしば体調を崩した。屍王の頑健な肉体も、心の不具合は防げないらしい。

その折には、凜々と宵胡にかなり迷惑をかけた。ふたりの甲斐甲斐《かいがい》しい世話があったから、不調があっても梟炎狩りを続けることができた。

だから、文句を言えた義理ではないが、この半年ほどはちゃんと持ち直している。過剰に心配するのはそろそろやめて欲しい。

「とにかく、体調に問題はない。わかったら――」

「もしもーし。白玲様、いらっしゃいますか」

正房に戻ったそばから、扉の向こうで霖雨の声が響く。

職務柄、白玲の行動時刻を把握しているとはいえ、いつも驚くほど巧みに時機を合わせてくる。その的確さは気味が悪いほどだ。

また、霖雨は合理的かつ抜け目がなく、己に利得のないことは基本しない。いまのように、決められた職務以外で玄冥宮を訪れるなど、余程の理由がなければやらない。

嫌な予感が白玲の胸に満ちる。気が進まないながらも、白玲は視線で凜々と宵胡に中に留《とど》まるように伝え、自ら扉を開いた。

「これは白玲様、ご機嫌麗しゅう。わざわざのお出まし、ありがとうございます」

霖雨は慇懃《いんぎん》無礼を絵に描いたような口調で挨拶《あいさつ》し、出てきた白玲に一揖《いちゆう》する。

「用件は何だ」

「そうですね。良い報《しら》せと悪い報せ、どちらからお聞きになりたいです？」

「……どちらでも構わん。さっさと両方話せ」

「相変わらず突っ張ってますねえ。冬惺殿を迎え入れて、少しは可愛げが出てくるかと期待しましたが。まあ、それじゃ良い話からはじめましょうか。ご依頼のものができました。ご査収ください」

霖雨は懐から朱巾《しゅきん》の小袋を取り出すと、白玲に差し出す。

白玲は受け取ろうと手を出しかけて、留まる。

中身が何であるか、白玲は知っている。自分が命じて作らせたのだから当然だ。

だが、改めて己の覚悟のなさを思い知ったばかりである。迷いを断ち切れていない状態でこんなものを用意するべきではなかった。

悶々《もんもん》と後悔を募らせる白玲に、霖雨は不遜《ふそん》に鼻を鳴らす。

「大方、こんなものを作るんじゃなかったと悔いていらっしゃるんでしょうが、こちらとしては貴方《あなた》の迷える心境なんて甚だどうでもいいことでしてね。とりあえず、収めてもらわないと面倒なんです」

麗しい笑顔で痛烈に言ってのけ、霖雨は朱巾袋を白玲に押しつける。

「はい、確かに渡しましたよ。では、次に悪い話を。先程、冬惺殿が皇帝陛下の命で拉《ら》致《ち》されました」

「は？」

「移送先は後宮の長春宮《ちょうしゅんきゅう》。后妃のおひとりである、李昭儀《りしょうぎ》の住まいです。返して欲しくば、そこまで取りに来い――が、陛下からの言伝《ことづて》です」

霖雨の話を理解するまでに一拍ほど要したものの、白玲はたちまち血相を変える。

「爺《じい》さんは何故そんな真似を……おまえもまず、それを話すべきだろ」

「どちらでも構わん、そうおっしゃったのは白玲様でしょ」

「うるさいっ。御託はやめて、いますぐその長春宮とやらに案内しろ」

誰も彼も、屍王をなんだと思っているのか。叫びたい気持ちを全力で堪《こら》え、白玲は霖雨に命じる。

斯《か》くして、白玲は今日、楼門から玄冥宮を出るだけでなく、後宮に踏み入ったことのある稀《け》有《う》な屍王となった。

「そう硬くなるな。其方《そのほう》はただの男でありながら後宮に入った。滅多とない、稀《まれ》なる立場をゆるりと楽しむがいい」

太星国皇帝、珞劉義《らくりゅうぎ》は鷹揚《おうよう》に述べ、長く白い顎鬚《あごひげ》をなでる。

鶴のごとく痩身《そうしん》で、年齢のわりに矍鑠《かくしゃく》としているが、それ以外にはこれという特徴のない凡庸な老爺《ろうや》だ。殊に、一天万乗の位にある者特有の威風や傲岸《ごうがん》といったものはまるで感じない。

劉義の恬淡《てんたん》とした佇《たたず》まいは持って生まれた気質もあるだろうが、なによりも過酷な辛苦を舐《な》め尽くしてきたことが大きい。

劉義は前々帝の継嗣であったが廃嫡され、三十七年にわたり離島に幽閉された。不遇のうちに生涯を終えるとばかり思われていたが、四年前に起こった政変で復位、皇帝として返り咲き、いまに至っている。

欲得の権謀術数に弄《もてあそ》ばれ、運命の流転に揉《も》まれ過ぎた男の双眸《そうぼう》は隠者の静けさを装いながらも、奥底は砂塵《さじん》めいた虚無に埋め尽くされている。

そんな相手を前にして、ただの男――潤冬惺は微動だにせず、拱手《きょうしゅ》直立の姿勢を貫いていた。

拝跪《はいき》は要らん、直答《じきとう》も許す、佩刀《はいとう》についてもお構いなしと、逆にどうすればいいのかわからない寛容ぶりに戸惑うしかなくなっている。

五岳は権力に与《くみ》しないが、特段敵視もしていない。皇帝をはじめ、国政の権力に崇敬や忠誠といった気持ちはないが、一般的な礼節は持ち合わせている。つまり、この状況をこだわりなく受け容《い》れられるほどに権威を軽んじてはいない。

午下《ひるさ》がり、普段通り皇城の裏手門から玄冥宮に向かおうとしたところ、いきなり見知らぬ宦官《かんがん》たちに取り囲まれ、ひと言の説明もないままこの場に連れて来られた。

聞くところによると、ここは後宮の長春宮、李昭儀なる后妃の殿舎とか。あまりに関わりのない場所過ぎて、名称と知識が上手《うま》くつながらず、冬惺は現状の把握にそれなりの時間を要した。

昭儀は九嬪《きゅうひん》のひとりで、嬪は妃に次ぐ位階である。四妃とは差があるものの、嬪の最高位であり、序列はかなり高い。侍女の数も少なくなく、冬惺の背後には身なりの整った女が八人居並んでいる。

冬惺を間に挟む形で前に並ぶのは、座牀《ながいす》に腰をかけた劉義と随身《ずいじん》の宦官ふたり。そして、劉義から少し離れたところに若い女人と初老の男が控えている。

はじめ、冬惺は前の女人が李昭儀だと思っていたが、落ち着きのない態度や、周囲の様子を窺《うかが》う限り、どうも違っているらしい。

冬惺は密《ひそ》かに嘆息する。

状況の仔細《しさい》はさておき、いまはこの窮状をどう切り抜けるかが最重要事項だ。そもそも、どうしてこうなったのか。とにかく、それがわからない。

「其方、幾つになる？」

劉義の唐突な問いかけが、思考の合間に滑り込んでくる。

慎重を期しながら、冬惺は少し視線を上げた。

無理矢理に連れて来られたとはいえ、冬惺はこの場において不審かつ不穏極まる存在だ。随身たちの視線はずっと、痛いほどに尖《とが》り切っている。

もっとも、冬惺としては護衛たちに同情したい。いくら当の皇帝が許しているとはいえ、一足で主《あるじ》に斬りつけられる距離に剣を帯びた男がいるとなれば平静でいられるはずがない。

それだけに、ふるまいには細心せねばならない。そもそも、ここにいるだけで十二分に死罪に値する身としては、まさにすべてが薄氷を踏む思いだった。

「……二十五になります」

「若いな。しかも、なかなかに佳《よ》い男だ」

劉義は目を細めて、柔和に笑う。

表情だけなら好々爺《こうこうや》のそれだが、無論そんな単純なものではない。

劉義の気さくな態度は表面だけで、通常そこに伴うはずの感情の温度が完全に欠落している。何を目にして、何を背負えば、こんな洞《うろ》のような笑みを浮かべられるようになるのか。冬惺には見当もつかなかった。

「あれをおびき出す贄《にえ》とするために其方を捕らえさせたが、意図せぬ余得があったものよ。儂《わし》は常々、こんな老いぼれの後宮に囲われた女たちを不憫《ふびん》に思っておっての。偶《たま》さかとはいえ、其方のように若く精悍《せいかん》な男を間近で見せてやれて喜ばしい。多少の慰めになろうというもの、なあ？」

劉義が後列に控える侍女たちに声をかければ、冬惺の背後でさざめきが起こる。

まさに悲喜交々《こもごも》、その喧噪《けんそう》には様々な色が混ざり合っていたが、どちらかといえば浮き立つ響きが勝っているように聞こえた。

しかし、冬惺の耳にはまるで届いていない。そんなことより、寸刻前の劉義の発言に気を取られていた。

太星国にあって、皇帝が召し出しに手間をかける相手となれば疑う余地はない。

自分がここに呼ばれた理由は――最悪の結果に瞑目《めいもく》した瞬間、冬惺は猛然と近づいてくる神力を感じ取った。

どっと、忸怩《じくじ》たる思いが押し寄せてくる。

まさか、こんな形で足手まといになろうとは。不甲斐《ふがい》ないにも程がある。

「失礼します。お呼びの方を――って、白玲様！　おとないが済む間くらい我慢してくださいよ」

「うるさい。玄冥宮からここに来るまで、同じような文句を何度も何度も何度も……いい加減に聞き飽きた」

霖雨の声に続き、白玲の怒りに満ちた声が響く。

冬惺は事前に察知できるが、他はそうではない。いきなりズカズカと踏み入ってきた白玲に、劉義を除き、周囲は騒然となった。

侍女たちが悲鳴を上げ、随身たちは慌てて劉義を庇《かば》うように前に出る。

けれど、気色《けしき》ばみ、殺気立った場の空気は白玲の姿を目にするや、いっせいに蕩《とろ》けて崩れた。

ここは百華が競う後宮。

麗人など、誰もがとうに見慣れているはずだが、それでも突如として咲いた比類なき美貌《びぼう》に驚きを隠せない様子だった。

しかしながら、そんな周囲の戸惑いもどこ吹く風とばかり。白玲は一直線に進むと、冬惺の横に立った。

「おい」

「……はい」

「俺はいま、このうえなく不本意な思いでここに来ている。誰のせいでこうなったか、わかっているな？」

「面目次第もありません……」

白玲に責められて、冬惺は弁解の仕様もなくしょげ返る。

「……まあ、爺《じい》さん絡みじゃ仕方ない。今回は勘弁してやる」

叱られた犬のような様に威勢が削《そ》がれたのか、白玲はやや棘《とげ》を収めた口調で言うと、さらに前に進み出て、劉義と対峙《たいじ》する。

はっと、随身たちは正気に返り、急ぎ白玲に対し構えを取ったが、劉義は「よいよい」と大儀そうに手をふる。

「これは屍王だ。人には決して害を加えん生きものよ」

劉義が放ったひと言に、室内はいっそう激しい動揺に包まれた。

随身たちが一様に青ざめ、侍女たちは恐怖にどよめく。ともすれば、混乱を来しかねない緊迫を解いたのはまたしても劉義の言葉だった。

「取り乱すな。言ったであろう、害はないと。このうえ、まだ騒ぐ者あらば処罰する。そう心得よ」

如何《いか》に威厳から程遠くとも、至尊の子として生まれ、至尊となるべく育てられた者らしく、劉義の声は人に命じることに慣れ切った力がある。まるで見えない鞭《むち》に打たれたかのごとく、一同は口を噤《つぐ》み、頭《こうべ》を垂れた。

周囲が鎮まると、劉義は目元の皺《しわ》を寛《くつろ》げ、前に立った白玲を見上げる。

密かに冬惺は目を見張る。その表情の緩みには仄《ほの》かだが人らしきぬくもりがあった。

「久しいな、白玲。しばらく見ぬ間に随分と立派になったのう」

「無用な話をするつもりはない。玄冥宮および、屍王に干渉するなかれ。太星国皇帝が最も遵守すべき取り決めを忘れるとは何事だ。それとも、いよいよ呆《ぼ》けたのか？」

白玲の無礼どころでは済まない口の利きように、周囲は仰天する。

冬惺も背に冷たい汗をかいたが、劉義は泰然としたもの。眉《まゆ》の毛筋さえ動かさずに、枯れた笑い声を上げげた。

「相変わらず、顔に似合わず口が悪い。白碧の嘆く姿が目に浮かぶ。ああ、いっそ躾役《しつけ》も用立ててやろうか。度々尻《しり》をぶたれれば、曲がった口も多少は矯《た》められよう」

「……つくづく、腹の立つ爺さんだ。何を企《たくら》もうが、乗る気はないぞ」

「確かになあ。この一年、わしが何を申し入れてもおまえは取り合わんかった。此度《こたび》もてっきり、音沙汰《おとさた》なしとばかり思っておったぞ。どうやら、白碧の置き土産が余程気に入ったとみえる」

「うるさい。とにかく、こちらのものを早く返せ」

「元より、おまえの大事な玩具《おもちゃ》を取り上げようとは思っておらんさ。好きに持ち帰ればいい。ただ、せっかくこうして顔を合わせたんじゃ。ひとつ、この老体の願いを聞いてくれんか？」

「断る。屍王は世事には関わらん」

「つれないことを言うな。少しばかり手を貸して欲しいだけだ」

「くどい。頼み事なら余所《よそ》をあたれ」

「なんと無体な。あの愛らしかった童子が斯《か》くも無慈悲な冷血漢になり果てるとは。傷心のあまり、こちらも意地の悪いことを口走りそうじゃ。たとえば……皇帝以外の男が後宮に入るのは禁忌。即刻処断せよ、などと」

劉義はわざとらしい声で嘆き、大袍《だいほう》の袂《たもと》で顔を覆う。

脅しの意味がわからないはずもなく、冬惺は思わず顔を上げる。

処断される訳にはいかないが、おめおめと白玲の枷《かせ》になり下がるのは耐え難い。

「白玲様。私のことは――」

「爺さんの口車に乗るな。おまえは黙っていろ」

ふり返った白玲に制されて、冬惺は口を閉ざし、項垂《うなだ》れる。

思い返せば、宦官《かんがん》たちの連行に甘んじてしまったことが失敗だった。常々、霖雨が口にしている〈皇城の常識〉を学んでおけば、少しは上手《うま》く立ち回れたのだろうか。そんな後悔ばかりが降り積もっていく。

「だから、そんな叱られた犬みたいな顔をするな。勘弁してやると言っただろ。とにかく、そこでおとなしくしていろ」

白玲は冬惺に言い聞かせると、劉義に向き直る。

「聞いてくれる気になったか？」

「屍王を脅迫とはな。死後に報いを受けても知らんぞ」

「今更じゃな。多少の報いの増加に脅えるほど、清廉な生路はたどっておらんよ」

劉義が目と口唇を曲げる。あまりに昏《くら》い歪《ゆが》みであったが、その笑みもまた、他よりはるかに心情をはらんでいた。

「では、話に入るとしよう。この長春宮の主《あるじ》、李昭儀の不調の原因を解き明かして欲しい。それが、儂《わし》の頼みじゃ」

「……不調とは？」

「五日前、李昭儀は就寝の最中に胸の痛みを訴え、そのまま意識を失った。あれこれ手を尽くしたが、容態は一向に改善せん。後宮医官たちによると、李昭儀の体に病や毒の影はない。もしかしたら、呪詛《じゅそ》の類《たぐい》ではないかという訴えが上がっておる」

白玲の耳朶《じだ》がわずかにそよぐのを、冬惺は見逃さなかった。

後宮医官たちの進言は根拠があってのものか、はたまた責任逃れのための言い繕いなのか。それはわからないが、白玲が呪詛という言葉に引っかかりを感じているのは確かだった。

「だが、李昭儀の侍女の中には、断じて呪詛などではない。後宮医官にも見破れぬ、特殊な毒を盛られたのだ、という声もあっての」

「その通りでございます！」

突如、背後から侍女のひとりが飛び出してきて、劉義に平伏する。

「小葉《しょうよう》、控えよ！　皇帝陛下の御前であるぞ」

「いいえ、楚玉《そぎょく》様。李昭儀の御命が危ういというのに、黙ってはいられません」

楚玉と呼ばれた年嵩《としかさ》の侍女が制したが、小葉という若い侍女は止まらない。刺すような視線を劉義の脇に控えた女人に向け、声を張り上げる。

「そこにおられる、花青《かせい》公主が李昭儀に毒を盛ったのです！　陛下もすでにご承知でしょうが、あの日の午間《ひるま》、花青公主は長春宮を訪ねて来られました。懇談の際、花青公主が手ずからお茶を淹れることが幾度かあり……その夜に李昭儀がお倒れになったことを思えば、茶に毒が仕込まれたと考えるのが自然です」

「違いますっ。毒を仕込むなど……とんでもない言いがかりです」

堪《たま》りかねた様子で名指しされた女人――花青公主が声を上げる。

歳は十七、八くらいだろうか。上背はあるが、折れそうなほどに華奢《きゃしゃ》で弱々しい。薄幸という言葉がしっくりと馴染《なじ》む、そんな風情を漂わす佳人であった。

花青公主は慌ただしく身を翻すと、劉義に向かって膝《ひざ》をつく。

「神に誓って、私は無実でございます。なにより、私にとって李昭儀はこの後宮で唯一心許せる御方。お慕いこそすれ、怨《うら》むなどあり得ません」

「落ち着け。今日はそれを調べるために其方《そのほう》を呼んだ。確たる証拠もなく罰するつもりはない。疚《やま》しいことがなければ、堂々としておれ」

「……はい」

か細い身体をいっそう縮めながら、花青公主は涙で声を詰まらせる。供の侍女もなく、孤独に打ちひしがれる姿は酷《ひど》く憐《あわ》れだった。

ひとくちに公主といっても立場は様々である。生母に寵愛《ちょうあい》や地位がなければ、存在ごと忘れ去られるのも珍しくない。

また、劉義の態度や、侍女に過ぎない小葉の糾弾ぶりから察するに、花青公主は劉義ではなく先帝の娘なのだろう。

「嘆くふりなどして、白々しい。おそらく隣の医師に毒を作らせたのでしょう」

小葉の舌鋒《ぜっぽう》が花青公主から静かにたたずむ男に移る。

丸められた背中と皺の深さから、老爺《ろうや》とばかり思っていたが、よく見るとそこまで年嵩でもないようだ。

髪は頭巾《ずきん》に覆われていて見えないが、眉は黒く、眼光にも力がある。実際はまだ壮年を越したくらいかもしれない。

「そこの許高湛《きょこうたん》とか申す医師は外から通ってくる素性怪しき者なれど、薬識は相当なものと聞き及んでおります。それほどの腕があれば、後宮医官たちの目を欺く毒の調合も可能なはず」

鋭い言及を受けてもなお、高湛は微動だにしない。灰褐色《かっしょく》の衣と相まって、その姿はどこか石像めいて見えた。

「高湛は元後宮医官です。経歴に不明はなく、皇城の出入りも陛下の許しを得ております。陛下、そうでございましょう？」

花青公主の庇《かば》い立てに、劉義は首肯する。

「小葉とやら、控えよ。そこの高湛は確かに元後宮医官であり、皇城の出入りも許可されておる。忠義心も過ぎては仇《あだ》ぞ」

「は、はいっ。申し訳ありません」

「陛下、私からもお詫《わ》びを。小葉、下がりなさい」

年嵩の侍女、楚玉がひれ伏す小葉のそばに寄り、同じく頭を下げる。態度や年恰好《かっこう》から、おそらく侍女頭なのだろう。

場が落ち着くのを待って、劉義は改めて口を開いた。

「とまあ、李昭儀が毒を盛られたという証拠はないが、花青公主も関わりが深過ぎるといった状況でな。もし、このまま李昭儀に万が一のことがあらば、花青公主を放免することは難しくなる。其方にとって、花青公主は所縁《ゆかり》ある相手だ。それを救う意味でも助力してもらいたい」

劉義の言葉に引かれたように、花青公主はおずおずと顔を上げると、白玲を見る。

所縁ある、とはどういう意味か。

冬惺は訝《いぶか》しく思いながら、同じく白玲を窺《うかが》う。

白玲は無言のまま、短い息を吐く。気づいてはいるだろうが、花青公主の視線には応《こた》えようとはしなかった。

「屍王に俗縁はないが……いいだろう。望み通り、手を貸してやる。ただし、約束しろ。以後は、こちらのものに手を出さない、と」

「わかった。その約定、しかと心得よう」

「破ったら、承知せんぞ」

白玲は傲然《ごうぜん》と言い放つと、そのまま右手で左の肩を軽くはらう。

甘やかな春蘭の香気が立ちのぼると同時、白玲の長衣を飾る水紋から一筋の水がほとばしった。

突然の神威の発露に周囲の者たちが慄《おのの》く中、白玲は手のひらをかかげる。すると、水は螺旋《らせん》を描きながら掌上に集まり、瞬く間に一羽の蝶《ちょう》に形を変えた。

「……その蝶で李昭儀の不調の原因がわかるのか？」

他と比べれば屍王について見聞があるのかもしれないが、不思議な力を目の当たりにしてさすがに面喰《めんく》らったのだろう。声に驚きを滲《にじ》ませながら劉義が尋ねる。

「巧妙な術式を用いた呪詛は簡単に存在を気取《けど》らせない。だから、いまから俺の力を巡らして隈《くま》なく探る。もし、李昭儀の不調が呪詛によるもので、この長春宮に何かが仕掛けられているのなら……この水の蝶が濁り、黒く染まる」

言うが早いか、白玲は足下から神力を発し、長春宮全体に網を張り巡らせるがごとくに広げていく。

と言っても、目に映る訳ではない。この場でそれを感じ取れているのは、おそらく冬愷だけだろう。

左程に刻はかからなかった。

はたはたと、白玲の手のひらの上でひらめいていた蝶の羽の先端に、墨を垂らしたような染みが浮き出たかと思うや、みるみるうちに広がり、すべてを染め上げていく。その光景に、侍女たちの押し殺した悲鳴があちこちで上がった。

「答えが出たぞ」

白玲は水の蝶が乗る手のひらを劉義に差し出す。

劉義は端々まで黒く染まった蝶を眺めながら、深い嘆息を落とした。

「李昭儀は何者かに呪われている。十中八九、呪符だろう。眠っている時に苦しみだしたということは、おそらく寝台に仕掛けられている」

白玲はふり返り、冬惺を見上げる。

「行って、剝《は》がして来い」

白玲の命じに冬惺が答えるより早く、先程の侍女頭――楚玉が進み出てきて、白玲に対し膝をつく。

「お待ちください。たとえどのような事情があろうとも、陛下以外の殿方が后妃の寝所に踏み入るなど、あってはならないことです」

白玲は盛大に顔をしかめる。口にはしなかったものの、大きく歪められた眉《まゆ》が「くだらない」と語っていた。

「これは馬鹿がつくほど真面目な人間だ。聞き分けが悪い時も間々あるが、それでも絶対におかしな真似はしない。なにより、屍王《俺》に比べれば幾分もマシなはずだ」

「そ、それは、その……」

「この呪詛《じゅそ》は相当に悪質だ。グズグズしているうちにも、李昭儀は命を落とすかもしれん。主を助けたいのだろ？」

「無論、この身にかえてもお救いしたくっ……ですが、李昭儀の品格に傷がつく事態を見過ごす訳には参りません。無礼とは存じますが、どうか御配慮を。呪符を剝がす必要があるなら、私にお命じください」

楚玉は必死に訴え、深く叩頭《こうとう》する。

白玲はうんざりした様子で楚玉を見下ろす。

けれど、表情とは裏腹に視線は柔らかい。献身的な侍女という存在に思うところがあるのだろう。

「何から何まで、後宮というのは本当に面倒な場所だな。わかった、ならば宦官《かんがん》にやらせる。それなら文句はないだろ。おい、霖雨！」

やや驚いた心地で、冬惺は扉近くで第三者の態《てい》を貫いていた霖雨を見る。

白玲が声をかけたこの瞬間まで、完全に存在を忘れていた。もし、霖雨が故意に気配を消していたのだとしたら見事過ぎる。到底、只者《ただもの》の所業ではない。

霖雨は如何《いか》にも渋々といった態度で白玲に歩み寄り、膝をつく。

「呪符を剝がしてこい、ですか？　正直言って、嫌なんですけど」

「仕掛けられてから少なくとも五日は経つというのに、他は誰も不調を訴えていない。つまり、この呪いは李昭儀以外に害はないということだ」

「でしたら、本人の望み通り、楚玉殿にやらせれば……と、言いたいところですが、なるほど。いやはや、白玲様はお優しい。自分の命より主の名誉を重んじる楚玉殿が、呪符の穢《けが》れを気にしないはずがない。剝がし役などさせれば最後、職を辞すか、下手をすれば自害されるかもしれませんからねえ」

さも感心したような、わざとらしい口調で霖雨が白玲の真意を説く。

楚玉が弾《はじ》かれたように顔を上げ、冬惺もまた白玲を見る。

驚きや戸惑い、もしくは感銘など、方々から様々な視線を受けて、白玲は居心地悪そうに眉根《まゆね》を寄せた。

「本当にうるさいやつだな。舌を引っこ抜かなければ、黙れないのか？」

「お叱りとは遺憾ですね。忠義厚き侍女を守るためのお気遣いに、感じ入っての発言ですのに。もっとも、私に対する配慮は皆無ですが」

霖雨は嫌みたらしく鼻を鳴らすと、あえて恭しく礼を取る。

「わかりました、お引き受けしましょう。そのかわり、高くつきますからね。陛下もどうか、お忘れなきよう」

念押しするように霖雨は劉義に深々と叩頭すると、楚玉に声をかける。

「楚玉殿、聞いての通りです。案内してもらえますか」

「は、はい。では、こちらに」

楚玉は慌てて立ち上がると、先頭立って奥の部屋に進んでいく。そのあとに、霖雨と侍女たちが続いた。

人が減り、がらんとした部屋で劉義が笑い声をたてる。

「霖雨とも仲良うやっているようじゃな」

「何が見えて、何を聞いた？　医官に目と耳を診てもらった方がいいぞ」

白玲は苦々しく言い返すと、ぷいと顔を背ける。

しばし、白玲は劉義の足下に敷かれた花氈《かせん》の蔦《つた》草文様を目でなぞっていたが、やがてぽつりとつぶやく。

「……おまえは李昭儀が大事じゃないのか？」

「何を言う。慈しんでおるからこそ、こうして手を尽くしておる」

「呪詛に対処できる者など、おまえなら幾らでも調達できるはずだ。屍王が後宮で、殊に后妃たちからどう思われているか……よく知っているだろ」

ふと、冬惺の脳裏に、あの夜に聞いた猫の話が浮かぶ。

白玲は屍王である自分と関わったせいで猫は死んだのだと思い、己を責め続けてきたに違いない。そして、いまは李昭儀が同じ目に遭うのではないかと恐れている。

冬惺の胸に言い様のない熱が燻《くすぶ》る。

確かに、后妃たちにとって、我が子を奪う屍王は忌まわしい限りの存在だろう。

冬惺に妻子はない。

だが、子を守ろうとする母の想いの強さは身を以《もっ》て知っている。

それだけに、屍王を忌避する后妃たちの心情も理解できる。しかし、屍王とて自らの意思で生まれてくる訳ではない。

すべては神の都合と采配《さいはい》によって起こる悲劇だ。忌避や憎悪なら、九玄大帝か、もしくは身勝手な契約を結んだ初代皇帝にぶつけるべきである。

けれど、白玲は罪のすべてを我がものとして受け容《い》れ、あまつさえ、相手を傷つけないように慮《おもんぱか》ってさえいる。その優しさがいじらしく感じられるのと同時に、少し歯痒《はがゆ》くもあった。

一方で劉義は何を思っているのか。長い顎鬚《あごひげ》をなでつつ、李昭儀の寝室がある奥に目をやる。

「……皇帝とは存外不便な生きものでな。万物を捧《ささ》げられながら、実のあるものはほとんどない。李昭儀の不調が呪詛かもしれんと聞いた時、頼る相手はおまえしか思い浮かばなかった。他は些《いささ》か信用ならんのでな」

劉義の自嘲《じちょう》混じりの言葉に、白玲は再び黙り込む。

ぎゅうと強張《こわば》った肩の線から、冬惺には白玲が困っているように見えた。

相変わらず空虚ではあるものの、劉義の言葉から偽りは感じなかった。白玲しか信頼できる者がいないというのも事実なのだろう。それがわかるから、白玲は何も言えなくなっている。

座に静寂が満ちてしばらくのち。不意に奥の部屋が騒がしくなる。

「……何か見つかったようじゃの」

劉義がつぶやけば、機を合わせたように霖雨が部屋から出てきた。

「あったあった、ありましたよ」

霖雨は小走りで近寄ってくると、指先でつまんだ紙片を冬惺に押しつける。

「はい、どうぞ。ああもう、害がなくても気色が悪い」

「御足労、ありがとうございます」

冬惺は霖雨を労《ねぎら》いつつも、受け取った呪符を見て密《ひそ》かに眉をひそめる。

呪符は手の中に収まるほど小さいが、施されている術式はかなり強力なものだ。

組まれた呪言は相手を苦しめながらじわじわと死に至らしめる、そんな残忍なたくらみに満ちている。中央に記された〈李寿香《りじゅか》〉はおそらく李昭儀の本名だろう。

しかも、これほど凶悪であるにもかかわらず、呪力は寸分たりとも漏らしていない。

驚くほど巧妙に作り上げられた呪符だった。

「……見せてみろ」

白玲の強張った声に驚き、冬惺は思わず問いかける。

「どうかされましたか？」

「その呪符……いや、まずは確かめたい」

険しい表情に一抹の不安を覚えながらも、冬惺は白玲に呪符を渡す。

白玲は呪符の端に黒く染まった蝶《ちょう》を乗せて、そのままじっと見つめる。

眼差《まなざ》しからも、白玲がかなり神経を尖《とが》らせているのが伝わってくる。

この呪符が生中《なまなか》なものではないのは確かだが、白玲がそこまで気を張っている理由が冬悍にはつかみ切れなかった。

しばらく呪符を見つめたのちに、白玲はいったん思索を打ち切るように緊張を解き、劉義に視線を移す。

「間違いなく、これは李昭儀の命を狙った呪符だ」

「……やれやれ。誰の仕業か、無為な真似をする」

劉義は呻《うめ》くようにこぼし、霖雨に目を向ける。

「霖雨、楚玉たちをここに呼び戻せ。のちに医官を遣わす。それまではおまえが李昭儀の様子見を務めよ」

「承知しました」

霖雨は拱手《きょうしゅ》すると、劉義に命じられた通りに動き出す。

「あの、陛下。私も李昭儀のおそばに参りたいのですが。お倒れになったと聞いた時から、ずっと案じておりました。それに、医官が必要であれば高湛がおります」

思い切ったように声を上げた花青公主に対し、劉義はゆるりと首をふる。

「いまはならぬ。屍王によって李昭儀の不調は呪詛と断定され、毒を盛ったというそなたと高湛の疑いは晴れた。だが、呪符を仕掛けた者がまだ明らかになっておらん」

「……まさか、それが私であるかもしれないと?」

「李昭儀の寝台に呪符を仕掛けられる者となれば、ほぼ長春宮の侍女たちに限られる。だが、そもそも李昭儀の殺害を企てた者となると……」

現状、犯人を特定する証拠はなく、関わる者すべてが等しく疑わしい。交誼《こうぎ》が深いという理由だけで花青公主を嫌疑から外すこともできない。

劉義の含むところを察し、花青公主は青ざめながらもうなずく。

「……確かに、もっともなご意見でございます」

動揺は残るものの、毒を盛ったという濡れ衣が晴れて気持ちが楽になったのか。花青公主の態度に先程までのような脅えは見られなかった。

「さて、白玲。物のついでに尋ねるが、おまえの力で呪符を仕掛けた者を暴くことはできるか？」

劉義の問いかけに、白玲は迷惑だと言わんばかりのため息を吐く。

「このうえ、犯人捜しまでしろと？　大体、仕掛けた者を見つけ出して、それで終わる話でもないだろ」

「わかっておる。裏で糸を引く、真に殺意を抱く者を捕えねば意味はない。だが、それはさて置き、いまはとにかく仕掛けた者を迅速にあぶり出したい。わからぬ仕舞いでは、すべてを捕縛せねばならん」

劉義が言うように、侍女の誰かが呪符を仕掛けた可能性が高い。故に、犯人がわからなければ全員を遠ざけるしかなくなる。

しかし、裏切られることがあったとしても、后妃にとって侍女は重要な味方だ。信頼に足る者をひとり見つけるだけでも容易ではないのに、一度にすべて取り替えるなど危険過ぎる。目下、命を狙われている李昭儀の身の安全を思えば、不用意に味方を失う事態は避けたいのだろう。

しばらく、白玲は黙り込んでいたが、やがて思い切ったように口を開いた。

「条件次第で引き受けないでもない」

「ほう、それは？」

「仕掛けた者を暴くかわりに、この呪符をもらい受ける」

劉義が驚いた風に顎《あご》を引く。

冬惺もまた、内心で首を傾げる。

仔細《しさい》は不明ながらも、白玲はあの呪符に何かを見出《みいだ》している。どうやら、想像以上に重要な何かがあるらしい。

「呪符がどんな余得になるのか、見当もつかんが……儂《わし》にすれば悪い取引ではないな」

そのとき、ちょうど楚玉を先頭にして侍女たちが奥から戻ってくる。

「承知した。その呪符、おまえの意のままにするがいい」

「よし、交渉成立だ」

白玲は劉義に背を向けると、促すように冬惺に対し顎をしゃくる。

「次で始末をつける。さっさと終わらせて、玄冥宮に戻るぞ」

「はい」

楚玉たちの前へ進み出る白玲に続き、冬惺もかたわらに並ぶ。

何事かと、怯えも露《あら》わな眼差しでうかがってくる楚玉たちに、白玲は黒蝶がとまる呪符を突きつける。

「李昭儀の寝台から見つかったこれは、紛れもなく呪殺の符だ。皇帝の頼みにより、いまから仕掛けた者をあぶり出す」

白玲の宣告に、楚玉たちは一様に青ざめる。

「屍王様、私たちは神に誓って李昭儀を裏切るようなことは――」

「詮議《せんぎ》をするつもりはない。呪符に聞けば済む話だ」

楚玉の抗弁を遮ると、白玲は短い呪言を唱える。

すると、呪符は火をつけられたかのように揺らめき、たちまち黒蝶の中に溶け込んでいった。

どよめき、たじろぐ楚玉たちとは対照的に、白玲は淡々とした様子で指先にとまらせた黒蝶に命じる。

「行け、おまえをここに連れてきた者のもとへ」

ふわりと、黒蝶は白玲の指先から飛び立つと、楚玉たちに近寄っていく。

「皆、動くな。騒ぐ者は疚《やま》しき心ありとみなす」

劉義の命じに、恐怖に浮き足立っていた侍女たちが固まる。

楚玉を筆頭に冷静を保っている者もいたが、さすがにどの顔も強張《こわば》っていた。

一方で、周囲の緊張を余所《よそ》に黒蝶は嫋《しな》やかに飛び続ける。

ほどなく、黒蝶は後方の左端に立つ侍女に寄り、その肩にとまろうとした。

「い、いやっ！」

黒蝶をはらい落とそうと、侍女はものすごい勢いで腕をふるう。それは先程、花青公主を糾弾した侍女、小葉だった。

「やめて！　寄るな、このっ」

袖《そで》にはらわれて、砂塵《さじん》のように細かく砕けても、黒蝶はまたすぐに形を成し、小葉に向かっていく。

「小葉……。まさか、そなたが――」

「ご、誤解です、楚玉様。私は……ひっ」

小葉は必死に訴えながら、袖にとまろうとする黒蝶を慌ててはらう。

「なるほど。皆の疑いを呪符から逸らすために、罰せられる危険を犯してまで毒のせいだと騒いだという訳か」

「なにをっ……黙れ！　忌まわしい屍王が！」

小葉は激昂《げきこう》し、白玲に喰《く》ってかかる。思わず冬惺が前に庇《かば》い出たほどに、憎悪を剥《む》き出しにした形相は凄《すさ》まじかった。

「楚玉様、これは陰謀です！　この屍王は花青公主の母から生まれたというではありませんか。いうなれば、花青公主とは姉弟。姉を庇うために、妖術で私に罪を着せようとしているのです！」

劉義の言う所縁《ゆかり》とはそういう意味だったのか。

努めて平静を装いながら、冬惺は背後の白玲を窺《うかが》う。

表情を見る限り、白玲に動揺は見られない。

だが、本心はどうであろう。小葉の罵声《ばせい》はともかく、思わぬ形で花青公主と顔を合わせたことに何も感じていないとは思えなかった。

「もう一度言う、屍王に俗縁はない。このうえまだ罪を認めず、言い逃れを続けるというなら仕方がない。認めざるを得ないようにするまでだ」

白玲が手を伸ばせば、呼ばれたかのように黒蝶は小葉から離れ、その指先に舞い戻る。

「呪詛《じゅそ》、特に呪殺は作用が強い分、因果も強い。人捕る亀は人に捕られるの故事に倣い、途上で解かれた呪詛は呪った者自身に還る。二乗、三乗と凶悪さを増してな」

「え……」

なおも声高に叫ぼうとしていた口もそのままに、小葉が顔を引きつらせる。

「呪詛の応報は凄惨《せいさん》だ。しかも、この呪符の作り手は相当にずる賢い。自身ではなく、呪符を仕掛けた者に肩代わりをさせるように術式を組み上げている。李昭儀の寝台にこの呪符を忍ばせた者は、さぞ惨たらしい最期を迎えることになるだろう」

白玲の冷たい視線を受けて、小葉は顔を引き攣らす。鬼女のごとくの威勢も跡形もなく消え去り、ガタガタと震えはじめた。

「最後の機会だ。認めるか、それとも呪いの報いで死ぬか。三つ数えるまでに決めるがいい。ひとつ、ふた——」

「わたっ、私です。私が呪符を仕掛けました！　でも、違うんです。脅されて、仕方なくやっただけでっ。私じゃない、李昭儀を呪ったのは私じゃ……」

「お黙り！　このうえ言い訳など見苦しい！」

楚玉が荒々しく小葉に詰め寄り、頬を鋭くはたく。

小葉は悲鳴を上げ、床に倒れ込んだ。

「……あれを捕らえよ」

随身たちが素早く動き、小葉を背後から捕らえる。

「ちが、違う！　私は、本当に脅されただけでっ。どうか、どうか御慈悲を！」

目の端さえ向けることなく、劉義が手をふる。

叫び、身をよじる小葉を随身たちが引きずり、外へ連れ出していった。

短い瞑目のあと、白玲は指先の黒蝶《こくちょう》に向かって何事かささやく。

すると、蝶はひらりと羽を翻し、呪符へ姿を変える。それを懐に収めながら、白玲は劉義に言った。

「李昭儀を蝕《むしば》む呪詛は屍王白玲がもらい受けた。残滓《ざんし》が消えるまで少しかかるだろうが、十日もすれば平癒するはずだ」

「そうか、それを聞いて安堵《あんど》した。助かったぞ、礼を言う」

「礼など要らん。そもそも、脅しておいて白々しい。まあ、精々気をつけることだな。呪詛を仕掛けられるのは后妃だけとは限らんぞ」

「ほう、儂の身を案じてくれるのか？」

「……うるさい。とにかく、金輪際こんな真似をするな」

白玲は言い捨てると、劉義に背を向け、足早に歩き出す。

「戻るぞ」

「え、はい」

冬惺は急いで礼を取り、白玲のあとを追う。

最後に捉《とら》えた、白玲を見送る劉義の目。

そこにはやはり、人らしい温度が灯《とも》っているように思えた。


玄冥宮の楼門を潜るなり、冬惺が深々と頭を下げてきた。

「此度《こたび》はご迷惑をおかけして、申し訳ありませんでした」

「もう謝るな。勘弁してやると言っただろ。これで三度目だぞ」

「ですが、すべては私の浅慮が招いた事態です。今後は同じ過ちを繰り返すことのないように、霖雨殿に請うて、皇城の常識を学ぼうと――」

「やめろ。絶対にやめろ。あいつから学ぶことなど何もない、むしろ害悪だ」

白玲は総毛立つ思いで断言する。

基本、英明な人間であるはずなのに、時々どうかしているとしか思えない言動を取るのは何故なのか。白玲にはまったく理解できない。

「約束したからには、爺《じい》さんも無体な真似は慎むだろう。おまえは余計なことに気を回さず、自分の役目に集中しろ。いいな？」

「は、はい。承知しました」

わかればいい。そんな思いで白玲はうなずくと、再び歩き出す。

玄冥宮につながる橋を渡る途中、あとに続く冬惺が口を開く。

「それにしても、白玲様があれほど皇帝陛下と親しいとは。驚きました」

「はじめて爺さんと顔を合わせた時、俺はいまの背丈の半分くらいしかなかったからな。そのせいで、いつまでも童に見えるんだろう」

「半分、ですか？」

不可解だと、表情で語る冬惺を眦《まなじり》で捉えながら白玲は肩をすくめる。

劉義は即位して四年しか経っておらず、それまでは離島に幽閉されていた。つまり、白玲と顔を合わせられるのは最も早くとも四年前。それでは年恰好《としかっこう》の辻褄《つじつま》が合わないと、戸惑っているのだろう。

「知らないようだから、言っておく。屍王の成長速度は人と尺が違う。屍王は生まれてから三年ほどで、人で言うところの成年に達する。俺は五年前に生まれて、生後一年が過ぎた頃に爺さんと会った。人になぞらえたら十歳くらいに見えたはずだ」

「それは……知りませんでした」

「特段、秘密にしている訳でもないが、吹聴《ふいちょう》することでもないからな。屍王が人と同じく成長に時間をかけていたら、どうしたって梟炎を狩れない期間が長くなる。下手をすれば、十数年の空きさえ生じかねない」

九玄大帝とて、可能であれば成年の姿で屍王を創り出したいに違いない。

しかし、神の現世に対する干渉には限界があり、無から生命を創り出すことは理《ことわり》に抵触してしまう。

故に、九玄大帝は現世の命を奪う。対象が赤子に限られているのは、宿ったばかりの命でなければ己の都合に合わせて創り変えられないからだ。

「使命の継承を滞らせないために、屍王は生まれてから三月ほどで、最低限戦えるまで育つようにできている。稀《まれ》に次代が生まれる前に現屍王が潰《つい》えることもあるが、そうなれば凜々と宵胡が世話を担う」

「ですが、おふたりだけでは――」

「教わったり、鍛えられたりせずとも、屍王は生まれたそのときから己の使命や能力を把握している。必要なものは最初からすべて備えられているからな。先代から学べるに越したことはないが、いないからといって困りもしない」

実のところ、屍王は白碧のように梟炎狩りの最中に死ぬより、霊魂の摩耗によって自然に滅びる場合の方が多い。

現屍王の死期を察すれば、九玄大帝は次の屍王を遣わす。大抵の場合、前後の屍王は半年ほど共に過ごして、離別を迎える。また、屍王の寿命は多くが十年程度。以下は間々あるが、以上はほとんど例がない。

白碧は例外のひとつで、存命期間が二十七年と飛び抜けて長い。また、先代と四年近くの歳月を共にした白玲もかなり特殊な屍王である。

玄冥宮の歴史のすべてを知る凜々と宵胡いわく、白玲ほど大切に育てられた屍王はおらず、間違いなく歴代随一の坊ちゃん育ち、だそうだ。白玲からすると、なにやら不本意な称号だが。

もっとも、そこまで詳しくは口にしない。特に寿命に関しては、不確定な要素も多いので黙っておく。基準に従えば、白玲はあと五年ほどで死を迎えるが、それをいま冬惺に伝えるのは憚《はばか》られた。

「ついでに言えば、能力の衰えを防ぐために屍王は不老だ。見目の変化は成年あたりで止まる。俺も多分、いまくらいで打ち止めだろうな」

不意に、背後で冬惺が立ち止まる気配がする。

訝《いぶか》しく思い、白玲もまた足を止め、ふり返った。

「おい、なにを……どうした？　そんな顔して」

尋ねずにはいられないほどに、冬惺は険しい顔をしていた。普段は木漏れ日を思わせる穏やかな双眸《そうぼう》が、いまは冬ざれの山嶺《さんれい》のように凍《い》てついている。

「枢要な事柄を明かしてくださったこと、ありがたく思います。ですが、正直憤りを禁じ得ません。神というだけで、そんな所業が許されるものかと」

冬惺は話しながら、左手で右の手首をつかむ。そうしていないと、こみ上げてくるものを抑えられないとでもいうように。

「九玄大帝は屍王を何だと……それではまるで、使命のための――」

「道具だと？」

冬惺は息を詰めて、うつむく。

自分で言い出しながらも、白玲から改めて聞かされると耐え難いのだろう。そんな冬惺の態度に、白玲は昔を思い出す。

北斉たちもそうだった。

屍王は使命のためだけに創られ、使い捨てられる。なまじ外殻が人であるだけに、そんな己の運命に一片の疑問も抱かない屍王がひどく不憫《ふびん》に映るようだった。

だが、屍王に憐《あわ》れみは要らない。

そもそもにして、屍王は罪のない赤子の霊魂を喰い潰して生まれてくる。そんな存在に情けをかける必要はない。

なにより、屍王は自ら望んで囚《とら》われている。根本的に、使命以外を求める心を持たないからだ。

「俺たちにとって、道具であることは憤ることでも悲しむことでもない。屍王は使命のために在る。それがなければ、どだい生きていけない」

「そんな考えに至ることも、九玄大帝が仕向けているからではありませんか」

「多分、そうだろうな。けど、だからといってどうすることもできないだろ。九玄大帝を止める手立てはないし、屍王をやめる術《すべ》もない。本来あるべき命を犠牲にしてまで生まれた以上、屍王として使命をまっとうするしかない」

さらに何か言おうとした冬惺に先んじて、白玲は言葉を接ぐ。

「おまえが俺を、屍王という存在を思い遣《や》ってくれているのは理解する。だが、なおも憐れむつもりなら、いますぐ五岳に帰れ。たとえ都合良く創られているのだとしても、使命に生きることは屍王の誇りだ。過ぎた憐憫《れんびん》は俺のみならず、すべての屍王に対する侮辱にしかならん」

冬惺はぶたれたかのように身を震わせる。

案の定とも言うべきか、酷《ひど》く傷ついた顔をしている。本当に馬鹿な男だと、白玲は胸の内でつぶやく。

確かに、己はこれまでの屍王と違い、余計な感情が備わってしまっている。

そのせいで、より人めいて見え、殊更憐れに映るのかもしれないが、それでも心を痛めるに値しない。なにせ、情けを寄せてくれる者を道具として利用しようとしているのだから。

「どうする？　いまならまだ、引き返せるぞ」

何を言ったところで、おそらく冬惺は退《ひ》かない。

頭の一端で確信しながらも、あえて白玲は尋ねる。我ながら卑怯だとうんざりするが、わずかでも迷いがあるなら逃げて欲しかった。

「いいえ、戻りません。白玲様のおっしゃる通り、私が浅はかでした。二度と、いまのような放言はせぬと約束します」

「……わかった。なら、俺も忘れる」

冬惺の予想通りの答えに安堵《あんど》しているのか、それとも落胆しているのか。

己でも判断がつかないまま、白玲は懐に手を入れる。取り出したのは小さな朱巾《しゅきん》袋。

長春宮の騒動の前に霖雨から受け取っていたものだ。

白玲は無言のまま、朱巾袋を冬惺に押しつける。

「白玲様、これは……」

「五岳に帰らんと言うなら、渡しておく」

「中を拝見しても？」

「好きにしろ」

あれこれ問答するより、受け取り、確認するべき。そう判断したのか、冬惺は朱巾袋を手に取り、丁重に紐《ひも》を解《ほど》いていく。

「……組紐《くみひも》ですか」

包みの中身は白銀の組紐だった。盤長形に編み込まれた細工は見事で、糸の染めも濁りがなく美しい。

冬惺は感心した様子で組紐を眺めていたが、はたと気づき、白玲を見る。

「まさか、黒玄府の証《あかし》としてこれを？」

「ここにいる以上、いつまでも東岳の色を提げている訳にもいかんだろ」

白玲は不自然に目を逸《そ》らしながら、口の中でごにょごにょと答える。

鬼方士は皆、五岳の中心に位置する中岳で修練を積む。

入岳が許されるのは八歳からで、そこから七年間修練を積み、印可を授かる。印可は一人前の鬼方士の証で、これを得てはじめて正式に討伐に赴けるようになる。

鬼方士は印可を授かる時、己を示す紋印も同時に与えられる。この紋印を佩玉《はいぎょく》と剣の柄《つか》に刻み、常に身につけるよう定められている。

組紐は佩玉を提げるために用いるが、その色は東西南北に分かれる四つの岳府のどこに属するかによって異なる。冬惺がいま革帯に提げている組紐は赤。それは太星国の都から最も近い東岳を示す色だ。

「前屍王が、黒玄府に属する者たちの証として白銀の組紐を授けた、という話は聞き及んでましたが……まさか、自分が手にできるとは思っておりませんでした」

組紐を見つめる冬惺の顔は心からの喜びに輝いているように見える。

散々拒まれ続けたことに加えて、このふた月半ずっと白玲の迷いを感じ取っていたのだろう。真実、白玲は自分を受け容れてくれているのか。口には出さずとも、そんな不安を抱えていたに違いない。

「ありがとうございます。本当に嬉《うれ》しいです」

あふれんばかりの感謝を真っ向から告げられて、なにやら無性に恥ずかしい。むず痒《がゆ》さから逃げるように、白玲は冬惺に背を向けた。

「白碧がそうしていたから、やっただけだ。使いたいなら使え」

冬惺の返事も待たず、白玲は駆ける勢いで歩き出す。

まさか、あそこまで喜ぶとは。

胸が温まる反面、痛みも感じる。こうやって少しずつ呪縛《じゅばく》を増していって、冬惺をつなぎ止めた先に何があるのか。

いまは出るはずもない答えを探るうちに、白玲は橋を渡り終えていた。

「白玲様、それに冬惺殿も。おかえりなさいませ」

「無事に冬惺殿を取り返せたようで、安心しました」

白玲たちの帰還を察した凜々と宵胡が玄冥宮から飛び出してきて、それぞれに歓喜の声を上げる。

「すみません、おふたりにもご迷惑とご心配をおかけしました」

「いえいえ、冬惺殿こそ災難でしたね」

「とっておきのお茶を淹《い》れますわ。白玲様と一緒にお休みください」

白玲に続き、宵胡に慰められ、凜々に労《ねぎら》われながら冬惺も玄冥宮に入る。

はじめのうちこそ、緊張を捨て切れない様子だったが、いまでは気負いなく門を潜るようになった。そんなことを思いながら、白玲は座牀《ながいす》に腰を下ろす。

「おまえも座れ」

「……では、失礼します」

躊躇《ためら》いを含みながらも、冬惺は小卓を挟んだ向こう側に置かれた椅子に座る。

こういうところも馴染《なじ》んできた点のひとつだ。職務中に寛《くつろ》ぐことに強い抵抗感があるらしく、最初の頃はどれだけ言ってもなかなか座ろうとはしなかった。

「やっと、おとなしく座るようになったな」

「正直、本当に良いのかという迷いはまだありますが……」

「居座るつもりなら、慣れろ。逐一命じるのは面倒だ」

「善処します」

冬惺は苦笑しつつ、懐に収めていた朱巾袋を取り出す。

「ここで結び直しても、よろしいですか？」

白玲がうなずけば、冬惺は白銀の組紐をいったん小卓に置き、革帯に提げている赤の組紐を外しにかかる。

ている。一見したところ黒曜石に似ているが、それよりも硬度が高く、はるかに丈夫だという。

鬼方士の佩玉は紫黒石《しこくせき》という、五岳のひとつ、南岳のみで採れる稀少《きしよう》な鉱石で作られ

ふと、白玲は赤の組紐と一緒に小卓に置かれた墨蹟《ぼくせき》色の佩玉に目を留める。

手のひらに収まるほどの丸い佩玉には両翼を広げた鷲《わし》の紋印が刻まれている。はじめて目にした時から、冬惺の紋印が鷲であることが少し不思議だった。

かつて耳にした北斉たちの話によれば、紋印は修練をつけてくれた師範が授けてくれるもので、その図柄には大なり小なり当人の気質が反映されているらしい。言われてみれば、それぞれの紋印には各個を髣髴《ほうふつ》とさせるところがあった。

鷲から連想されるのは勇猛で好戦的な人物像だ。鬼方士としての優れた資質を評価されてのものかもしれないが、これまで感じてきた冬惺の人となりとは結びつかない。

なんとはなしに、白玲は常々思っていたことを口にしていた。

「……おまえらしくない紋印だな」

冬惺は手を止めると、驚いた様子で白玲を見てくる。

てっきり笑って流されるとばかり思っていたのに。予想より顕著であった反応に、白玲は慌てて言い繕う。

「わ、悪いとか、そういう意味じゃないぞ。ただ、少し意外に感じただけだ」

「いいえ、こちらこそ失礼しました。白玲様が私の紋印を気に留めてくださっているとは

思っていなかったので」

　冬惺の答えに、白玲はむっと眉根を寄せ、腕を組む。

「おまえたちにとって、紋印は名に等しいものだろ。それを知らないままで済ますほど、俺は礼儀知らずじゃない」

「紋印の意味もご存じでしたか」

「俺は北斉たちと二年共に過ごしたんだぞ。鬼方士について知る機会は多々あった。特に天凱や青江は話し好きで、向こうからいろいろと聞かせてくれたしな」

　返らぬ日々に想いを馳《は》せながら、白玲は語る。

　皆が皆、口数が多いという訳でもなかったが、それでも五人もいれば自然と騒がしくなったものだ。また、それも人心掌握の一端だったのかもしれないが、白碧は話を聞き出すのが上手《うま》かった。

「……白玲様にとって、北斉殿たちは心許せる相手だったのですね」

「え？」

「昔を思い出されている時の顔がいつもより寛いでいらっしゃったので。恥ずかしながら、羨《うらや》ましいと思ってしまいました」

　無自覚に感情を顔に出していたことも然《さ》る事ながら、寂しさがにじむ冬惺の言葉に白玲は狼狽《うろた》える。

　確かに、冬惺を警戒する気持ちはある。

けれど、それは冬惺を信頼していないからではない。屍王の使命に巻き込む覚悟もないままに、近づけ過ぎるのが怖いだけだ。

生まれてこの方、己が屍王であることを忘れたことは一時もない。

しかし、そうは言っても、白碧がいた頃は屍王としての自覚も心構えもいまよりずっと甘かった。だから、北斉たちともわだかまりなく接することができた。

要はすべてが白玲の気持ちの問題であり、相手によるものではない。

だが、冬惺はそう捉《とら》えていない。己が至らない故に、北斉たちほどの信頼を得られていないと考えているのだろう。

「お、俺はおまえと北斉たちを比べたことなどないぞ。おまえはおまえで十分に務めている。そう思うから、組紐《くみひも》を用意した。それに、どうでもいい相手なら、わざわざ後宮まで迎えにいったりなどしない」

余計なことまで言い過ぎた。

すぐさま、白玲の胸中で自省の念が渦巻く。

一方で、冬惺は白玲の力説に戸惑っていたものの、やがて安堵《あんど》したかのように表情を和らげる。

「……ありがとうございます。胸に迫るお言葉です」

白玲は密《ひそ》かに息を詰め、深衣《しんい》の胸元をにぎる。

踏み込ませまいとしても、冬惺の澄んだ眼差しや言葉には心が揺らぐ。

多分、こんな風に感じるのは己だけではないはず。凜々と宵胡は早くから冬惺に同情的であったし、あの霖雨ですら雑胡で手を貸した。潤冬惺という男にはついほだされるというか、どこか人誑《たら》しめいた力がある。

「だから、そうやっていちいち礼を言わなくていい。そんなことより、さっさとそれをつけ直せ」

「承知しました」

冬惺は改めて佩玉を手に取ると、流れるような手つきで白銀の組紐に結び直していく。雑胡を口にした時も思ったが、冬惺は大層手先が器用だ。

「……この佩玉ですが」

冬惺は組紐を結び終えると、ふと思い立ったように話し出す。

「私がそぐわない紋印をつけているのは、この鷲の紋印が元々は友……呉悠炎《ごゆうえん》が授かったものだからです。悠炎は私の修練仲間であり、あの夜にお話しした、罪を許すと言ってくれた親友でもあります」

「おまえを救ってくれたという……？」

「ええ。悠炎はかけがえのない友であり、恩人です。共に印可を授かった時、悠炎が私の紋印が欲しいと言い出して聞かず、それで取り替えたんです」

「取り替える？　そんなことができるのか？」

子の名づけのように、紋印は師範が熟考の末に与える特別なものだと聞いている。そんな、あちらが良いで交換できるものでないことは門外漢である白玲にもわかる。

「もってのほかの所業です。師範も激怒していました」

「だろうな。とんでもないことを言い出すな、その悠炎とやらは。ちなみに、おまえの元の紋印はなんだったんだ？」

「笹葉です」

「……ああ、なるほど」

笹葉は雪に耐え、日旱《ひでり》にも挫《くじ》けぬことから忍耐や節度の象徴とされる。冬惺の人となりを示す紋印として、鷲よりずっとしっくりはまる。

「それにしても、悠炎は何故そこまでおまえの紋印に固執したんだ？」

「本人いわく、最後まで師範に叱られたくない、と」

「……どういうことだ？」

「悠炎は勇と才を合わせ持つ、素晴らしい鬼方士でした。ですが、やや我慢強さに欠けるという短所があり、そのことで師範に度々叱られておりました」

「だから、忍耐の紋印が欲しいと？」

「師範から、忍耐を身につけねば狩りの下手な鷲になるぞ、と言われたことが癪《しゃく》に障ったそうです。紋印を変えたところで身につくものではありませんが、悠炎は至極真剣でした。ついには師範も根負けして、交換を許してくれました」

「おまえはそれで良かったのか？」

「私はどちらでも構わなかったので。ただ、そうですね。友の紋印を授かるからには、いっそう襟を正さねばと思いました。狩りの下手な鷲になる訳にはいかないと」

佩玉を見つめる冬惺の眼差《まなざ》しは優しく、それに加えて誇らしげでもある。

似ていなくもないが、白玲に向けるものとは明らかに違う。

命を預け合うだけに鬼方士が同胞に寄せる信頼は厚い。

しかも、冬惺は悠炎と修練を共にしたと言っていた。

鬼方士の修練の苦労は相当で、共に乗り越えた仲間は特別な存在だと北斉たちも語っていた。そのうえ、許しを与え、自責から救ってくれた相手となれば、唯一無二の存在だと言っても過言ではない。

両者の絆《きずな》の深さは計り知れない。重ねてそのことを知った瞬間、白玲の心底に淡い熱を帯びた波が立つ。

妙にザワザワとして落ち着かない。

一体なんだと訝《いぶか》しむうちに、冬惺は革帯に組紐を結び終えてしまう。白玲は慌てて胸の違和感をはらい、口を開いた。

「今一度、言っておく。張り切るのはいいが、己を軽んじる真似はするなよ。俺の信頼を得たければ、まず死ぬな。絶対に死ぬな。悠炎も、ただひとり玄冥宮に送られたおまえの身を案じているだろうし……」

いよいよ、冬惺は後戻りできないところまで踏み込んでしまった。

当人の意思ではあるが、間違いなく白玲もその背中を押した。五岳で冬惺の身を案じている者たちの、殊に悠炎の心中を想像すると罪悪感に囚われる。北斉たちの末路を思えば、穏やかでいられるはずがない。

必死に言い募る白玲に対し、冬惺はごくわずか、あるかないかの間を挟み、いつもと変わらない穏やかな笑みを浮かべた。

「我が友にもお気遣いくださり、感謝します。ですが、御心配には及びません。悠炎はすでにこの世におりませんので」

「……いない？」

「はい。印可を授かってから、三年後の夏でした。本来であれば、私が赴くはずの討伐でした。悠炎は負傷した私の代理を買って出てくれたのです。帰ったら褒美を寄越せよと笑顔で出て行き……戻っては来ませんでした」

「それは――」

おまえのせいではない。

咄嗟《とっさ》に言いかけて、白玲は慌てて、呑《の》み込む。

どの口が言うのか。そんなものは虚《むな》しい慰めだと、同じ言葉をかけようとした冬惺を突っぱねておいて。

「私は二度、大切な存在に命を救われました。一度目は母です。母は……不慮の事態に巻き込まれた私を助けるために身を挺《てい》し、亡くなりました。そして、二度目はお話しした通り、悠炎が私の身代わり同然に命を落としたのです。ふたつの命の犠牲のうえに、いまの私が在ります」

余計なことを言ってはならない。そう思いながらも、胸の中では無責任な言葉がせめぎ合う。

不慮の事態と言うからには、母親の死もまた、おまえにはどうすることもできない悲運だったのではないか。仮に咎《とが》があったとしても、母親も悠炎も、決して怨《うら》んだりなどは……。

白玲はそっと息を吐き、堂々巡りの思考を打ち切る。

冬惺は母親の死の顚末《てんまつ》を話さなかった。それは悠炎の死と同じく、どんな事情があったとしても、己《おの》が罪だと思い定めていることを意味する。なにより、触れて欲しくないのだろう。

「悠炎は、母の命を盾にした私の罪を許してくれました。しかし、その悠炎まで死に追いやり、一時は心底絶望しましたが……それでも、救ってもらった命を無駄にするなどあってはならない。鬼方士として戦い、人々の脅威を少しでも減らす。この務めを意義として、今日まで生きて参りました」

冬惺はそこで一度話を止めると、ほほえみを深める。

「ですが、白玲様と出逢《であ》い、生きる意義が増えたと感じております。かつて悠炎が私にくれた安らぎを、今度は私が貴方《あなた》にわずかでももたらすことができたなら。私にとって、これ以上の救いはありません」

あの夜、冬惺から感じた悲哀の正体を知り、白玲は唇を噛《か》む。

想像よりずっと、自分と冬惺が背負う罪は似ている。こんな両者が共に在ろうとすることは、所詮《しょせん》傷の舐《な》め合いだろう。

愚かだと、わかっている。けれど、痛みを分かち合える関係はどうしようもなく心が安らぐ。

もはや言い逃れはできない。白玲の心は冬惺を受け容《い》れたいと願っている。冬惺の許しが与えてくれるぬくもりを手放せなくなっている。

だが、すべては白碧の術中だ。はじめから仕組まれためぐり逢いである以上、白玲が冬惺を利用しようとしている事実は否めない。

「俺は——……」

おまえの誠意に相応《ふさわ》しくない。

咽喉元《のどもと》までせり上がってきた言葉を、白玲が吐き出しかけた、そのとき。

「あ！　冬惺殿の組紐が白銀に変わってます！」

「以前、霖雨殿とコソコソ話し込んでいたのはそのためだったんですね」

茶器をととのえて戻ってくるなり、目敏《めざと》く冬惺の組紐に気づいた凜々と宵胡がそろって声を上げる。

ふたりは素早く駆け寄ると、白玲を左右から挟み込み、口々に抗議をはじめた。

「もー！　どうしてそう、大事なことを内緒にするんですか。言ってくだされば、お祝いのご馳走《ちそう》を用意しましたのに！」

「本当に。いつまでも多感期と反抗期をこじらせたままでは困ります」

「いい加減、大人になってくださいませ」

「まったくです。いつもいつも、毬栗《いがぐり》みたいにツンツンと尖《とが》っていては冬惺殿にも愛想をつかされますよ」

「う、うるさいっ。俺が何をどうしようと、俺の勝手だろうが！」

「まーー！　酷《ひど》い言い草！」

「ひとりで大きくなったみたいな顔をして。わずかの間とはいえ、誰が襁褓《むつき》を替えたと思っておいでで？」

　白玲が怒りに震えだしたことに気づき、冬惺は急ぎ割って入る。

「あの、おふたりとも。私のことで白玲様を責めないでください」

「いいえ！　たとえ主《あるじ》といえども、駄目なことは駄目と叱らねばなりませんわ」

「そうです。白玲様の躾《しつけ》は我々の最重要任務なのですから」

「ですが、大きく見えても、白玲様は生まれてまだ五年しか経っていらっしゃらないと聞きました。であれば、寛容に接するべきかと……」

　聞き捨てならない冬惺の言葉に、白玲は眉《まゆ》をつり上げる。

「おい、いまの言い草はなんだ？　まさかとは思うが、俺を人の五歳児と同じだと考えているんじゃないだろうな。言っておくが、屍王は短い歳月でも人並みに足りる知識や経験が身につくようにできている。おかしな勘違いをするな」

「とんでもない。そんな侮りは一片も抱いておりません。ただ」

「ただ、なんだ？」

白玲からいっそう凄《すご》まれ、冬惺はやや身を引きながらも、続きを口にする。

「……時折、大層お可愛らしく見えるのは、そういうことかと納得しただけで」

「――っ、十分馬鹿にしているだろうが！」

白玲は両手で小卓を叩《たた》き、猛然と立ち上がる。

「なにが可愛いだ！　次にそんな戯《ざ》れ言を口にしてみろ。そのときは問答無用で組紐《くみひも》を取り上げる！　絶対に取り上げるからな！」

白玲の叫びが玄冥宮に響き渡る。

それはまさに、五歳児の癇癪《かんしゃく》を思わせる怒鳴り声だった。

参　黒蝶の行方

年の功、と言ってはいささか語弊があるかもしれないが。

怒れる白玲《はくれい》を前にして、なす術《すべ》もなかった冬惺《とうせい》と違い、凜々《りんりん》と宵胡《しょうこ》は手慣れた様子で宥《なだ》め賺《すか》しはじめた。

あれこれと言葉を駆使しつつ、白玲を座牀《ながいす》に座らせたり、茶や菓子を勧めたり……文字通り、一盞茶《いっさんちゃ》（十五分）のちには白玲の憤懣《ふんまん》を鎮め切った。斯《か》くも有能なる侍女たちの尽力のおかげで、いまはこうして梟炎狩《きょうえんが》りの協議に臨むことができている。

場所は天縹萬樹《てんぴょうばんじゅ》が置かれた祭殿。数多《あまた》の翠炎《すいえん》は春蘭の香りを醸しながら、気高く揺らめいている。

白玲はまず懐から呪符《じゅふ》を取り出すと、冬惺にかざす。

「これについて、おまえはどう思う？」

「強力かつ緻密《ちみつ》ではありますが、呪殺の符としてはありふれたものかと」

「確かに、特段に厄介な呪符ではない。だが、こいつにはとんでもないものがまとわりついている。梟炎の気配だ」

「梟炎の？　しかし――」

白玲の意図するところがつかめず、冬惺は言葉に詰まる。

穢《え》鬼《き》も梟炎も獣の範疇《はんちゅう》で考えれば知能が高い。とはいえ、決して人に及ぶような域ではない。どう考えても、梟炎が呪符を作るなどあり得ない。

白玲は冬惺を正面から見据えてくる。

先程のこともあるので口には出せないが、天縹萬樹の煌《きら》めきを背にした白玲は凜とした威厳に満ちていて、いつにも増して清雅で麗しかった。

「屍王《しおう》が黒玄府《こくげんふ》に課した誓いは知っているな？」

「はい。玄冥宮《げんめいきゅう》で見聞きしたことはすべて他言無用。私も前任者たち同様、必ず守るとお約束します」

冬惺の決意を感じ取ったのか、白玲はうなずくと、天縹萬樹に視線を移し、話をはじめる。

「神話が語る通り、翠霞娘娘《すいかにゃんにゃん》の霊魂は梟叫《きょうきょう》と共に、九玄大帝《くげんたいてい》の手によって、万余に切り刻まれた。だが、流石は神の御業《みわざ》というべきか、膨大な数にもかかわらず、断片の大きさは等しかった。それはつまり、現世に散った梟炎はすべてが同じ強さである、ということを意味する。さらに、梟叫は孤高を旨とする生きもので、群れを嫌う。梟炎という断片になっても本質は変わらない。そのはずだったが」

「基底が覆った、ということですか」

「そうだ。現実に、他より強い梟炎が出現し、さらには徒党を組むこともしばしば起きている。凜々と宵胡は玄冥宮の諸事を記録する役目も担っていて、梟炎狩りの仔細《しさい》をすべて記してきている。それをつぶさに調べても、過去にそんな事例はひとつもない。七年前を境に変わりはじめた」

天縹萬樹に向けられた白玲の目はどこか遠い。数多の炎の揺らめきの中に、これまでの屍王の軌跡を見ているのかもしれない。

「白碧《はくへき》は変容の原因を突き止めようとした。その際、前提においたのが、梟炎の中で共《とも》喰《ぐ》いが生じ、結果としてそれが特定の個体の強化につながったという仮説だ」

現世において、梟炎は人や獣の血肉を糧としているが、真に欲するのは翠霞娘娘が歌声で咲かす春蘭の花である。

だが、自業自得の結果、どう足掻《あが》いてもそれは手に入らない。かわりがあるとすれば翠炎、梟炎自身が持つ、翠霞娘娘の欠片《かけら》だけだ。ある意味、共喰いは起こるべくして起きた事態と言える。

「喰らった側の梟炎は、相手の力を取り込むことができるのだろう。それなら、突出した力を持つ梟炎の出現にも説明がつく。力が同等である以上、簡単じゃないが、悪運強く何度も共喰いに成功した一体が、ついには他を従わせるほどの強化を遂げた。それが白碧が至った結論だ」

冬惺は微《かす》かな怖気《おぞけ》を覚える。

言うなれば、梟炎が軍隊めいた秩序を成しはじめたようなもの。もし、その徒党が十や二十となった時、果たして狩り切れるのだろうか。

「いまのところ、徒党の数は白碧たちが殺された時の五体が最大だ。これも仮定の話になるが、命令を理解し、従順に動く梟炎自体が多くないんだろう。そこまでの強化に成功しているのはごく一部の梟炎だけだ」

冬惺の懸念を察したのか、白玲が宥めるような見解を加えてくる。

「当然、白碧は元凶の梟炎を捜し出そうとした。そいつを狩れば、少なくとも徒党を組むことは防げる。だが、調べるうちに、さらに深刻な事実が判明した」

無意識だろうか、白玲が呪符をにぎる手に力を込める。

乾いた音をたてて、小さな紙片にしわが寄った。

「強化を極めた梟炎……そいつが人の肉体を乗っ取り、人になりすましていた」

「人に……？　まさか、そんな」

「梟叫には転体《てんたい》という能力が与えられている。己の霊魂を肉体から切り離し、他に乗り移る。簡単に言えばそんな力だ。負傷などで危機に瀕《ひん》した際、他の肉体を乗っ取ることで死を免れる。梟叫は怨嗟《えんさ》を昇華できる稀有《けう》な神獣だからな。その能力の存続が重要視されていたんだろう」

「理屈のうえでは可能かもしれませんが、正直耳を疑う思いです。前屍王は何を以てして、そんな恐ろしい事態の確証を得たというのです？」

「確証も何も、白碧はその目で見たんだ。そいつは木立に紛れて、梟炎を狩る白碧を窺《うかが》っていたらしい。斗篷《がいとう》を目深にかぶっていたから、詳しい顔かたちは捉《とら》えられなかったが、成年並の男のようだった、と」

「それだけで断定できるものでしょうか。狩りの合間であれば、なおさら正確な判断は困難であったかと」

「俺たちは梟炎を見間違えたりしない。言っただろ、屍王は梟炎を狩り、翠霞娘娘の霊魂の欠片を取り戻すために創られた存在だと。何があろうと、俺たちは梟炎に気づく。決して見逃しはしない」

　衝撃のあまり、冬惺は言葉を失う。

　信じ難い。いや、信じたくない話だ。

　だが、淡々とした白玲の声は覆しようのない真実味を帯びていて、冬惺の身に重く染み渡っていく。

「白碧は人になりすました梟炎を〈贋物《がんぶつ》〉と名づけた。そして、その存在を知ったことで、黒玄府を創ると決めた。贋物をはじめ、梟炎が手強くなったことも大きいが、外を探る手立ても欲しかったんだろう」

「黒玄府にはそんな役割もあったんですね」

「俺がこの事実を知ったのは白碧の死後、遺《のこ》された文を読んだ時だ。俺は不出来な後継だったからな。最後まで、打ち明けられなかったんだろう」

「私がその心を語るなど、おこがましいですが……前屍王はただ、貴方《あなた》に不安を与えたくなかったのだと思います。できるならば背負わせたくない、その一心だったのではないかと」

「……だとしても――」

あとは口にせず、白玲は黙る。

それでも、教えて欲しかった。同じ屍王として使命を分かち合いたかった。きっと、そう思っているのだろう。

前屍王が白玲を慈しんでいたのと同じく、白玲も前屍王を大切に想っている。想い合うが故のすれ違いに冬惺は苦い痛みを覚えた。

白玲は息を吐くと、気持ちを切り替えるように口を開く。

「とにかく、いまは俺が使命を果たさなければならない。白碧も贋物を捜し出すことはできなかった。人の殻をかぶったせいか、贋物の気配は従来の梟炎のそれとは大きく違っていたらしい。たとえ屍王でも容易に気づけないし、渡水鏡《とすいきょう》の探知にもかからないと書かれてあった」

「つまり、捜す手立てがない、ということですね」

「贋物が神力を解き放てば察知できるかもしれんが、向こうは人を乗っ取ることで格段に利口になった。そう易々と、居場所を報《しら》せるような愚は犯さないだろう。だから、白碧は末尾にこう書き遺していた。無闇に動かず、そのときを待て、と」

「いずれ必ず、向こうから来ると？」

「どれだけ在り様が変わろうと、贋物もまた梟炎だ。やつらの望みは翠霞娘娘を手に入れる、それしかない。知恵をつければ、必ず玄冥宮を狙おうとする。ここは翠炎の宝庫だからな。これほどに梟炎の欲をそそる場所はない」

「ですが、もし奪われるようなことになれば取り返しがつきません。狩りの都度都度、翠炎を冥府《めいふ》に送る方が安全なのでは？」

「冥府が現世に直接関われば災禍が起きる。それは神の規律に著しく抵触する。翠霞娘娘の件で許されている直の干渉はただの一度。翠炎がすべてそろった時だけだ」

「いろいろと難儀ですね……しかし、後宮を狙ったところで玄冥宮に近づく手立てとなるでしょうか？」

「後宮は現世で唯一、玄冥宮とつながりがある場所だ。玄冥宮は屍王だけでなく、九玄大帝の結界にも守られている。正面から攻めるのが難しいとなれば、何らかの手段で後宮に足がかりを作る。少なくとも、己ならそうすると白碧は綴《つづ》っていた」

「では、その呪符《じゅふ》が――」

「そうだ。図らずも自分から探り出す結果となったが、これこそが待ち続けた時機、贋物の痕跡《こんせき》だ」

　白玲が呪言を唱えれば、しゅわりと音をたて、再び呪符が黒蝶《こくちょう》に姿を変える。

「しかし、それならば真に呪符を仕掛けた者を突き止め、捕縛するべきではないでしょうか。呪符の出所を吐かせれば、贋物につながる手がかりになるかと」

「それは世事の管轄だ。屍王が手を出すべきじゃない。第一、そんなまどろっこしい真似をせんでも神力を追えば済む」

白玲は黒蝶をとまらせた右手をかかげながら、やや勢い込んで部屋の奥に進み、壁に手をあてる。

「この蝶に宿る神力が呼応する場所に路を開く。一端をにぎっていれば、もう一端を追うのは簡単だ」

白玲の指先から、白光を伴う水流があふれ出す。

光る水は波紋のように広がっていき、瞬く間に壁面に大きな六角形——渡水鏡を描き出した。

渡水鏡はゆわりと揺らぎ、次にはどこのものか、随分と目映《まばゆ》い光景を映し出す。

まず目に飛び込んできたのは深まりつつある宵闇の下、軒から軒へ、所狭しとつるされた数多《あまた》の行燈《あんどん》。そして、その下にそびえる朱赤の牌門《ぱいもん》だった。

極彩色の装飾がほどこされた六本の柱に支えられ、頭上高くそそり立つ牌門の中央には〈朱鴻《しゅこう》〉と筆された扁額《へんがく》がかけられている。

夜も更けようというのに、広い通りは人であふれている。都の大通りにも引けを取らないほどのにぎやかさだ。

通りの左右には二層造りの建物がずらりと並んでいて、建物のほとんどの柱が牌門と同じ朱赤に塗られている。

朱赤の牌門や柱、そのうえ朱鴻の扁額とくれば、大抵の者が話だけでもここがどんな場所か察する。わからないのは年端のいかない童か、余程の箱入りか。あるいは、外の世界を知る必要のない屍王くらいだろう。

じわじわと顔を強張《こわば》らせていく冬惺の横で、白玲が声を上げる。

「市井の真《ま》っ只中《ただなか》とは厄介だな。しかも、とうに日暮れは過ぎているというのに何故こんなに人が多くて騒がしい？　おい、ここがどこかわかるか？」

冬惺の頭の中を逡巡《しゅんじゅん》が駆け巡る。いいや、叶《かな》うのであれば言いたくない。だが、状況を思えばあるがままに伝えようか。いいや、ここはきちんと話すべきだろう。

散々に迷いながら、冬惺は口を開く。

「…………鴻坊《こうぼう》の一角です」

「鴻坊？」

「城下のそばを流れる、嬰江《えいこう》を少し下った先にある里のことです。青鴻《せいこう》、白鴻《はくこう》、朱鴻《しゅこう》という三つの区域に分かれています。いま映っているのは、牌門の扁額にもあるように朱鴻、最も南側に位置する区域です」

慎重に言葉を選びながら、冬惺は説明していく。やはりというべきか、白玲は鴻坊という存在を知らないらしい。

鴻坊は太星国《たいせいこく》きっての遊里だ。妓楼《ぎろう》や酒楼がひしめく夜と花の園である。

殊に朱鴻は妓楼が集まる一角で、ある意味最も鴻坊めいた場所である。せめて、これが酒楼や賭博《とばく》場が並ぶ青鴻や、鴻坊で職を得ている者たちが居住する白鴻であればまだ話しやすかったかもしれない。

「河のそばなら、万が一の際にも対処が取りやすいが……」

行った先で贋物と争いになった場合を想定しているのか、白玲はしばし考え込んでいたが、何か思いついたように冬惺を見上げる。

「ところで、おまえはこの朱鴻とやらに行ったことがあるのか？」

はじめての場所に赴く際の同行者に対し、至極もっともな質問だろう。

内心で頭を抱えながらも、冬惺は答えを絞り出す。

「……はい。一度きりですが」

「たった一度じゃ、土地勘は望めんな。討伐の一環で行ったのか？」

「……いいえ。職務も無関係ではありませんが、私事の一環です」

居たたまれなさに冬惺は面を伏せる。

嘘はついていないが、どうにもうしろめたい。なにやら胃の腑《ふ》が痛くなってくる。

鬼方士には隊の新参が成年である十八を迎えれば、祝宴と称して皆で朱鴻にくり出すという不文律がある。例に漏れず、冬惺も引っ張っていかれた。祝ってもらった手前口にはできないが、正直良い思い出とは言い難い。

「ふうん。まあ、ここであれこれ言ったところではじまらんな。行くぞ」

朱鴻に関する言及が止《や》んで安堵《あんど》したのも束の間、冬惺は再び返答に窮する。

推して量るに、白玲は梟炎狩り以外で外に出たことがない。市井に赴いた経験は皆無だろう。適切な表現ではないにせよ、相当な箱入りということだ。それが、よりにもよって国一番の遊里に乗り込むという。どう考えても、不安しかない。

「……白玲様。朱鴻に行かれるというなら、いまから私が言うことを絶対に守ってください」

「なんだ、急に。何を守れと？」

「まず、絶対に私から離れないでください。それと、きょろきょろとよそ見をしないこと。はぐれて迷子にでもなれば一大事ですので。あと、顔は隠してください。何か、かぶるものを凜々殿と宵胡殿に支度してもらいましょう。それから――」

「待て、待て待て。多い！　大体、迷子とはなんだ？　おまけに、顔を隠せ？　この暑さの中、そんなうっとうしい恰好《かっこう》ができるか」

「白玲様の身の安全のためです。朱鴻のような場所で貴方《あなた》が顔を曝《さら》して歩けば、十中八九厄介事に巻き込まれます」

「は？　なんだその、俺の顔が悪いみたいな言い草は」

「逆です。過分に佳《よ》いから問題だと申しているのです。貴方と出逢《であ》って、私は解語《かいご》の花が如何《いか》なるものかを知りました。その稀《まれ》なる美貌《びぼう》がただでさえ浮かれている者たちをいっそう惑わす恐れがあるから、隠すべきだと言っているのです」

「……おまえの言っていることが、俺にはひとつも理解できん」

白玲は大量の苦虫《にがむし》をかみ潰《つぶ》したような顔で呻《うめ》いたあと、このうえなく悲嘆と鬱憤《うっぷん》を詰め込んだため息を落とす。

「だが、この件で幾ら文句を言っても無駄だというのはなんとなくわかる。わかった、おまえの言う通りにしてやる」

「本当ですか。ご理解くださり、ありがとうございます」

白玲がひどくげんなりした顔をしているのが気にかかるが、それでも冬惺は一抹の安堵を得る。

行かせたくないのは山々だが、白玲には屍王の使命が、己にも鬼方士の責務がある。朱鴻に狩るべき脅威――贋物が潜むというなら踏み込むしかない。

この身に懸けて、白玲の道行きを守らねば。

真新しい組紐《くみひも》に手をあてながら、冬惺は固く心に誓った。

白玲は大いに渋ったものの、凜々と宵胡は冬惺から事情を聞くなり、ふたつ返事で頭巾《ずきん》のついた、涼やかな薄織物の斗篷《がいとう》を用立ててきた。

支度の時の手際もまた、実に見事だった。

延々、「窮屈、暑い、脱ぎたい」と愚痴る白玲をいなしながら手早く着付け、着終わってもなお、「なんで自分だけ」と拗《す》ね続ける主《あるじ》に、「では、冬惺殿にも同じ思いをしていただきましょう」と提案することで、不機嫌の緩和を成し遂げた。

己が斗篷を身につけることで、白玲の不満が多少なりとも晴れるなら、冬惺に否やはない。第一、鬼方士の黒装束はそれだけで身証になる。「場所が場所だけに、冬惺殿も身元の主張は控えた方が無難でしょう」と、凜々と宵胡から心得顔で言われれば、ますます以《もっ》て拒む理由は見当たらなかった。

結果、冬惺も凜々と宵胡が用意してくれた藍色《あいいろ》の缺胯袍《けっこほう》に着替え、頭巾つきの斗篷に身を包み、こうしていま白玲と共に朱鴻の小路《こうじ》に立っている。

「……外はさらに暑いな」

「どうかご辛抱を。窮屈に感じても、決して撥《は》ね上げたりしないでください」

「わかっている。くどくどしつこいぞ」

答える白玲の声は端から端まで不満がこびりついている。

すでに我慢の限界は遠くない。不安は尽きないが、だからといって立ち尽くしている訳にもいかない。冬惺は白玲に指示を仰いだ。

「まずはどうされますか？」

白玲は黙ったまま、右手を少しかかげる。

指先にはすでに黒蝶《こくちょう》に姿を変えた呪符《じゅふ》がとまっていたが、その羽はぴたりと閉じられていて、微塵《みじん》も動く気配がない。

「黒蝶が動きをみせるまで、一帯を歩き回ってみるしかないな」

白玲は袂《たもと》の陰に黒蝶を隠し、冬惺に言い渡す。

「承知しました」

腹を括《くく》り、冬惺は返答する。

「行くぞ」

「はい」

白玲のあとに続き、冬惺も小路から踏み出す。

目抜き通りに出た途端、視界が一気に開けた。

炯々《けいけい》とした、濃くまとわりつくような灯《あか》りの下に広がっているのは世にもにぎやかしい光景だ。

広い通りの左右には、覆いかぶさるように朱赤の柱と極彩色の装飾に彩られた妓楼が立ち並んでいる。

どれも二階の窓が大きく、その縁には着飾っているのに妙にしどけなく見える妓女たちがひしめいている。

妓女たちはそろって紅唇に笑みを浮かべて、通りの男たちに声をかけたり、白い手をしゃらりとふったりと、惜しみなく愛嬌《あいきょう》をふり撒《ま》いていた。

渡水鏡で確認済みとはいえ、やはり目の当たりにすると迫力が違うのだろう。人々が発する熱波と喧噪《けんそう》に圧倒されたのか、白玲は次の一歩を踏み出せないまま、唖然《あぜん》と通りを眺めていた。

「……大丈夫ですか？」

声をかければ、白玲は我に返ったのか、すぐさま柳眉《りゅうび》を逆立てる。

「まだ一歩も進まないうちから心配するな。おまえの方こそ、遅れるなよ」

白玲は肩を怒らせながら、慣れない足取りで流れに飛び込んでいく。

冬惺もすぐうしろにつき従う。

本音を言えば、白玲の手を取り、先導したかったが、そんなことを言えば一悶着《ひともんちゃく》は必至である。そのため、苦しいながらも堪《こら》えた。

そんな冬惺の苦悩を余所《よそ》に、白玲は不慣れが露《あら》わな足取りながらも、人の流れに添ってなんとか通りを進んでいく。

とはいえ、生まれてはじめて目にするにぎわいに好奇心が抑え難いようで、その視線は左右や頭上に揺れて定まらない。物珍しさは理解できるし、あまりうるさくも言いたくないが、やはりどうにも危なっかしい。

「あの、白玲様。あまり――」

よそ見をされませんように。

そう声をかけようとした瞬間、前方でいきなりわっと声が上がった。

何事かと目をやれば、少し先の妓楼で、二階の窓辺に並んだ妓女たちが通りに向かって何かを投げていた。

流れのままに近づいていけば、妓女たちがばら撒いているのは紙の造花であるのがわかった。簡素で、手の込んだ作りではないが、前触れもなく弾《はじ》けた花吹雪の効果は大きかったらしく、妓楼の前には軽い人だかりができはじめている。

白玲もまた踏み留《とど》まり、地面に落ちた造花のひとつを拾い上げる。温かみのある黄色の紙の花はどことなく蒲公英《たんぽぽ》に似ている。白玲は手元の造花と二階の妓女たちを交互に見比べながら、やや興奮した面持ちで尋ねてきた。

「これはなんだ？　ひょっとして、祭りというものか？」

「……いえ、祭りといった大袈裟《おおげさ》なものではなく、ただ通りの者たちの気を惹《ひ》くためにやっていることです」

「気を惹く？　何のためだ？」

白玲の疑問が耳に入ったのか、すぐそばで同じく足を止め、花を撒く妓女たちを物見高く眺めていた一団が吹き出した。

男たちは三人組で、表情や漂う酒気からかなり酔っているに違いない。風体も怪しいとまではいかないが、そろってどこか崩れた態《てい》をしている。

「何のためか、わからねえとは傑作だなあ。そんな物知らずじゃ、あそこの女たちに身ぐるみ剝《け》がれちまうぞ。ほれ、こんな風に」

すべては刹那《せつな》。

冬惺が止める間もなく、中でもひときわ大柄な男が抱え込むように白玲の肩に手を回すと、頭巾を乱暴に引き剝がす。

さらに揶揄《からか》うつもりだったのだろう。男はにやにやと笑いながら、さらけ出された白玲の顔を覗《のぞ》き込む。

しかし、一変して男は真顔になり、大きく目を剝《む》いた。

「いやいや、ちょっと待て。こいつはぁ――いっ、だだだだっ！　痛《いて》、痛えっ」

悲痛な声に眉《まゆ》ひとつ動かさないまま、冬惺はつかんだ男の腕をさらにひねり上げると、白玲から引き剝がす。

そして、白玲を自分の方に引き寄せながら、ついでと言わんばかりに男を無造作に突き放した。

放り出された男はあえなく地面に転がり、ひしゃげた声を上げる。驚いた仲間たちがあたふたと左右から駆け寄った。

転がった男は右肩を押さえ、ひいひいと呻きながらも、仲間に支えられて身を起こす。

予想通りというべきか、先の悪ふざけを反省する様子はなく、三人はそろって嚙《か》みつくような顔で冬惺をにらみつけてきた。

何事か喚《わめ》くつもりか、男たちは一斉に口を開きかける。

だが、それに先んじて冬惺は頭巾をはらうと、最初で最後の警告を放った。

「……一度だけ言う。この方に触るな」

あらわになった冬惺の眼差《まなざ》しは相手を射殺さんばかりに鋭い。

目が合った瞬間、男たちは一様に青ざめて、たちまち口を閉ざす。身を寄せ合って縮こまり、ガタガタと震える様から、男たちが戦意を喪失したのは明らかだった。無礼は許し難いが、いまはそれよりも白玲の安否が気にかかり、冬惺はそちらに視線を移した。

「白玲様、大丈夫ですか？」

冬惺を見上げる白玲の顔色は普段よりもさらに真白い。

おそらく、生まれてはじめて非礼極まる狼藉《ろうぜき》を受けて、動揺しているのだろう。痛ましく思いながら、冬惺は手早く白玲の髪を整え、再び頭巾をかぶらせる。

「申し訳ありません。私が至らぬばかりに、怖い思いをさせてしまいました」

冬惺のひと言に、白玲はひときわ大きく身を震わすと、堰《せき》を切ったように胸の内を吐き出しはじめた。

「ちがっ、違うだろ！　あいつらの顔を見ろ。どう考えても、怖い思いをしているのは向こうだ。おまえ、さっき自分がどんな目をしていたと思う？　あそこまで脅す必要はないはずだ」

白玲の訴えに、冬惺は首を傾げる。

穏便なふるまいではなかったかもしれないが、終始理性は保っていた。うっかり腕をへし折ったりせずに、無傷で済ませたことがなによりの証拠だ。

「特に脅したつもりはないのですが……」

「あれを恐ろしいと思ってないところが恐ろしいんだ。そもそも、常人に手を上げるなどあってはならん。規律違反で罰せられたらどうするつもりだ」

霊力を駆使できる鬼方士の身体能力は常人よりはるかに高い。それだけに、手を上げることは規律で固く禁じられている。罷《まか》り間違って怪我でもさせれば、鬼方士も穢鬼同様の害獣とみなされかねない。

「此度《こたび》に関しては違反になりません。余程の事態であれば、多少手を出すこともやむなしとされていますので」

「いまの、どこが、余程だという？　その言い分は絶対に通らんぞっ」

白玲がさらなる怒りを口にしようとした、そのとき。

甲高い警笛《も》が鳴り響き、騒がしい足音が迫ってくる。

日頃から揉め事が尽きない場所柄、花街の多くは独自の自警団を設けている。殊に最大を誇る朱鴻ともなれば、相当に大がかりな組織が組まれている。

どうやら喧嘩《けんか》とみなされて、捕縛対象とされてしまったらしい。捕まれば、それこそ頭巾《ずきん》を剝ぎ取られる程度では済まないはずだ。

「な、なんだこの音は」

「白玲様、すみません。逃げます」

「は？　逃げ――うっわ！」

詫《わ》びるが早いか、冬惺は白玲を肩にかつぎ上げると、一目散に走り出す。

背後から、「待て！」やら、「逃げるな！」等の怒号が追いかけてきたが、もちろん従う訳にはいかない。

冬惺は脅えて飛び退った見物人たちの隙間《すき》をすり抜け、脇の小路に飛び込む。

腕力さながら、逃げ足とて常人は鬼方士には敵《かな》わない。

瞬く間に、白玲を抱えた冬惺の姿は朱鴻の闇に消え去った。


裏通りを走り、時には壁を越え、屋根をつたい、左程長くはかからずに追っ手を撒くことができた。

「ここまで来れば安心でしょう」

冬惺はうらぶれた通りの一角で足を止め、白玲を肩から降ろす。

すとんと、両足が着地するなり、白玲は頭巾をはね上げ、逆立つ柳眉も露《あら》わに怒鳴りはじめた。

「一体、何がどうなってる？　何故、俺たちが逃げなければならんのだ」

「我々が揉め事を起こしていると思われてしまったからです。自警団に捕まると厄介ですので、どうかご容赦ください」

「容赦できるか！　元を正せば、おまえが大袈裟に騒いだのが元凶だろうが。これに懲りたら、今後は過剰に俺を守ろうとするな」

「ですが――」

どう斟酌《しんしゃく》しても、先程の己の行動が大袈裟だったとは思えない。

冬惺が抗弁を口にしようとした時、通りの奥の闇だまりの中からこちらに近づいてくる人の気配がした。

まさか、警邏の追っ手か。

冬惺は白玲を手で制しながら、暗がりに目を凝らす。

程なく、十歳くらいの少女が大人の女を支えつつ、覚束《おぼつか》ない足取りで歩いて来るのが見えた。

女人は具合が悪いのか、胸を押さえ、浅い呼吸を繰り返している。少女はそんな女人に肩を貸し、脇から支えていた。

必死に歩きながらも気配を感じたのか、少女が顔を上げる。少女は冬惺と白玲に気づいた途端、びくりと身を竦《すく》ませた。

妓楼の主《あるじ》たちや、自警団が目を光らせている大通りと違い、花街の路地裏は治安が悪い。夜ともなればいっそう顕著で、道端に男が立っていれば大概の者は警戒する。少女もまた、脅えた顔で踏み留まった。

心配しなくていい旨を伝えるために、冬惺は一歩踏み出す。

だが、それが却《かえ》って少女を脅えさせてしまったらしい。慌ててあとずさったせいで均衡が崩れたのか、少女は女人もろとも路上に倒れ込んでしまった。

冬惺は反射的に少女に駆け寄り、かたわらに膝《ひざ》をつく。

「怖がらせて、すまない。大丈夫か？」

冬惺はできるだけそっと声をかけながら、ひとまず少女に覆い被《かぶ》さる女人を助け起こしてやる。間近で見ればその顔色はいっそう悪く、苦しそうだった。

「この人は君の母さんか？」

冬惺が年恰好《かっこう》から推して尋ねれば、少女がおそるおそる顔を上げた。

痩《や》せた小さな顔は不安でいっぱいであったが、それでも冬惺に害意がないことは理解できたのだろう。もう逃げようとはせずに、「うん」とうなずく。

「そうか。母さんは具合が悪そうだが、どこに行こうとしている？」

「先生のところ。母さん、時々発作を起こすの。先生に頼めば、薬がもらえるから」

「わかった。だったら――」

そこまで母親を運んでやろうと言いかけて、冬惺は迷う。

白玲にとって、俗事と関わることは望ましくないはず。だとしたら……。

「手を貸してやりたいなら、好きにしろ」

背後からの白玲の声に驚き、冬惺はそちらを仰ぐ。

「構いませんか？」

「助けるのはおまえだ。俺には関係ない」

白玲は素っ気ない口調で言い放つ。

だが、その態度が演技であることは明らか。冬惺が気兼ねなく動けるように気を遣っているのだろう。如何《いか》にも白玲らしい不器用な優しさに、冬惺は苦笑を漏らす。

「……なんだ？　何がおかしい？」

「いえ、なにも。ありがとうございます」

「礼など要らん。勝手にしろと言っているだけだ」

「承知しました」

冬惺は少女に向き直ると、不安を与えないよう気をつけながら伝える。

「母さんは歩くのが辛《つら》そうだ。私が運ぶから、先生のところに案内してくれるか？」

「……わかった！　お兄さん、ありがとう」

少女は力強くうなずき、立ち上がる。

冬惺も手早く斗篷《がいとう》を脱ぐと、それで母親を包み、抱え上げた。

早くも少女は駆け出し、数歩進んだ先から「こっち！」と声を上げる。

「あまり離れずに、ついてきてくださいね」

「だから、俺は知らん。勝手に行け」

口ではそう言いながら、白玲は少女を追ってずんずんと進んで行く。

再び苦笑しながら、冬惺も走り出す。

凝《こご》ったような夜空に夏の星が霞《かす》んでいる。

ふと、冬惺の胸の奥に懐かしい面影が滲《にじ》む。

母を思い遣《や》る少女の心に感化されたのだろうか。いずれにしても、いまは囚《とら》われるべきではない。

心痛を伴う過去から逃げるように、冬惺は足を速めた。

程なく、少女の言う先生の住処《すみか》にたどり着いた。

暗中に埋もれるように軒を連ねる一角に駆け寄ると、少女は忙《せわ》しなく扉を叩《たた》く。

「先生、先生！　開けてっ」

微《かす》かな物音がして、人が近づいてくる気配がする。

ギギッと、軋《きし》んだ音をたてて開いた扉の隙間から、薄墨色の衣服をまとった小柄な男が顔を覗かした。

「ああ、桃花《とうか》か」

「先生！　母さんがまた発作を起こしたの。お願い、助けて！」

桃花という名らしい少女は男にすがりつき、声を上げる。

手燭《てしょく》の灯《あか》りに照らし出された男の横顔を見て、冬惺は軽く目を見張る。それは長春《ちょうしゅん》宮《きゅう》で顔を合わせた元後宮医官、許高湛《きょこうたん》だった。

「わかった、薬を用意しよう。英鈴《えいりん》は？　一緒に来ているのか？」

「うん。そこで会ったお兄さんが運んでくれて」

桃花の視線を追って、高湛がこちらに手燭をかざしてくる。

「……貴方《あなた》は」

高湛も冬惺に気づいたのか、表情こそ動かさなかったものの、驚いた風に顎《あご》を引く。

「挨拶《あいさつ》はあとだ。まずはこの女人を助けてやってくれ」

割って入るように白玲が横合いから口を挟む。

これには流石に動じたのか、高湛の顔がはっきりとした驚愕《きょうがく》に満ちる。何故、ここに屍王がいるのか。口に出さずとも表情が物語っていた。

「先生？」

桃花の声に高湛は驚きから立ち返ったのか、心の乱れをはらうように首をふる。

「ひとまず、中へ」

高湛は桃花の背を押し、続いて白玲と冬惺を促すように身を退く。

「どうぞ。汚いところですが」

まずは白玲、あとに英鈴を抱えた冬惺が続き、中へ入る。

高湛は手前の部屋を突っ切り、扉を開くと、奥に進んでいく。

奥の間は狭く、三方を埋め尽くすように置かれた棚には所狭しと医薬品や用具、書物などが押し込まれている。雑然とした印象はぬぐえないが、隅々まで拭《ふ》き清められているので不衛生といった印象はなかった。

「患者を運んでいただけますか」

高湛は冬惺に視線を向け、部屋の奥に設《しつら》えられた簡素な寝台を指す。そして、自身は棚の前に進み、薬の用意をはじめる。

指示に従い、冬惺は英鈴と呼ばれていた母親を寝台に下ろす。

すぐさま桃花が駆け寄り、かたわらに膝をつくと、その手をにぎった。

「母さん、もう大丈夫よ。先生が薬を用意してくれるって」

苦しげに胸を上下させながら、英鈴は薄く目を開く。

「……桃花、言ったろ。薬は要らないって……」

「要るわっ。先生が言ってたじゃない。薬を飲まなきゃ駄目だって」

「……平気さ。少し休めば、すぐに良く——」

「桃花の言う通りだ。おまえの胸の病は休んでも治まらん。薬が要る」

器を手にした高湛は寝台に寄ると、桃花に「起こしてあげなさい」と声をかける。

桃花は立ち上がり、英鈴を背後から支える。英鈴は半身を起こし、迷いを含んだ視線で高湛を見た。

「飲みなさい」

高湛は英鈴に器を差し出す。

「申し訳ありませんが、下げてください。本当に必要ないんです」

「母さん！」

桃花が悲鳴のような声を上げたが、英鈴は構わず高湛に器を押し返す。

「薬代はあとでいい。発作を長引かせれば、最悪死に至ることもあるんだぞ」

「いいえ、要りません！　このうえ借銀が増えたら、桃花が妓楼に奪われます。それだけは……私のような目にだけは絶対っ……！」

英鈴は苦しげに喘《あえ》ぎながらも、あたりを裂くような声で叫ぶ。

背後の白玲が小さく息を呑《の》んだ音に冬惺はそちらを窺《うかが》う。

白玲は青ざめ、敵意すら発しながら高湛に抗《あらが》う英鈴を見つめていた。

「英鈴、落ち着いて考えろ。もし、いまおまえが死ねば桃花はどうなる？　それこそ、おまえが最も恐れる結果に行き着くのではないか？」

緊張が張り詰める中、それでも高湛に動揺はない。淡々と言葉を紡いでいく。

「それは……」

「桃花の一番の望みはおまえが健《すこ》やかにいることだ。わかったら、薬を飲め」

「母さん、お願い」

高湛の諭しと、桃花の懇願に英鈴は迷うように視線を彷徨《さまよ》わせる。

しかし、やがて大きく肩を落とすと、薬の器に両手を伸ばした。

「……頂戴《ちょうだい》します。薬代は必ず、どれだけ遅れても必ずお支払いしますので」

涙声で述べながら、英鈴は薬を飲みはじめる。

英鈴が薬を飲み終えるのを待って、高湛は口を開いた。

「直に薬が効いて楽になろう。今夜はそこで休むといい。桃花、おまえが付き添いなさい。私は向こうにいるから、何かあれば言うように」

「うんっ。先生、ありがとう」

「……本当にありがとうございます。先生、そしてそちらの方々も」

高湛は空の器を受け取りながら、双方に向かって深々と頭を下げる母娘《おやこ》に微《かす》かにうなずくと、白玲と冬惺に向き直る。

「厄介をおかけしましたな。処置は済みましたので、どうぞ向こうに」

「あ、待って！」

高湛の言葉に弾《はじ》かれたように、桃花が急いで冬惺に駆け寄って来る。

「母さんを運んでくれて、ありがとう。あと、これも」

桃花は感謝を告げながら、冬惺に斗篷を差し出す。

自分も借り物であるのに、すっかり忘れていた。冬惺は反省しつつ、桃花から斗篷を受け取った。

「どういたしまして。母さんが無事で良かった」

「お兄さんが運んでくれたおかげよ。あ、もうひとりのお兄さんも――」

桃花は白玲に目を向けた途端、礼の言葉を忘れ去ったようにぽかんと口を開いた。

「綺麗《きれい》……そっちのお兄さんはなんて綺麗なの！」

桃花は褒め称《たた》えながら、ものすごい勢いで白玲に詰め寄る。

「わあ、近くで見るともっと綺麗。朱鴻一の名妓《めいぎ》より美人だわ。えっ、これ！」

気迫に押されて後ずさる白玲に構わず、桃花は続いて斗篷《がいとう》に目を留める。

「お兄さんの斗篷、彩錦《さいきん》の雪沙《せっさ》じゃない。すごい！」

「なに？　彩錦のせっ……？」

「まさか、知らないの？　駄目よ、こんな名品を知らずに着るなんて」

桃花はぴしりと指を立て、子に言って聞かす母のような口調で説明をはじめる。

「彩錦は太星国随一と謳《うた》われる絹織物の名産地、双胡《そうこ》の一級品よ。あっちのお兄さんの斗篷も上質な彩錦だけど、お兄さんのはもっとすごい。雪沙っていう最高難度の技術が用いられたもので、これを織れる職人はたった五人しかいないんだから」

「すごいな、織物のことをよく知っている」

少女に叱りつけられて、たじたじとなる白玲。なにやら玄冥宮の日常を髣髴《ほうふつ》とさせる構図を見かねて、冬惺は割って入る。

冬惺に褒められて、桃花は誇らしげに胸を張った。

「私、母さんと一緒に織物場で働いているから。将来は織女《しょくじょ》になるの」

桃花が発した織女という言葉に冬惺の胸が波打つ。

先程同様、胸の奥にしまい込んだ過去が強引に引きずり出される。わずかの間だが、冬惺は言葉を失った。

「お兄さん？　どうかした？」

「……ああ、いや。それほどの目利きなら、良い織女になれる。頑張ってな」

桃花の生路は決して容易《たやす》いものではないだろう。それでも、一途《いちず》な夢が叶《かな》うようにと願いながら、冬惺は桃花にほほえみかけた。

「…………桃花、いい加減にしなさい。ご迷惑でしょう」

「あ、はあい。じゃあ」

英鈴の窘《たしな》めに桃花は慌てて口をつぐむと、小さく手をふって母のもとに戻っていく。

冬惺は気持ちの区切りをつけるために息を吐いてから、白玲に目を向ける。

「我々も参りましょうか」

「ああ……」

どこか気のない返事に、冬惺は首を傾げる。

「白玲様？ どうかしましたか？」

「……この斗篷。雪沙だったか？ そんなに良いものなのか？」

らしからぬ好奇心に冬惺は瞬《まばた》く。

少しでも共に過ごせばどうでも気づくほどに、白玲は身なりに関わる一切に興味を持っていない。桃花に説教されたように、自分が身に着けているものが如何《いか》に高価であるかを知らない。ことごとくに無頓着《むとんちゃく》である。

「基本、織り込む糸数が増えるほどに織物の質は上がります。薄織物は通常二本の経糸《たていと》を絡み合わせますが、雪沙は三本以上を網のように絡ませて織り上げます。複雑な文様が雪の結晶に似た光沢を生み出すことからその名がつきました」

「……よくわからんが、簡単にはできんということだな」

白玲はつぶやきながら、ついと冬惺に視線を流す。

「それにしても、あの娘を目利きと褒めていたが、おまえも随分と詳しいな」

冬惺は微かに身体を強張《こわば》らせる。

桃花の話で過去を思い出したせいか、つい話し過ぎてしまった。隠すつもりはないにせよ、軽口だったと悔いがこみ上げてくる。

「双胡ほど有名ではありませんが、私が生まれた村も織物の産地でしたので。六つになるまで、そこで暮らしておりました」

鬼方士は五岳で生まれ育つ者ばかりではない。

主に孤児を中心に、五岳は外でも霊力の高い子供を探し求めている。そのことは周知の事実であり、冬惺がそれであっても特に不思議はない。

平静を保ったつもりだったが、動揺は隠し切れなかったらしい。白玲は何かに気づいたような顔をしたものの、「そうか」とだけ答えた。

「行くぞ」

話は終わりだというように白玲が部屋を出て行く。

冬惺もそれに続き、部屋を出たところで高湛が扉を閉めた。

高湛は白玲に向き直ると、深々と拱手《きょうしゅ》した。

「屍王……いえ、白玲様。私の患者をお助けくださり、感謝申し上げます」

「俺は知らん。これが勝手にやったことだ」

白玲は礼を突っぱね、冬惺を顎《あご》で指す。

再度確認するように、高湛は冬惺に目を向けてきた。

「……確か、潤《じゅん》冬惺殿でしたな。英鈴を運んでくださり、ありがとうございます」

「いいえ、高湛殿の献身に比べれば私などなにも。先程の高湛殿の姿を見て、医はまさに仁慈の術に当たるべし、という言葉を思い出しました」

心からの敬意をこめて、冬惺は高湛に告げる。

自益を顧みずに患者を救おうとする姿はまさにその倫理の体現だった。

「仁術……ですか」

高湛はどこか自嘲《じちょう》混じりに繰り返す。

白玲はそんな高湛を見つめながら、やがて思い切ったように口を開いた。

「俺もそう思う。許高湛、おまえは優れた医者だ」

高湛は顔を上げ、わずかに眉《まゆ》をひそめる。

「……滅相もない。卑しきに身には過ぎた賛辞です」

石のごとく無表情を貫きながらも、高湛は思いがけない事態の連続に困惑しているようだった。

「時に高湛。おまえに尋ねたいことがある」

「私に……？　なんでしょうか」

「さっきの母娘のような、代金が払えないからと、薬を拒む者は他にもいるのか？」

「ああ……皇城の中におられれば知る機会もないでしょうが、市井にはそんな者たちが掃いて捨てるほどにおりますよ。殊に、この朱鴻の裏通りに住まう者たちともなれば納められる者の方が稀《まれ》です」

「そうか……」

短い返事のあと、白玲は黙り込む。

隠そうとしているが、浅くない衝撃を受けているのは明らかだった。

「しかし、白玲様は何故このような場所に？　もしや、先の長春宮の騒動と関わりが……いえ、出過ぎたお尋ねでした。ご無礼をご容赦ください」

高湛は口を閉ざし、頭を下げて陳謝する。

何故、高湛はそんな質問を口にしたのだろうか。微かな違和感に冬惺は密《ひそ》かに眉をひそめる。

わずかな機会とはいえ、これまでのふるまいから感じ取った限り、許高湛はいまのように、相手の意図や心意を不用意に探るといった、そんな軽はずみな行動に及ぶ人物ではないはずだ。

「おまえの立場なら気になるのも無理はない。だが、何も見ず、何も聞かなかった。そうしてもらえると助かる」

「はい、しかと心得ました。本当に差し出がましい真似を」

白玲の言う通り、長春宮の騒動に巻き込まれた身として、どうしても気になったのかもしれない。だが……冬惺の咽喉《のど》奥に残るざらつきを断ち切るように、白玲が「おい」と声をかけてきた。

「何を考え込んでいる。随分と刻《とき》を喰《く》った。さっさと行くぞ」

しかし、冬惺を急《せ》かしたその端で白玲はおもむろに斗篷を脱ぎはじめる。

「白玲様、なにを……」

「おまえがどう言おうと、暑いものは暑い。我慢ならんから、ここに置いていく。おまえもそうしろ」

白玲は脱いだばかりの斗篷を手に、冬惺の分も奪い取ると、高湛に歩み寄り両方をぐいと押しつける。

「高湛、すまんが処分を頼む」

「……これは一体、どういうお心づもりでありましょう」

「どうもこうもない。ただ、始末して欲しいだけだ」

「雪沙がどれほど高価なものか、先刻お聞き及びでしょう。まさか……これで英鈴の薬代を贖《あがな》えということですか」

「どうしろとは言わん。俺はただ――」

「雪沙が一反あれば、市井の家族四人がゆうに二年は暮らせます。偶々《たまたま》行き会っただけの母娘《おやこ》に懸ける情けにしては法外です。まさか、巷間《こうかん》に貧者があふれていると聞き、それも救わんと？　大層なお慈悲でございますな」

「高湛殿」

表情こそ大きく変えていないが、高湛の声は明らかに怒りに上擦っていた。

言い知れぬ危うさを感じ、冬惺は制止の意味も込めてその名を呼ぶ。

高湛は我に返ったのか、青ざめながら視線を下げる。斗篷《がいとう》をにぎる手は微かに震えていた。

「屍王は俗事に関わらぬ。そう聞いていたからこそ、仕方がないと受け容《い》れておりましたのに……」

高湛は独り言めいた声でつぶやくと、意を決したように顔を上げる。

「白玲様。見ず知らずの母娘にかける情けがおありなら、どうか花青《かせい》公主にもお恵みくだされ。貴方《あなた》が屍王を継いでから、花青公主が幾度となく親交を願ってきたことはご存じのはず。あの方が後宮でどれほどの孤独に苛《さいな》まれておいでか……貧者を憐《あわ》れむ心がおありなら、わからぬはずはありますまい」

「高湛、それは――」

「私が後宮医官を辞し、ここに医院を開いたのはひとえに花青公主と貴方をお産みになった舒修媛《じょしゅうえん》の遺志に添うため。心ならずも、苦界《くがい》に落とされた女たちを救いたいというのは舒修媛……青簫《せいしょう》様の願いでした」

高湛は白玲の反論を抑え込まんばかりに言葉を重ねていく。

その静かながらも鬼気迫る語勢に、白玲と冬惺は黙って聞く他なかった。

「青簫様は貴方の産褥《さんじょく》で亡くなられた。無論、それを責めるつもりはありません。ただ、わずかなりとも花青公主の立場を慮《おもんぱか》っていただきたい。花青公主の父たる前皇帝が政変で廃されたのはご承知のはず。父は咎人《とがびと》、母も亡く、さらには屍王と同腹《どうふく》となった花青公主が後宮でどのような扱いを受けてきたかっ……」

高湛は射るほどに強い眼差《まなざ》しを白玲に注ぐ。

「私は大恩ある青簫様の忘れ形見である、花青公主を救いたいのです。たとえひとたび限りでも、貴方が応じてくだされればあの方がどれほど慰められるか。花青公主にとって貴方は屍王ではない。かけがえのない肉親、ただひとりの弟君なのです」

白玲は黙ったまま、高湛の視線から逃れるようにうつむく。

高湛は肩で息をしながら、なおも白玲を見据えていたが、やがて我に返ったのだろう。斗篷を抱え込んだまま、慌てて膝《ひざ》を折り、叩頭《こうとう》する。

「申し訳ありません。重ね重ね、とんでもないご無礼を……」

まさか、高湛の中にこれほどの激情が秘められていようとは。

冬惺は驚きながらも、先の齟齬《そご》の答えをみつけたような心地がした。

仔細《しさい》は知り様もないが、高湛にとって舒修媛と花青公主の母娘はなによりも大切な存在なのだろう。その幸福のためならば命さえ厭《いと》わないほどに。先程も、花青公主の身を案じるがあまりに踏み込み過ぎてしまったのかもしれない。

「……構わん。おまえの言い分はよくわかった」

白玲はひどく疲れた顔で肩を落とす。

「屍王に俗縁はない。俺の中でその考えが変わることはない。ただ……花青公主の心の在り様は胸に留《とど》めておく」

高湛は白玲を仰ぎ、再び深く面を伏せた。

「ありがとうございます……」

「それと、俺の勝手な一存でおまえの気持ちを乱す真似をして悪かった。だが、やはり斗篷の始末は頼みたい。引き受けてもらえるか？」

「……承知しました。御心に添うべく、努めましょう」

「助かる」

そのひと言を最後に、白玲は高湛に背を向ける。

冬悍は扉に向かって進んでいく白玲のあとを追う。

最後の最後まで顔を上げないままの高湛を残して、ふたりは医院をあとにした。

医院を出た途端、抑え込んでいた衝動があふれ出てきた。

声を上げるかわりに、白玲は半ば駆ける勢いで闇に沈む裏通りを進み出す。

ひたすら前進し、突き当たれば道がある左に折れて、またそのまま行く。

目的はない、道なりに歩いているだけ。うしろの冬惺も気づいているだろうが、何も言ってこない。ただ静かについてくる。

頭も胸も熱い。奥底からわき上がってくる焦燥と羞恥《しゅうち》が身体中で渦を巻いている。

知っているつもりで、まるで知らなかった。知ったところでどうしようもないが、だからといって簡単には割り切れない。

俗事に囚《とら》われている場合か。ここに来たのは贋物を捜すためではないか。屍王の使命を第一に考えろ……頭ではわかっている。けれど、心がついていかない。

白玲は足を止める。

自分は未熟だ。いつも感情にかき乱されてしまう。

何かの都合で屍王らしからぬ心が備わってしまったことは受け容《い》れるしかないが、それなら制御する能力も加えておいて欲しかった。

白玲が唇を噛《か》んだ時、耳朶《じだ》の端に微《かす》かな音が響いた。

「……水の音がする」

「嬰江の支流です。鴻坊は川に沿う形で広がっておりますから」

「そうか……眺めに行くぞ」

言うなり、白玲は水音を追って、歩き出す。

進むうちに細い路地が途切れ、目の前に荒く土を積み上げた堤が現れた。

堤の壁面は辛うじて階段状になっている。ともすれば崩れそうな土段を白玲は一心に上っていく。

自分がいま、どんな感情に駆られているか。おそらく冬惺は把握している。だから止めようとはせずに、気が済むようにさせてくれているのだ。

十五段程度の土段を上り切れば視界が大きく開けた。

どれだけ濃い闇に埋もれていようとも、白玲の目は彼方《かなた》へ流れ行く水を捉《とら》えることができる。冬惺も同じだろう。

川面《かわも》を滑り、吹きつけてきた風が白玲や冬惺の髪や衣を軽くはためかした。

「水辺の風は涼しいですね」

冬惺の言葉に白玲はうなずく。

「ああ。だからといって、斗篷は要らんがな」

「そもそも防寒用ではありませんので。さっきの一件で、姿を隠した方が良い理由がおわかりになったでしょう。老若男女を問わず、貴方の美しさは見る者の心を昂《たか》ぶらせてしまう。ですから――」

「……うるさい。いまは誰もおらんからいいだろ」

一蹴《いっしゅう》したいが、先刻の桃花のはしゃぎようを思い出せば反論も難しい。

不本意ながらも、白玲は口を閉ざす。

白玲が黙れば、冬惺も従う。

あたりも静かだ。大通りの喧噪《けんそう》もここまでは届かず、ただ水の流れる音だけが耳に滑り込んでくる。

「……現世と冥府《めいふ》は二河《にかわ》と呼ばれる川で隔てられている。二河はとにかく大きくて、流れるものも水じゃない。右からは凍える氷、左からは燃え盛る炎。このふたつが寄せてきて真ん中でぶつかり、せめぎ合って、また戻っていく」

「それはまた……随分と想像し難い河川ですね」

先程同様、好きにさせてやりたいと考えているのか。何の話だと問うこともなく、冬惺は続きを促すように応じてくる。

「現世の常識では考えられない川だろ。けどな、見た風に言っているが、俺だって二河を目にしたことはない。備えられた知識で知っているだけだ」

白玲はいったん言葉を止めて、川の流れの果てに視線を馳《は》せる。

二河のことを思えば、脳裏にその姿が鮮明に思い浮かぶ。だが、いまここで感じているような水音や風の涼やかさは当然ない。

屍王は命が尽きれば無に帰すため、その霊魂が冥府に赴くことはない。

つまり、白玲《ひど》が二河の川音や、熱さ冷たさを感じる機会は永遠に訪れない。そんな単なる事実が酷く虚《むな》しいのは何故か。知っている、それで十分だと思っていたのに。

「俺は屍王だ。屍王に俗縁はなく、世事と関わる必要もない。だが、斗篷を高湛に託すことで、多少なりともあの母娘《おやこ》が救われるならそうしたいと思った」

世には貧富があることも、皇城と市井の暮らしぶりが違うことも知ってはいた。だが、白玲が今夜目の当たりにした貧しさは知識として把握しているものと隔たりがあった。母が娘を奪われると脅える。貧しさにそんな恐ろしさがあるとは想像だにしたことがなかった。

高湛が口にした通り、現世には白玲には想像もつかない貧苦が山とあふれているのだろう。英鈴と桃花とて一端に過ぎない。その場限りの情けなど、所詮《しょせん》焼け石に水。それなのに救えた気になっていたのだから。愚かにも程がある。

「施しが常に正しいとは限りません。ですが、白玲様があの母娘に懸けた恩情は偽りのないもの。決して間違ってはいません」

「だが、高湛を怒らせてしまった。俺はいま少し考えるべきだった。思いつきの情けは相手を傷つけることもある。関わらないと言うからには徹底すべきだった」

「……花青公主の件ですか」

「高湛の怒りを見る限り、俺は花青公主を相当傷つけてきたんだろう。俺は本当に何もわかってなかった。知らないということが、これほど情けなく、恥ずかしいということさえ知らなかった」

「恥じる必要はありません。私にも知らぬことは数多《あまた》とあります」

「嘘を吐け。おまえは知っていただろ。朱鴻がどういう場所であるか」

「それは……」

「幼稚な物知らずに説明するのは憚《はばか》られたか？　それとも、どうせ言ったところでわからんだろうと侮ったか？」

「私は決して、貴方《あなた》を侮ったりなど――」

「もういい。どうであれ、俺が馬鹿だったことに変わりはない」

白玲は川面に向かって吐き捨てる。

わかっている。冬惺がそんな風に考えていないことなど。

朱鴻が花街であることを秘匿していたのも行き過ぎた保護心だろう。行ったことがあると口にした手前、話し辛《づら》くなったというのも多少はあるかもしれないが。

ただの八つ当たりだと恥じながら、それでも詫《わ》びる気持ちにもなれない。本当にどこもかしこも童のようだと、ますます情けなさが募っていく。

また風が吹く。

先よりも少し強い風はふたりの間をすり抜け、暗がりへ飛び去っていった。

「娘を奪われたくないという母の叫びを聞いた時、俺はやっとここがどういう場所かがわかった。その瞬間まで、間抜けにも通りの女たちが心から楽しんで花を撒《ま》いているのだと思っていた」

「白玲様は知識と現実の差異に気づき、学びを得られました。学問にはそういう面があるかもしれませんが、学びは優劣を競うものではありません。貴方は、貴方の歩みで積み重ねていけばいい」

「まるで幼子に対する慰めだな」

「もし、白玲様が己を未熟だと責め、無知を恥じていらっしゃるなら、私がそれを許します。言ったはずです、私はいつでも貴方の罪を許すと」

思わず白玲は身を翻す。

ふり仰いだ冬惺の目は、言葉よりもさらに雄弁に真摯《しんし》な想いを語っていた。視線を交えるだけで、あれほど御し難かった自己嫌悪と焦燥が宥《なだ》められていく。どうして冬惺の眼差《まなざ》しや言葉はこれほど深く心に沁《し》みるのか。

不思議に感じたのは一瞬で、白玲はすぐに気づく。

別段、難しいことではない。冬惺はただ一心に、白玲が背負うものを共に担ごうとしてくれているだけだ。

気持ちが落ち着いていくにつれて、今度は咽喉《のど》の奥が熱くなってくる。とはいえ、このうえべそまでかいたら本当に五歳児と変わらない。白玲は力尽くで涙を押し戻し、あえて不遜《ふそん》に鼻を鳴らした。

「……なら、許すついでに約束しろ。今後は隠さず、知っていることはすべて話すと。手はじめにそうだな、おまえが行った妓楼を教えてもらおうか」

白玲の憂いが薄らいだことに安心したのだろう。安堵《あんど》の笑みを浮かべかけていた冬惺は途端に眉《まゆ》を下げて、手で口を覆う。

「流石に……ご容赦ください」

「冗談だ。そんな情けない顔をするな」

心の翳《かげ》りをはらうように白玲は笑う。

笑えたことに、切ないほどの安堵を覚えた。

「いろいろあって疲れた。黒蝶《こくちょう》も反応を示さんし、今夜は――」

いったん引き上げよう、白玲が口にしかけたそのとき。

たぷんと濁った音をたてて、凪《な》いでいた川面が千々に乱れる。

それと呼吸を合わせるように、袂《たもと》の陰から黒蝶がひらりと舞った。

「白玲様」

「……前言撤回だ。行くぞ」

黒蝶は夜目にも鮮やかな燐光《りんこう》を放ちながら羽ばたき、川上を目指して飛んでいく。

白玲は黒蝶を追い、そのまま堤の上を走り出す。

冬惺もあとに続く。

夜陰の先に待つ、仇《かたき》ともいえる敵――贋物を見据えれば、たちまち霊魂の芯《しん》が律されるのを感じる。

己は屍王だ。未熟でも無知でも、使命を放棄することだけはしない。それに……。

自分はひとりではない。

共に戦う者がいるという状況に対し、以前は恐怖しかなかった。無論、恐れを完全に克服できた訳ではない。だが、心強さが勝ってきているのは確かだった。

ゆっくりと、しかし着実に形を変えていく想いを抱えながら、白玲は闇夜を駆けた。

迷いのない羽ばたきに導かれ、白玲と冬惺は川上を目指して進んだ。

しばらくすると、黒蝶は右手に折れて、堤を下っていく。

「仮に贋物を見つけたとして、それから如何様《いかよう》に」

「向こうがどう出るかにもよるが、まずは人のいる場所から引き離したい。機をみて渡水鏡を開き、山野に連れ出す。そこで仕留められれば上出来だが……」

白玲たちは堤を下りると、再び裏通りに踏み入る。

曲がりくねった小路をしばらく進んだのちに、黒蝶がいっそう忙《せわ》しなく羽を震わせたかと思うや、道端に蹲《うずくま》るように建つ家屋に近寄り、その扉に留まった。

白玲と冬惺も足を止める。

黒蝶が示すからにはもはや疑いようがない。贋物はここにいる。

白玲は感覚を研ぎ澄ましてみたが、梟炎らしき気配は拾えない。やはり、白碧が記していたように贋物は人の殻で神気を覆い隠してしまっているのだろう。

白玲は扉に留まる黒蝶を指先ですくい上げると、呪言《じゅごん》を唱えて呪符に戻す。

まわりに大勢の人間がいるだけに慎重を期したいが、確証を得るためには踏み込むしかない。

呪符を懐に収めながら、白玲は冬惺を見上げる。

「いまから中に入る。わかっていると思うが、決して判断を誤るな。無闇に俺を守る必要はない。おまえはまず、おまえの身を守れ。いいな？」

「……譲れぬものはありますが、大部分は承知しました」

不満と不安が残る返答だが、聞けないと言われるよりマシだろう。白玲は己を納得させると扉に手をかけ、一息に開く。

がらんとしているせいか、中は存外広く感じられた。物といえば小さな円卓がひとつと朧《おぼろ》に室内を照らす燭台《しょくだい》があるだけだ。

我知らず、白玲は拳《こぶし》をにぎる。

家屋というより物置小屋に近い部屋の奥、ところどころ漆喰《しっくい》が朽ちた壁際に白玲たちに背を向ける恰好《かっこう》で人がひとり立っていた。

まるで今夜の白玲たちと趣旨を合わせたかのように、奥に立つ者は頭巾《ずきん》のついた斗篷《がいとう》を着込んでいる。背恰好からして、男のように見えるが定かではない。

確かに、他の梟炎のような神力は感じない。

だが、気配は違えど、その目で見ればわかる。いくら人の殻や斗篷で遮ったところで屍王の目は欺けない。あれこそが紛《まご》うことなき仇敵《きゅうてき》――贋物だ。

「――見つけた」

白玲のつぶやきと同時に、贋物がゆっくりとふり返る。

「……こういうの、なんだっけ。ああ、そうそう。招かれざる客だ」

軽妙であどけなさが残っているものの、低い声はやはり男のものだった。

「長い支度がやっと終わって、良い気分だったのに。屍王というのはまったく無粋《ぶすい》な生きものだ」

不平をこぼしながらも、贋物の声は楽しげに弾んでいる。まるで、遊びの最中の童子のごとく快活だ。

「なら、おとなしくしていろ。その良い気分のままで終わらせてやる」

白玲は贋物をにらみ据えながら、上衣の肩の水紋に触れる。

術を仕掛ければ、向こうは何かしらの手段で応じるはず。その隙を突いて、人のいない、どこかの山野に送れれば——そんな算段を視線で伝えようとした瞬間、冬惺が声を上げる。

「白玲様、あれが……あの男が贋物、なのですか?」

返事より驚きが先立ち、白玲は冬惺に目をやる。

冬惺の声は明らかに震えていた。面相も同じで血の気を失い、双眸《そうぼう》は戸惑いに浸されている。

「おまえ……どうし——」

「待って、待って待って!　嘘だろ、驚いた……」

白玲の声を遮り、贋物が頓狂《とんきょう》な調子で叫ぶ。

冬惺が言葉を発したことで、はじめて屍王以外の存在に気づいた。

そう語るかのように、贋物は背伸びをしたり、身を屈《かが》めたりしながら、しげしげと冬惺を眺め透かす。

「そうだ、やっぱりそうだ！　おまえは冬惺、潤冬惺だろ」

あまりに意外な発言だった。困惑もあらわに、白玲は贋物に向き直る。

一体、どういうことか。何故、贋物が冬惺の名を知っていて、なおかつ慕わしい者かのように呼ぶのか。

刹那《せつな》の混乱のあと、白玲の脳裏にある可能性が滲《にじ》む。

危険は等しくあるとはいえ、現世には数え切れないほどの人間がいる。だから、そんな偶然が起こるなど欠片《かけら》も考えたことがなかった。

しかし、万が一を思い、懸念しておくべきだった。贋物に乗っ取られた人間が、冬惺の旧知であるかもしれないということを。

「俺が持っている記憶の姿と少し違っているが、ちゃんとわかるぞ。こいつが大事にしていたものはすべてここにあるからな」

贋物は嬉々《きき》として話しながら、右手を自分の胸にあてる。

一見、不可解な言動の意味が白玲にはわかる。

以前、冬惺に説明したように、贋物は単に身体を乗っ取るだけではない。転体という術は霊魂ごと、その者が喰い尽くされる瞬間まで育んできたものを根刮《ねこそ》ぎ奪い尽くすことができる。

つまり、贋物が冬惺に向ける親しみは、本来の身体の持ち主のものだ。それをふてぶてしくも、我が物顔で語っている。非道極まる所業に白玲は吐き気を覚えた。

「なあ、冬惺。おまえだって、この顔を覚えているだろう？」

白玲の怒りを余所《よそ》に、贋物は上機嫌で話を続けながら頭巾に手をかけ、うしろにはねのける。

贋物が奪ったその姿は、猛禽《もうきん》めいた凜々《りり》しさの中に快活な少年の面影を残した二十歳前後の青年だった。山岳民によく見られる、明るい赤毛と鳶色《とびいろ》の双眸。そのふたつが青年が持つ陽気をいっそう輝かせていた。

ほとんど音を成さない声が冬惺の口からこぼれ落ちる。

けれど、白玲の耳にはちゃんと聞こえた。

冬惺が贋物を「悠炎《ゆうえん》」と呼んだのが。

白玲とてその名は記憶に新しい。ほんの数刻前に聞いたばかりだ。

冬惺にとってかけがえのない友であり、許しを与えてくれた恩人。七年前、冬惺のかわりに出向いた討伐で命を落とした――はずだった。

何故、よりにもよって……白玲は早鐘を打ちはじめた胸に手をあて、わき上がる憤慨と狼狽《ろうばい》を押し殺す。いま自分までが取り乱す訳にはいかない。

「うれしいぞ、冬惺。まさか、こうしてまた巡り逢《あ》えるとは。この喜びをわかち合いたいところだが、邪魔者がそうさせてくれまい。いまはひとたび別れが必要だ」

「……その邪魔者から逃げられると思っているのか？」

白玲の恫喝《どうかつ》に、悠炎の姿をした贋物は目を細める。

口元こそ笑みを象《かたど》っているが、ふたつの目の奥底は恐ろしく冷たい。

「さて、どうだろう。三界一諦《あきら》めの悪い九玄大帝の手先がどれほど厄介か……よくよく知り抜いているからなあ」

贋物は歌うように応じながら、石火の速さで腰の剣を抜き放つと、刃を床板の合間に突き立て、力任せに引き剝《は》がす。

その瞬間にも、白玲は反射的に剣の柄《つか》に目をやっていた。

黒い柄の先端に刻まれた紋印は笹葉だった。その事実に、いっそう深く絶望の楔《くさび》を打ち込まれたような気がした。

「人は弱いし、すぐに死ぬけど、頭を使うことには本当に長《た》けている。屍王はこれが何か知っているか？」

贋物は剝がした床板の下に尖《き》っ先《さき》を差し込み、撥《は》ね上げる。

パッと砂めいた黒粉が舞い飛び、乾いた音と共に床に散った。

鼻をつく臭いに白玲は眉根《まゆね》を寄せる。

いつぞやか嗅《か》いだ覚えのある臭いだった。そう、春節になると皇城のあちらこちらで鳴り響く、炮仗《ほうじょう》の煙……炭と硫黄《いおう》の臭いだ。

「……黒色火薬《こくしょく》」

「へえ、正解。偉い偉い。屍王も多少はものを知っているようだ」

贋物は剣を鞘《さや》に戻しながら、揶揄《やゆ》するように笑う。

「この床下一面に黒色火薬を敷き詰めてある。これにただ火を点《つ》けたところで、精々勢いよく燃えるくらい。けど、熱と衝撃次第で威力は格段に変わる。どうなるか試してみようか？」

おもむろに、贋物が右手をかかげる。

転瞬、ぶわりと熱波が立ち、右手が黒い炎に包まれた。

「そんな虚仮威《こけおど》しが通じると思うか？」

「白玲様、挑発に乗ってはいけません」

術を放たんとした白玲の腕を冬惺がつかむ。

「止めるな。贋物の言うことなど、はったりに――」

「いいえ、あの脅しは嘘ではありません。下手をすれば我々のみならず、あたり一帯が灰燼《かいじん》となりかねない」

他を巻き込む危険がある以上、自重するべき。

冬惺の諫《いさ》めに、白玲は臍《ほぞ》を嚙《か》む。

現状、神力の強弱ならまだ己に分がある。他に気兼ねなく戦える場所に連れ出せれば、仕留めることができるはず。贋物に今後も強化を許せば、いずれ向こうが勝る日がくる。

だからこそ、この機を逃したくはない。

だが、無理をして、無関係な者を死に追いやるようなことになれば……大いに逡巡《しゅんじゅん》しながらも白玲は腕を下ろす。

それに対し、贋物が大袈裟《おおげさ》な素振りで手を叩《たた》いた。

「やっぱり、冬惺は冷静だね。昔からそうだ。おまえはまわりをよく見てるし、状況把握や判断が早くて的確だ。俺もよく助けられた」

「……違う。それは貴様じゃない」

冬惺は凍えるほどに冷たい声で言い放つ。

しかし、声とは裏腹に、白玲の腕をつかむその手は触れたものを焼き切らんほどに熱かった。

「酷《ひど》いな、と言いたいところだけど、誤解を解くのは次の機会に。ああ、そうだ」

贋物は炎を灯《とも》したまま右手を伸ばし、指先で白玲の胸元を指す。

「ひとつ、後始末が残っていた」

贋物の狙いを察し、白玲は大急ぎで空いた左手で黒蝶から戻した呪符《じゅふ》を抜き取る。

神力で守りをかけようとしたが遅かった。

贋物が指先を鳴らした途端、たちまち呪符が燃え盛る。瞬く間に呪符は灰と化し、崩れ去った。

「じゃあな、冬惺。必ずまた逢おう」

贋物は油断なく炎をかかげながら、白玲たちの脇をすり抜けると、影を落とす間もなく去っていく。

仇敵《きゅうてき》にまんまと出し抜かれて、手がかりも燃やされて。

ただ立ち尽くすしかない白玲たちに残されたのは、痛いほどの静寂と灼《や》けつくような敗北感。

そして、なにより。

己たちを嘲笑《あざわら》うかのような巡り合わせに対する、やり場のない怒りだった。

肆　もうひとつの許し

神とて時間は戻せない。

泥《いわん》んや、神の代行者に過ぎない屍王《しおう》もまた同じ。なす術《すべ》もないまま、白玲《はくれい》は渡水鏡《とすいきょう》を開いて、冬惺《とうせい》と共に玄冥宮《げんめいきゅう》の祭殿に戻った。

「……火薬の始末はどうされますか？」

「霖雨《りんう》にやらせる。火薬を好きにしていいと言えば、進んで働くだろう」

白玲はあえて背を向けたまま答えた。

冬惺の声音は落ち着いている。

激情が過ぎて、却《かえ》って冷静になっているのか。それとも、動揺を自制で抑えているのか。ただ、どちらにせよ、その心中が穏やかであるはずがない。

気遣ってやらねばと思う反面、白玲自身もまだ困惑が大きい。いまは視線を合わせて、真実を推し量る勇気が持てなかった。

「危険ではないでしょうか。もし、贋物《がんぶつ》が戻って……いえ、あり得ませんね」

「ああ。わざわざ足取りをつかませるような下手を打つはずがない」

白玲は息を吐く。

贋物を取り逃がしたことは痛恨の極みである。

だが、それよりも餍物に肉体を乗っ取られた人間が冬惺の無二の友、呉悠炎《ごゆうえん》であった衝撃の方がはるかに大きい。

これからどうするべきか。そんな自問が白玲の胸に重くのしかかる。

だが、事態がどれだけ混迷を極めようと屍王の路《みち》は常にひとつ。梟炎《きょうえん》を狩るという使命を果たすのみ、だ。

けれど、冬惺は違う。

冬惺は鬼方士《きほうし》で、その責務は人に害をなす穢鬼《えき》の討伐だ。梟炎との相対はあくまで偶発的なものであり、屍王のように絶対の使命としている訳ではない。

白玲は春蘭の香りを薫《くゆ》らす天縹萬樹《てんぴょうばんじゅ》に目を向ける。

餍物を捜す手がかりは失われてしまったが、嘆く必要はない。翠霞娘娘《すいかにゃんにゃん》の霊魂の結集がある限り、餍物は必ず玄冥宮を狙ってくる。白碧《はくへき》の助言にあったように、いずれ向こうから仕掛けてくるはずだ。

そして、こうも考えられる。玄冥宮にいれば、餍物と戦う機会は確実に巡ってくる。ここに縛られている限り、冬惺もその宿命から逃れられない。

だとすれば、解き放ってやらねば。

浮かんだ思考に白玲の鼓動が大きく鳴る。それと間を合わせたかのように、冬惺が口を開いた。

「白玲様」

名を呼ばれて、白玲は反射的にふり返る。

冬惺の表情は声同様、少なくとも見た目は冷静だった。

「お願いがあります。どうか、私の任を解くようなことは……玄冥宮から遠ざけることは考えないでください」

思考を先回りされて、白玲は取り繕う暇さえなく狼狽《うろた》える。

あからさまに逸《そ》らしてしまった視線で察したのか、冬惺は「やはり」と呻《うめ》く。

「貴方《あなた》なら、そうお考えになると思いました。私に贋物を、悠炎の姿をしたものを討たせるのは不憫《ふびん》だと。ですが、情けは無用です。また、私がいざとなれば躊躇《ためら》うかもしれないと懸念しておいでなら、それも不要です」

響きこそ静かだが、冬惺の声の底には揺るぎない意志が秘められている。

反論できずに、白玲は黙るしかなかった。

「あれは悠炎ではありません。たとえ肉体がそうだとしても、私にはわかります。霊気も気配も、悠炎どころか、人でさえなかった。話し方やふるまい、私の名の呼び方も違う。なにより、人であれば七年前と同じ姿でいられるはずがない」

贋物がすでに悠炎ではない証拠を、冬惺は淀《よど》みなく挙げていく。まるで、自分に言い聞かせるように。

「悠炎は討伐で死んだと聞いたが……遺体は見つからなかったのだな？」

「事前の調べでは、難しい討伐ではないと考えられておりました。そのため、悠炎たちは一隊で臨みました。ですが、結果は……。私も確認に赴きましたが、どの遺体も損傷が激しく、剣と佩玉《はいぎょく》で辛うじて人数が確認できたほどでした」

鬼方士の紋印が持つ裏の意味を思い、白玲は嘆息する。

討伐で命を落とす、という事態は壮絶だ。見分けがつかないほどに、容貌《ようぼう》や身体的特徴が損なわれていることも珍しくない。紋印はそんな時の識判材料となる。

「贋物は笹葉の紋印がついた剣を手にしていたが、あれは？」

「残されていたのは佩玉のみで、剣はいくら捜しても見つかりませんでした。命果てども剣は離さず。我々鬼方士は第一にその誓いを教わります。遺体の数の確証が得られなかったこともあって、もしやと思い、さらにひと月近く捜しましたが――」

「生きている証《あかし》は見つからなかった、か」

「はい。ですが、あのとき諦《あきら》めずに捜し続けていれば……」

「いいや、どれだけ捜したところで見つかるはずがない。贋物はただ身体を乗っ取ったんじゃない。悠炎の霊魂……記憶や知識、感情に至るすべてを奪い、我がものにしている。おそらくは乗っ取った瞬間に、元同胞である鬼方士と顔を合わせてはならないことを理解したのだろう」

鬼方士は妖異《ようい》を見抜く。

悠炎がすでに悠炎でないと知れば、たとえどれだけの犠牲をはらおうとも、五岳《ごがく》は必ず討ち果たそうとする。妖異を討つべき鬼方士が妖異に成り下がった。そんな事態を五岳が見過ごすはずがない。

故に、贋物は冬惺たちが諦めるまで徹底して遭遇を避けた。一介の梟炎ならぬ、悠炎の記憶や経験を手に入れた贋物だからやりおおせた。

「それでも、おまえに知らしめたのは屍王と行動を共にしていたからだろう。屍王は外界との余計な関わりを嫌う。必ず俺が口止めをすると踏んで、悠炎の肉体を乗っ取った事実を明かした。あと」

「……私が進んで五岳に報告するはずがない。そう考えているのでしょうね」

白玲は沈黙を以《もっ》て肯定する。

もはや肉体だけとはいえ、悠炎が同胞たちに追い回される事態を冬惺があえて引き起こすはずがない。贋物は悠炎が冬惺にとってどんな存在であるかをつぶさに知り抜いている。だからこそ、そんな確信が持てたのだろう。

憤激か苦痛か、冬惺は眉間《みけん》を歪《ゆが》めながら白玲に問うてくる。

「白玲様。今一度、お答えください。悠炎の、私の友の霊魂はすでに一片も残されてはいないのですね？」

「……ああ。肉体が残っているだけで自我はすでにない」

「ならば――」

「だが、たとえ霊魂が残っていなくとも、友の顔をしたものと刃《やいば》を交えたいか？」

白玲は勢い込んで冬惺の言葉を遮る。

「おまえの覚悟が半端なものではないのはわかっている。それでも、梟炎狩りは屍王の使命だ。おまえが余計な苦しみを背負い込む必要はない」

「いいえ、贋物を斬るのは私の責務です。あのとき私が怪我をせず、討伐に赴けていれば、悠炎が死を凌《しの》ぐ恥辱と辛苦にまみれることはなかった。私は、私が負うべきものを友に押しつけてしまった」

「そんな仮定に意味はない。おまえだって、わかっているだろ」

「どうであれ、私は贋物をこの手で斬ります。私が悠炎にしてやれることは、もうそれしかないのです」

ぞっとするほど冷たい声に、白玲は愕然《がくぜん》とする。

抑揚がなく、無機質に響く声はおおよそ白玲の知る冬惺のものではなかった。

引き止めなければ。おまえが進むべき道はそちらではない。そんな一念が頭を過《よぎ》り、白玲は飛びつくように冬惺の手を取っていた。

「白玲様……？」

いきなりの行動に、冬惺が戸惑うような声を上げる。

白玲は冬惺の右手を両手でにぎり締めながら、必死にかけるべき言葉を探した。

冬惺がどれほど悠炎に詫《わ》びたいか、贋物に憎しみを覚えているか。なにより己に対して、どれだけ怒りを感じているか。同じ罪を背負う者だから、痛みも苦しみもすべてわかる。無論、どんな慰めも意味を持たないことも。

けれど、あの言葉なら届くかもしれない。

それを胸に浮かべた途端、逡巡が白玲の身を縛る。

果たして、己にそんな権利があるのか。山と言い訳を並べたところで、白碧が冬惺を利用するために呼び寄せ、白玲がそれを甘受していることに変わりはない。

自分は悠炎とは違う。我欲にまみれた卑怯者だ。

だが、それでも冬惺は救ってくれた。辛《つら》くて悲しくて、どうしようもなかった罪の苛《さいな》みを和らげてくれた。ほんの少し前も遣《や》る瀬なさを宥《なだ》めてくれた。

己が相応《ふさわ》しくないことも、悠炎のかわりになれないこともわかっている。

けれど、どうしてもこの言葉を伝えたかった。

「……俺が許す」

白玲は臆《おく》する気持ちを捨てて、真っ直ぐに冬惺を見据える。

「俺が何を言ったところで、おまえは自分を許すことができないだろ。だから、俺が許す。おまえが己を責める度に、俺はおまえの罪を許す。百なら百、千なら千。幾度だって許し続ける」

冬惺は身じろぎ、どこか脅えるように後ずさりかける。

白玲はそれを押し止《とど》めんと、いっそう強く手をにぎりながら言葉を重ねた。

「おまえが贋物を斬るというなら、それも構わん。ただし、俺の許しを受け容《い》れてもらう。それが玄冥宮に留《とど》まる条件だ」

「白玲様、私は――」

「まだごちゃごちゃ抜かすなら、即刻おまえの任を解く。許しを受け容れるか、拒んで去るか。どうするか、おまえが決めろ」

「どうかおやめくださいっ……私に、許しなど……」

冬惺は声を震わせ、項垂《うなだ》れる。

白玲もまた、にぎり込んだ手に視線を落とす。

せめて、わずかなりとも慰めになれればと、白玲は冬惺の右手を抱き続けた。

「……どうして、こんなことに」

ぽつりと、いまにも消え入りそうな声が重なる手の上にこぼれ落ちてくる。

白玲は慌てて顔を上げた。

「悠炎に救われた時、私は己に誓いました。母を守れなかったかわりに、このかけがえのない友の幸福だけは守り抜こうと。ですが、私は何もできませんでした。本当に、なにひとつ……こんな私が貴方の許しを得ていいはずがない」

冬惺は叶《かな》えられなかった願いをこぼしながら、床に膝《ひざ》をつく。

白玲も追ってしゃがみ込もうとして、目を見張る。

ぱたぱたと、手の上に涙の粒が降ってくる。泣いているのだと気づいた瞬間、白玲は堪《たま》らず覆い被《かぶ》さるように冬惺を掻《か》き抱《いだ》いていた。

「うるさい！　誰が何と言おうと、俺はっ……」

衝動に突き動かされるままに、白玲は冬惺の名を呼ぼうとした。

だが、どうしても出来ない。

名をつけてはいけない。深入りしてはいけない。白碧の教えが軛《くびき》となり、白玲の心を威圧する。

「……っ、とにかく！　俺はおまえを許す。おまえは悪くないと言い続ける」

全霊で桎梏に抗い、白玲は叫ぶ。

この言葉が、この行動が、正しいのかどうかなどわからない。ただ、このまま放っておいたら冬惺が壊れてしまう気がして怖かった。

まだ身体が小さかった頃、白玲はよく泣いた。

転んだだの、暗がりが恐ろしいだの、理由は大概がくだらないことで、我ながら恥ずかしくなるほどに臆病《おくびょう》だった。

泣く度に、白碧は白玲を抱き締めてくれた。頭をなで、甘い慰めをくれた。己には理解できない感情だが、人の子は親からこうされるのを好むらしいと言って。

詰まるところ、その行動は形ばかりの真似事だったのだろう、だが、それでも白碧のふるまいや言葉に幾度となく慰められた。

あのとき感じていた、不安や苦痛がほろほろと薄らいでいく心地を少しでも与えてやりたい。そんな願いを込めながら、白玲は冬惺を抱く手にいっそう力をこめる。

「あの夜、おまえは言った。屍王の使命を果たすことが俺の償いになると。なら、おまえだって同じだ。鬼方士として戦うことで償っている。それに、おまえは俺を許すとも言ったではないか。俺のそばにおらず、どうやって果たすという？　約束したからにはちゃんと守れ！」

白玲は呼吸を乱しながら、なおも言葉を重ねようとする。

だが、それより先に、冬惺が口を開いた。

「……………私にそんな権利はないとわかっています。ですが……」

「なんだ？　隠さずに言え」

白玲は身を離すと、冬惺の顔を覗《のぞ》き込む。

躊躇《ためら》い、怯《おび》えながらも、白玲の視線を拒めなかったのか、冬惺は声をふり絞るように話し出す。

「……………貴方《あなた》を、許す。この誓いだけは破りたくありません」

「なら、話は簡単だ。さっさと俺に許されろ」

「しかし――」

「うるさい。これ以上、余計なことを考えるな。おまえは俺に許されて、俺を許していればいい」

冬惺は何か言おうとしたが、結局言葉にできないままうつむく。

白玲も黙ったまま、再び冬惺を抱え込む。

しばし沈黙が続いたが、やがて冬惺が手を伸ばし、怖々ながらも白玲の背を抱き返してきた。

　きっと、冬惺はまだ迷っている。

　だが、返されてきた手が示すように、白玲の許しを受け容《い》れたいという気持ちもあるに違いない。そのことに安堵《あんど》しながら、白玲は思う。

　白碧は白玲の心の支え役として冬惺を遣わした。

　生前、その炯眼《けいがん》が外れたことがないように、図らずながらも冬惺は白碧が求めた役割を期待以上に果たしてきた。

　だが、たったいま。誰かと共にいることで得られる力はひとつに限らないと白玲は知った。相手に支えられるだけではない。相手を支えたいという気持ちもまた、己を立たす大きな力となるのだ、と。

　意図せず、しかし着実に白碧のたくらみの外に踏み出しながら、白玲は誓う。

　贋物を狩り、悠炎の尊厳を取り戻す。

　屍王の使命だけではない。冬惺を救うためにも必ず果たしてみせる。

　白玲の決意を映したかのように、天縹萬樹がさざめき煌《きら》めき、優しい香を醸した。

　悠炎の身の上に起こった悲劇を知った夜からしばらく。

厳しかった陽射しも緩まり、夜風はすでに肌寒さをまといはじめている。

どんな幸不幸が起ころうとも、世の流れは変わらずに続いていく。それまで同様、白玲は冬惺を伴い梟炎狩りに赴く日々を過ごしていた。

とはいえ、変わったこともある。務め以外でも冬惺は玄冥宮に留《とど》まるようになった。

そうしろと命じたのは白玲だ。

最大の理由は放っておきたくない、であるが、そのまま言えば遠慮するのは目に見えている。だから、冬惺がひとりになった隙を突き、贋物が襲ってくるかもしれない、というもうひとつの理由を掲げた。

決して方便ではない。必ずまた逢《あ》おう——贋物が去り際に放ったあの言葉がどうしても気にかかる。

どれだけ姿形を変えようと、贋物の本性は梟炎だ。そして、梟炎が翠霞娘娘以外に執着を示すことはない。冬惺を懐かしがる気持ちも、会いたいと願うのも、すべて悠炎の記憶がもたらす感情のはずだが、贋物がそれを尊重するがごとく扱っているのが腑《ふ》に落ちない。

贋物は白玲が知る梟炎とはまるで違う。悠炎の身体と霊魂を乗っ取ったことで、こちらの想像を超えた変容を遂げたのかもしれない。

もし、贋物の行動の動機が翠霞娘娘に限らないとすれば、冬惺が狙われる可能性も皆無ではない。だから、白玲は冬惺を玄冥宮に置くことにした。贋物との戦いはもはや必定だが、こうして常に共に在れば、少なくとも冬惺が贋物と一対一で対峙《たいじ》するという最悪の事態は防げる。

冬惺は躊躇《ちゅうちょ》したものの、単身時を狙われれば分が悪いのは事実である。白玲をはじめ、凜々《りんりん》や宵胡《しょうこ》に厄介をかけるのは忍びないとしながらも、粛々と命を受け容《い》れた。

その結果、自然の成り行きで、白玲は梟炎狩り以外にも、日常の多くの時間を冬惺と過ごすようになった。

「あの、白玲様。皮はもう少し薄く剝《む》いた方が……」

「……うるさいっ。言われなくても、わかっている！」

右に小刀、左に栗を手にした白玲が苛立《いらだ》った声で言い返す。

白玲が栗の皮と格闘をはじめてからおよそ一炷香《いっちゅうこう》（三十分）が過ぎたが、剝き上がったのはたったの三個。しかも、どれも大きさは元の半分以下に目減りしている。

玄冥宮に逗留《とうりゅう》をはじめてすぐに、冬惺は梟炎狩りや日々の鍛錬の合間をみては、凜々や宵胡の手伝いを買ってでるようになった。

諸手《もろて》を挙げてもてなすつもりでいた凜々と宵胡は、侍女の矜持《きょうじ》もあってこれを固辞していたが、冬惺の手際の良さにいとも容易《たやす》く魅せられて、いまでは競い合う勢いで頼み事をしている。

今日も今日とて、冬惺は籠《かご》いっぱいの栗の皮むきを引き受けていた。偶々《たまたま》それを見かけた白玲はなんとなしに興を惹《ひ》かれて、自分もやると小刀を手に取った、のだが。

「小刀は根元を使ってください。あと、力も入れ過ぎです。それでは刃が滑り、指を切ります」

「うるさい！　言われなくとも、次はもっと上手《うま》く――」

白玲は肩を怒らせながら、次の栗を取るため籠に手を伸ばしかけて、愕然《がくぜん》とする。

小山のごとく積まれていた栗がほとんど消え失せている。

信じられない思いで冬惺の手元に視線を向ければ、剝かれた栗の皮が新たな山を築いていた。

己と冬惺の成果を比べた途端、すさまじい勢いでやる気が萎《しぼ》んだ。

白玲は小刀を台に置くと、座牀《ながいす》に背を投げ出す。

「……もういい。あとはおまえが剝け」

「承知しました」

冬惺は苦笑交じりに答えながら、残りの栗を剝きはじめる。

一体、何が違うというのか。冬惺の手にかかれば驚くほど素早く、滑らかに栗から皮が剝《は》がれていく。

布巾《ふきん》で手の汚れをぬぐいながら、白玲はぶすりとつぶやく。

「おまえは本当に器用だな」

「お褒めにあずかり、光栄です」

「別に褒めてない。事実を述べているだけだ」

本音を言えば大いに感心しているが、腹立たしいので口には出さない。素直ではない憎まれ口を叩《たた》きつつ、白玲は言葉を続ける。

「まさか、鬼方士の修練に栗の皮むきがあるとは言わんよな」

「さすがに栗に特化はしませんが、鬼方士は中岳《ちゅうがく》で修練を積む間、暮らしの一切を自身で賄うことを義務づけられます。必要に迫られれば、どんな粗忽《そこつ》者でも最低限はこなせるようになるものです」

「だからといって、皆が皆、おまえのように上手《うま》くはないだろ」

「そうですね。たとえば悠炎など、どれをとっても酷《ひど》いものでした。白玲様の手並みと良い勝負かもしれません」

思わぬからかいに白玲は目を剝いたが、冬惺は楽しげに笑い返すと、再び栗に視線を落とす。

言い返す機会を完全に失い、白玲は悔しさに歯嚙《はが》みする。

しかし、心の片側では、冬惺が悠炎の名と思い出を気負いなく口にしたことにほっとしていた。

声にも表情にも偽りではない活力が戻りつつある。時折、ふと翳《かげ》りを覗《のぞ》かせることもあるが、それでも冬惺の目があの夜ほどの暗がりに沈むことはなくなった。

すべてをふり切れた訳ではない。それはわかっている。

たとえどれだけの歳月を重ねようと、冬惺の罪の意識が消えることはない。おそらく一生抱え続けるのだろう。己と同じように。

贖罪《しょくざい》の生路は果てしなく険しい。時にはすべてを投げ出したくなるだろう。

だが、支えてくれる者、そして支えたい者がいればきっと進んで行ける。口には出さなくとも、互いにそう想っていることを白玲はしかと感じ取っていた。

「さて、これで終わりました」

最後の栗を水を張った桶《おけ》に沈めて、冬惺は立ち上がる。

栗が入った桶を炊事場に運び、大量の皮や小刀などの道具を片付け終えたところで、冬惺は改めて口を開いた。

「白玲様。ご相談があるのですが、よろしいでしょうか？」

「なんだ？」

「近々、陣舎《じんしゃ》に出向くお許しをいただきたいのです。五岳に定例の報告をせねばなりませんので」

陣舎とは五岳が随所に構えている鬼方士の寄宿舎である。討伐や他諸々の務めに赴く鬼方士たちの休息所に加え、五岳との繋《つな》ぎを取る役目なども担っている。

冬惺も以前は城下の外れにある陣舎に寄宿し、そこから通ってきていた。しばらく玄冥宮に留まる旨は伝えてあるようだが、それでも定められた報告義務は怠れないということだろう。

すっかり白玲の直参《じきさん》めいた恰好《かっこう》になっているものの、冬惺はあくまで五岳の鬼方士だ。

帰属する組織を蔑《ないがし》ろにはできない。

玄冥宮と陣舎はそれなりに距離があるとはいえ、冬惺の足なら一刻かからずに往復できるという。それ程度ならと思わなくもないが、やはり気が進まない。

「……わかった。考えておく」

「ありがとうございます。決して不覚を取ることのないよう、万全を期します」

冬惺は頭を下げてから、思い出したかのように扉に目を向ける。

「それにしても、おふたりが出て行かれてしばらくになりますが……何かあったのでしょうか？」

「言われてみれば、遅いな」

白玲もまた、扉を見る。

栗の皮むきをはじめてほどなく、霖雨が訪ねてきた。

定例訪問以外で、霖雨が玄冥宮の門を叩く時は大概がろくでもない用向きだ。そのため、凜々も胥胡もそれなりの心積もりをして迎え撃ちにいったのだが。

「常より時間を喰《く》っているとなると、嫌な予感しかせんな」

「様子を見て参りましょうか？」

「おまえが行ったところで戦力になるか。あのべらべらとうるさい舌に、まんまと丸め込まれるだけだ」

こうなったら、自分が行くしかない。嫌々ながらも、白玲は座牀から立ち上がる。

されど、白玲が出向くまでもなく、呼吸を合わせたかのように扉が開き、凜々と宵胡が戻ってきた。

「……ただいま戻りました」

「……遅くなり、申し訳ありません」

「なんだ、そろってしょぼくれ……おまえたち、それはなんだ？」

青菜に塩の態《てい》の侍女たちを訝《いぶか》しむ途中で、白玲は凜々が抱えた黒漆の角盆を指す。

「これはその、李昭儀《りしょうぎ》からの御礼品でして」

「李昭儀？　どういうことだ？」

「先程、霖雨殿がお持ちになられました。こちらが李昭儀からの文だそうです」

宵胡が引き継ぎ、丁香色《ていこういろ》の絹紐《ひも》で棠梨《ずみ》の花を結わえた文を差し出してくる。

白玲は角盆と文を交互に見つめ、起こった事態を把握する。つまり、これが霖雨の用向き。李昭儀からの礼品を押しつけにきたのだ。

「どうして断らなかった」

白玲は不満を隠さずに問う。

玄冥宮および屍王は俗事に関わらない。外界の干渉を受け容《い》れることもない。当然の倣いとして、花青《かせい》公主の託《こと》づけもすべて突っぱねてきたのだが、それを高湛《こうたん》に責められたことは記憶に新しい。

正直なところ、送り主が花青公主であれば迷ったかもしれない。しかし、李昭儀となれば逡巡《しゅんじゅん》する理由はない。拒絶を貫くのみである。

玄冥宮の侍女として、取るべき対応がわからぬふたりではないだろうに。白玲の無言の叱責《しっせき》に、凜々と宵胡はそろって眉《まゆ》を下げた。

「面目次第もございません」

「我らとしても忸怩《じくじ》たる思いです。されど、此度《こたび》の霖雨殿は気合いが違っていたとでもいいましょうか」

「とにかく、普段よろしくのらくらしながらも、絶対に引き取らせるという圧が凄《すさ》まじく……ああだこうだと言いくるめられ、気づけばこの有り様で……」

悄然《しょうぜん》と項垂《うなだ》れるふたりを前に、白玲の責める気も萎む。

双方とも、ひとかたならぬ誇りと使命感を持っているだけに、霖雨に押し負けたことをさぞかし不名誉に感じているに違いない。

「わかった、もういい」

李昭儀は余程、霖雨に中継ぎの礼をにぎらせたのだろう。白玲は呆《あき》れとも諦《あきら》めともつかない息を吐く。

霖雨のやる気を引き出すには一にも二にも利益次第。李昭儀とやらは、なかなかに人の動かし方に精通しているようだ。

「李昭儀にとって、白玲様は命の恩人ですから。多少強引になっても、礼を尽くしたいと考えられたのでしょう。おふたりも霖雨殿の弁舌にしてやられたというより、文や品に込められた李昭儀の心を無下にしかねたのでは？」

冬惺は凜々の手から角盆を取ってやりながら、さり気なくふたりを庇《かば》い立てる。

凜々と宵胡もそうだと言わんばかりに何度もうなずく。

責められているとは思わないが、どうも旗色が悪い。白玲は苦虫を嚙《か》み潰《つぶ》したかのように口を曲げる。

「助けようとして、助けた訳じゃない」

「とはいえ、白玲様が呪殺《じゅさつ》の術を解いたのは事実です」

「だとしても、礼など不要だ。送り返せ」

「ですが、おふたりが受け取らざるを得なかったほどに、霖雨殿の気合いが並ならぬとなれば、送り返すのは至難かと」

冬惺の説得力ある意見に白玲はむうと唇を結ぶ。

本気になった霖雨相手に論争を繰り広げるなど考えただけで面倒臭い。

それにしても、後宮の后妃が自ら進んで屍王と関わろうとするとは。驚天動地な出来事に頭痛を感じて、白玲は額に手をあてる。

これが噂になろうものなら、後宮中から忌避され、針のむしろになりかねないだろうに。その覚悟があるのか、それとも何も考えていないのか。いずれにせよ、白玲にすれば良い迷惑だが、こうして受け取ってしまったからには捨て置く訳にもいかない。

「宵胡、文をこちらに」

「お読みになるのですか？」

「仕方ないだろ。あと、それもひとまず台に置け」

白玲は冬惺に向かって顎《あご》をしゃくりながら、宵胡から文を受け取る。

「どうかしているな、李昭儀とやらは」

ぼやきながら、白玲は座牀《ながいす》に腰を下ろす。

紐を解《ほど》き、棠梨を脇に置いて、白玲は文を開く。上質な紙は滑らかで、淑《しと》やかな白檀《びゃくだん》香をまとっていた。

しばし、白玲は文を目で追っていたが、やがて堪《たま》りかねたように声を上げる。

「なにを馬鹿なっ……」

絶句とはまさにこのこと。

声も出せないまま、白玲は文を角盆の上に放り投げた。

「……一体、何が書かれていたのです？」

冬惺が気がかりな顔で問うてくる。

凜々と宵胡も一様に不安げだ。

礼と銘打っているくらいだ。まさか、白玲が投げ出すような内容が書かれているとは思っていなかったのだろう。

「埒外《らちがい》過ぎて話す気にもならん。知りたければ読め」

白玲は腕を組み、憤然と言い放つ。

「よろしいのですか？」

「好きにしろ」

冬惺は文を手に取り、凛々と宵胡を見る。

「ええ、私たちも」

「ご一緒に」

ふたりは口々に言いながら駆け寄ってきて、冬惺をはさんで左右に並ぶ。

冬惺は視線の低いふたりも見やすいように文を下げ、開いた。

黙々と文を読み進めた三人は啞然《あぜん》と顔を見合わせ、驚きを口にする。

「まさか、このような申し出をされるとは」

「ええ、屍王を自宮に招く后妃が現れるなんて」

「なんとも型破りですわ」

冬惺、凛々、宵胡の感想を聞くにつれて、白玲は眉間《みけん》の皺《しわ》を深くしていく。

時候の挨拶《あいさつ》、助命の感謝、そして心ばかりの返礼として自分が見立てた衣一式を贈る旨が綴《つづ》られていた。

さらには、〈来たる吉日、その衣に袖《そで》を通し、ぜひとも長春宮に足をお運びください。茶席を用意して、お待ちしております。もちろん、皇帝陛下のお許しも得ておりますのでご安心を〉などと、軽妙な親しみをこめた文言で結ばれていた。

「呪いで気が触れたとしか思えん……」

呆然《ぼうぜん》とした思いで白玲はつぶやく。

怒りや呆れを通り越して、もはや恐ろしい。はじめから終わりまで、白玲の理解の域を超えた申し出だ。

「ですが、筆跡や文面から淀《よど》みは感じられません。白玲様をもてなしたいという李昭儀の誠心に偽りはないかと」

「私もそう思います。邪念は必ずにじみ出ますもの」

「冬惺殿や凜々に同意です。玄冥宮と後宮の常識はともかく、李昭儀のふるまいは礼儀に適《かな》っております」

「……李昭儀の感謝が本物であれなんであれ、屍王は俗事とは関わらない。後宮の后妃に誘われて、ほいほいと応じられるか」

一蹴《いっしゅう》する白玲に対し、冬惺は若干躊躇《ためら》いながらも言葉を返す。

「もちろん、応じるか否かをお決めになるのは白玲様です。しかし、茶席には花青公主も同席されるとのこと。一言のもとに断っては、後々悔やまれるのではないかと」

心底に沈め、見ないフリを貫こうとしていた余念を指摘され、白玲は黙り込む。

冬惺の言う通り、花青公主の存在は白玲の胸に屍王にあるまじき迷いをもたらす。

李昭儀の文の末尾で、その名を目にした時、白玲の脳裏に高湛の訴えが過《よぎ》った。

――花青公主にとって貴方《あなた》は屍王ではない。かけがえのない肉親、ただひとりの弟君なのです。

でも胸が疼《うず》く。あの夜、高湛は血を吐くような声で白玲に慈悲を請うた。いまこうして思い出すだけ

李昭儀の誘いに応じれば、花青公主は救われるのか。高湛の苦しみをわずかでも癒やしてやれるのか。そんな屍王には不要な感情に囚《とら》われてしまう。

「あの、白玲様」

遠慮がちな凜々の声に、白玲は沈思から立ち返る。

先を促すように視線を向ければ、凜々は台に置かれた角盆を指し示した。

「こちらの包みも開けてみては？」

「私も気になっております。白玲様のために見立てられた衣とは如何《いか》なるものか。お許しをいただければ……いえ、いっそもう開けましょう」

言うが早いか、白玲が止める間もなく、宵胡がそそくさと包みの結びを解く。すると、見事な呼吸で凜々がそれを開いた。

「まあ！」

「これはまた、素晴らしい！」

白玲を置いてけぼりにして、凜々と宵胡は感歎《かんたん》の声を上げる。

包みの中から現れた衣一式は、孔雀藍《くじやくらんいろ》色の大袖《おおそで》の袍服《ほうふく》に、淡い光沢を放つ雲母《うんも》に秋草の地模様を織り出した単衣《ひとえ》と脚衣《きやくい》、さらには藍に勝る藍と呼ばれる靛花色《てんかいろ》に染められた絹帯と星月夜を模した白金帯鉤《おびがね》という、目にも鮮やかな逸品ぞろいであった。

「蟄虫坏戸《むしかくれてとをふさぐ》。時節になぞらえた、なんて美しい色そろえでしょう」

「それだけでなく、憎らしいほど白玲様の肌に映える色が選び抜かれております。どうやら李昭儀は相当の手練《てだ》れですわね」

「……言っておくが、李昭儀は呪殺の不調で寝込んでいて、俺とは一度も顔を合わせてない。適当に見繕っただけだと思うぞ」

諫《いさ》めもかねてつぶやいてみたものの、衣に夢中な侍女たちの耳にはまるで届かない。

冥府の宝珠と謳《うた》われた姫神に仕えていただけあって、凜々も宵胡も華やかな衣や装飾品に対する興味や造詣《ぞうけい》は深い。

されど、玄冥宮に降りてからは、その手腕を発揮する機会など、当然ながらありはしない。

そのことに不満とまではいかずとも、一抹の寂しさを抱いていることは白玲も知っている。なにせ、ふたりそろって隙をみては白玲を着飾らせようとするので、鬱積《うっせき》は嫌でも感じ取れる。

基本、白玲は凜々と宵胡の心情を汲《く》んでやりたいと思っている。だが、どれほど努力したところで、やはり着衣の類《たぐい》に興味は持てない。

そもそもにして、使命に必要ないと考えられているのか、屍王には審美に対する感性や興味が薄い。

故に、衣に限らず、この世で美しいとされるものがよくわからない。白玲が己の見目を褒め称える周囲の気持ちが理解できないのも、いささか自身の大雑把な性質もあるとはいえ、そのためだ。

「美しかろうがなんだろうが、衣でああもはしゃげる理由が俺には理解できん」

「僭越《せんえつ》ながら、私にはおふたりの気持ちがわかります。李昭儀がどうやって見立てたのかはさて置き、あの衣は間違いなく白玲様に似合います。もちろん、いまお召しのものも貴方の美しさをよく引き立てていると思いますが」

冬惺の大真面目な言いように、白玲は顔を引きつらせる。

「……おまえまで何を言い出す」

「白玲様があの衣をまとえば、さぞ眼福なことでしょう。いまから楽しみです」

「俺は着ないぞ。断じて着ない」

「そうは言っても、贈られた衣を身につけずに茶席に出るのは失礼かと」

「誰が、いつ、茶席に出ると言った？」

「ですが――」

なおも言い募ろうとした冬惺を遮り、凜々と宵胡がわっと白玲に迫り来る。

「白玲様！　茶席に備えて、衣に袖を通してみましょう！」

「いざ当日、お召しに手間取っては一大事ですから」

最上の衣一式に、至高の美貌《びぼう》を備えた主《あるじ》。

このうえない組み合わせに溜《た》めに溜めた欲求不満が爆発したのか、凜々と宵胡は熱に浮かされたようにまくし立てていく。

「せっかくの機会です。衣に合わせて、髪も結ってみては？」

「それは名案。前々から試してみたい結い方がありまして」

「飾りはどうしましょう？　やはり、帯鉤とそろえて白金かしら？」

「それも悪くはないけれど、敢《あ》えて目立たぬ黒蝶貝《くろちょうがい》や黒翡翠《ひすい》などを添えた方が却《かえ》って風雅を醸せるやも」

「いや、だから着ないと言ってっ……待て、ちょっと待て。引っ張るな！」

力尽くで着替えさせようとしてくる侍女たちに死に物狂いで抵抗しながら、白玲は冬悍に怒鳴る。

「おい！　突っ立ってないで、こいつらを止めろ！」

「……ご命じに背くのは心苦しいのですが、私も拝見したいので」

冬悍からの追い討ちに、白玲は絶望の淵《ふち》に落とされる。

己を着飾らせ、それを眺めることが楽しいと思う三人の気持ちが本当に、まったく、徹底的にわからない。

解けない謎を抱えたまま、白玲は強制的な衣裳《いしょう》替えの憂き目にさらされて——結果、大いに臍《へそ》を曲げた。

白玲の機嫌に頓着《とんちゃく》することなく刻《とき》は過ぎ去り。

瞬く間に約束の吉日、時刻は日昳《にってつ》（午後二時）半ばを迎えた。

陣舎に向けて出立してほどなく、皇城と外門を結ぶ大通りで名を呼ばれて、冬惺は立ち止まった。

「……冬惺殿？」

外に出れば、寸刻も油断ならない。

冬惺は瞬時警戒したものの、声の主が誰かを知り、肩の力を抜いた。

「これは高湛殿。ご無沙汰《ぶさた》しております」

「こちらこそ、その節は失礼致しました……今日はおひとりで？」

「はい」

「そうですか……」

いったんは黙りかけたものの、すぐさま思い直したように高湛は口を開く。

「ご迷惑かもしれませんが、白玲様に改めてお詫《わ》びと……義援に対する御礼をお伝えいただけますか。あの夜に頂戴《ちょうだい》したお心遣いに多くが助けられた、と」

「それは……うれしいお言葉です。白玲様がどれほどお喜びになるか。ええ、必ずお伝えします」

心からの歓喜を込めて冬惺は答えた。

いまの高湛の言葉で白玲がどれだけ救われるか。それを思えば、冬惺の心まで温かくなる。

「どうぞよろしくお願いします。お急ぎのところ、お引き留めしましたな。重ね重ね、申し訳ない」

「とんでもない。高湛殿はこれから皇城に？」

「はい、花青公主の診療がありますので」

高湛からその名を聞いて、冬惺の脳裏に茶席に出かけていった白玲の姿が浮かぶ。

髪を高く梳《す》き上げ、星月夜を象《かたど》った黒石榴《ざくろ》石の釵《かんざし》を挿し、色鮮やかな衣を身に着けた白玲は常よりも大人びて見えた。

普段の白銀の衣は白玲の可憐《かれん》な一面を引き立てているが、濃い青緑の衣は香るような華やぎを際立たす。玲瓏《れいろう》たる美しさは同じであるものの、衣を替えるだけで醸される魅力があぁも変わるとは。目にした時の酩酊《めいてい》を伴う驚きはまだはっきりと胸に残っている。

そろそろ、はじまる頃だろう。李昭儀の茶席が白玲にとって心安まるものとなれば良いが。

贋物に関わる情報などと言ったが、本音はそれよりも、花青公主と会うことで白玲の胸で凝《こご》っている迷いが溶ければと願っている。

想いを馳《は》せるうちにも、ついふり返りそうになる。

そばで過ごすようになって、随分と甘え癖がついてしまった。離れ難いなどと、埒《らち》もない感情に駆られてしまう。

茶席の日に合わせて報告に行けと言われたため、冬惺は白玲を見送るのと同時に玄冥宮を出た。すでに午《ひる》過ぎだが、それでも日暮れ前には戻れるだろう。

ふと、高湛に花青公主も茶席に出ている旨を伝えるべきかと迷ったが、即座に否と思い留《とど》まる。すでに承知しているかもしれないし、なにより不用意に白玲に関わる話を口にするべきではない。

「では、失礼します」

「……はい、それでは」

冬惺の挨拶《あいさつ》を境に、両者は会釈を交わし、それぞれの場所に向かって歩き出す。

大勢の人が行き交う通りを足早に進みながら、冬惺は衣の上から左の手首に触れる。

いまは衣に隠れて見えないが、出がけに白玲から〈守り〉を授かった。

万が一、贋物と遭遇した時の助けとして、白玲は神力を細く長く編み上げると、それを涼やかな水紋の形にして冬惺の左腕に巡らせた。

──助けといっても、戦うためじゃない。あくまで逃げるためのものだ。仮に危機的な状況に追い込まれても、これを使えばきっと隙を生み出せる。間違えるな、無事に戻るために使え。

白玲の言葉を思い出しながら、冬惺は強く左の手首をにぎる。

「必ず守ります」

誓いも新たに、冬惺はいっそう足を速める。

決して警戒を怠った訳ではない。

ただ、その存在を危険視しないあまり、注意をはらえなかった。

自分の背中に注がれる視線に気づかぬまま、冬惺は大通りをあとにした。


「この佳《よ》き日に、おふたりと茶席を囲めて光栄ですわ！」

高さを増した秋晴れの空に、底抜けに明るい女人の大音声《だいおんじょう》が響き渡る。

むっちりと肉付きのよい体軀《たいく》も然《さ》ることながら、金糸の刺繡《ししゅう》がふんだんにほどこされた、銀朱の上襦《じょうじゅ》と裙《くん》という衣裳は目映《まばゆ》いほどに煌《きら》びやか。

髪形もまた、鳳環髻《ほうかんけい》がやたらと巨大であったり、頭部に張り巡らされた透かし彫りの金細工の飾りが仰々しかったりと、兎角《とかく》盛りに盛られているのだが、不思議と下品には映らない。それは一重に、この女人が癖の強い衣や装飾品を完全に我が物とし、着こなしているからだろう。

歳は花青公主と同じで十八と聞いたが、それより上にも、また下にも感じられる。

挙措も身なりも大ぶりで、とにかく圧倒的な存在感を放つ。それが李昭儀に対する白玲の印象だった。

「白玲様。本日はお越しくださり、ありがとうございます。私はもちろん、花青公主もこの日を心待ちにされてましたのよ。ねえ？」

李昭儀がそれぞれに話をふったものの、白玲は腕を組んだまま無言を貫き、花青公主もかすかにうなずくのみで言葉を発そうとはしない。

長春宮専有の庭の四阿《あずまや》で顔を合わせてから一盞茶《いっさんちゃ》が過ぎたが、李昭儀がしゃべるばかりで、白玲も花青公主も置物のごとく口を閉ざしている。

本当にこれが正しい選択だったのだろうか。

今更悩んでも詮《せん》ないが、それでも往生際の悪い憂いが白玲の胸を重くする。

白玲の機嫌こそ損ねに損ねたが、二百数年ぶりに主を着飾らせたことが余程楽しかったらしく、凜々と宵胡は白玲に茶席に出るように強く勧めだした。そうなれば、少なくともあと一回はこの喜びを味わえると考えたからであろう。

冬惺もふたりの意見に賛成だった。

といっても、凜々や宵胡と違い、冬惺の理由は〈呪殺の件のその後を聞き出すことで、贋物に関わる情報が手に入るかもしれない〉という、もっともらしいものだった。

しかしながら、着替えた際の尋常ならない褒め様を思い返す限り、最大の動機は凜々と宵胡と同じなのではないかと、白玲は密《ひそ》かに疑っている。

そんな風に、周囲の意見に押し流された面は否めないとはいえ、李昭儀の誘いに応じると決めたのは白玲自身だ。

心底に沈め切ることのできなかった迷い。ここで目を背ければ、きっと後悔する。それが花青公主の望みでもあるなら、顔を合わせてみよう。望ましい結果になるとは限らないが、己も花青公主もけじめに値するものを得られるかもしれない。

そう考えて、やって来たものの。

花青公主になんと声をかけるべきかわからないし、花青公主も肩を縮めてうつむくばかり。真実、顔を合わすだけになってしまっているのが現状だ。

「それにしても、まだ信じられませんわ。皇城の一隅にこれほどの美貌《びぼう》が隠されていたなんて」

一方で列席者たちの重苦しい空気もどこ吹く風とばかり、李昭儀は楽しくてならないといった様子で白玲を眺め回す。

長春宮を訪ねるにあたり、白玲は渋々、李昭儀から贈られた衣を再び身に着けた。

凜々と宵胡はそれはもう凄《すさ》まじい気迫で白玲の支度に取り組んだ。

朝のうちから湯浴みだの何だの、されるがままに引っ張り回された挙げ句、キリキリと髪を高く梳き上げられて、シャラシャラとうるさく鳴る釵まで飾られた。完璧《かんぺき》な仕上がりだと自画自賛する凜々と宵胡の顔は満ち足りていたが、白玲にすれば頭のてっぺんからつま先まで不満しかない。

「玄冥宮の屍王がどれほど見目麗しいか。侍女たちから散々聞き及んでおりましたけれど、まさかここまでとは。後宮は美女に事欠きませんが、白玲様を前にすれば名だたる傾城《けいせい》も裸足《はだし》で逃げ出すでしょうね」

猛烈な勢いで語りまくる李昭儀を止める手立てを白玲は持っていない。

おそらく、花青公主も同じだろう。

気兼ねなく話せるようにと、李昭儀は自身の侍女たちをすべて下がらせた。

厚い忠義をみせた楚玉《そぎょく》などは難色を示したが、李昭儀は構わず退室を命じた。

そのときは、屍王から目を離すことに不安を感じているのだろうと思ったが、どうもそうではなく。単に、李昭儀の回り過ぎる口を止めるために留《とど》まりたかったのではないかと、そんな気がしてきている。

「私、本当に悔しかったのです。それほどの美貌を見逃すなど、太星国一を自称する衣《い》裳《しょう》宝飾の商家の娘、李寿香《りじゅか》の名折れ！　あってはならない失態！　這《は》ってでも起きれば良かったと、どれほど後悔したかっ……」

李昭儀はにぎった拳《こぶし》をふるわせながら、「ですから！」とさらに声を張り上げる。

「白玲様のお話を聞いた時から心に決めておりました。命にかえても、その美貌を拝すると！　此度《こたび》は念願叶《かな》い、まことにうれしゅうございます。その衣も本当にお似合いで。侍女たちから一言一句漏らさず白玲様のお姿の特徴を聞き集め、想像力の限りを尽くして仕立てた甲斐《かい》がありました。ちなみに、着付けや御髪《おぐし》はお付きの方々が？」

「……ああ」

「それはそれは！　なんとも美的感覚に優れた方々ですこと！　白玲様と衣の長所を引き立てるための配慮が細部まで行き届いておりますわ」

凛々と宵胡が聞けば、得意満面で鼻を膨らませるだろう。

とはいえ、このうえさらにやる気を出されたら堪《たま》らない。絶対に黙っておこうと思いながら、白玲は茶器を取り、啜《すす》る。

凛々と宵胡が淹《い》れたものには及ばずながらも、上質な白茶《しろちゃ》の瑞々《みずみず》しい風味は沈黙に強張《こわば》った咽喉《のど》に心地良く沁《し》みた。

「本当は護衛の方もお招きしたかったのですよ。ですが、あのときは別として、自宮に陛下以外の殿方を招きたいなんて我が儘《まま》、一応は后妃である私が口にする訳には参りませんものねえ」

まさか、冬惺のことを言っているのかと、白玲が眉《まゆ》をひそめた次の瞬間、李昭儀はさらに突飛なことを口にする。

「でも、私も拝見したかったですわ。なにせ侍女たちが口々に、主につき従う姿が、さながら白牡丹《はくぼたん》にはべる黒虎のようだったなどと、白玲様の美貌を讃《たた》える時に劣らぬ熱量で褒めそやすんですもの」

想像を絶するどころではない李昭儀の弁論に、新たにひとくち茶を飲みかけていた白玲は盛大にむせ返った。

「まあまあ、大丈夫ですか？」

「……それは、おまえの侍女たちにこそ問いたい。どこをどう見れば、そんな戯《ざ》れ言が口を突いてでてくるのか。皆目見当もつかん」

「多分に、侍女たちは見たままを口にしたのだと思いますけれど？」

「白牡丹も話にならんが、あれが虎というのが一等わからん。そりゃ、場合によっては凶暴にもなるが……それでも虎はない。犬というなら、わからんでもないが」

「犬！」

李昭儀がものすごい勢いで卓上に身を乗り出してくる。

白玲は驚きたじろぎ、大きく身を引いた。

「犬とは、また妙味なっ。虎のごとく精悍《せいかん》で凶暴な一面を持つ殿方が、白玲様の前では犬になると？　嗚呼《ああ》、それは好《よ》い。とても好いですわ！」

李昭儀は興奮も露《あら》わに叫びながら、好い好いと繰り返す。

もはや、李昭儀の言うことは端から端まで白玲の理解の域を超えていた。

唖然とする白玲を置き去りに、李昭儀はひとしきり騒いだのち、ふと我に返ったように息を吐く。

「失礼、つい熱が入ってしまって。興奮し過ぎて、お腹が減りましたわ。さあさ、お菓子をいただきましょう。蜜麻花《ミーマーホア》に酥糖《スータン》、粽子糖《ツォンタン》もございます。あ、水晶糕《シュエイガオ》は時節の金木犀《きんもくせい》入りですのよ。どれも白玲様のお好みと、霖雨殿からうかがっておりますわ」

口の軽い馬鹿宦官《かんがん》が。白玲は舌打ちを堪《こら》えるために茶を飲み干す。

霖雨の惜しみない情報提供を示すように、発酵した小麦粉の揚げ物に蜜をかけた蜜麻花や、すった胡麻《ごま》と糖蜜《とうみつ》をふんわりと練り上げた酥糖。また、とろりと艶《つや》めく飴《あめ》菓子の粽子糖に、口にすればたちまちに溶ける水晶糕と、卓上に並ぶ菓子の数々はいずれも白玲の好物ばかりだ。

相変わらず、ぎこちない白玲と花青公主に構わず、李昭儀はひょいひょいと菓子に手を伸ばし、美味美味と相好を崩している。毒味をしてみせている可能性もなくはないが、おそらくは自分が食べたいだけなのだろう。そんな確信が抱けるほどに、李昭儀はすべてが清々《すがすが》しいまでに明け透けだ。

「この酥糖は絶品ですわ。さ、どうぞ」

言うが早いか、李昭儀は箸《はし》で酥糖をつまみ、白玲の前の器にのせる。続いて、花青公主にも取り分けた。

霖雨の策略に屈したくない一心で、菓子には手をつけないと誓っていたが、ここまでされるとさすがに断りにくい。

口にしたものかどうか。

考えあぐねる白玲に、横手からか細い声がかかった。

「……あの、白玲様。一緒にいただきませんか？」

反射的に、白玲は花青公主に目を向ける。

視線が合った途端、花青公主はびくりと身を震わせ、再びうつむいてしまう。

だが、それでも器を手に取りながら、絞り出すような声で続けた。

「とても美味《おい》しそう、ですから……」

逡巡《しゅんじゅん》したものの、白玲も器を取る。

持てる勇気をふりしぼり、声をかけてくる花青公主の気持ちは、好物の菓子以上に拒み辛《づら》かった。

「……そうだな。もらうとしよう」

はっと顔を上げ、視線を向けてきた花青公主をあえて見ないまま、白玲は酥糖をつまみ、口に入れる。

甘く、柔らかい口当たりのあとに、玫瑰《まいかい》の芳香がふっくらと広がる。すり胡麻と糖蜜に加えて、細かく砕かれた花弁が練り込んであるようだ。

「美味《うま》いな」

白玲のつぶやきに、李昭儀は元より明るい表情をさらに輝かす。

「それはなにより。花青公主のお口にも合いまして？」

「ええ……玫瑰の香りが佳く、とても美味しいです」

「うれしゅうございます。他もどんどん召し上がって」

白玲は改めて、揚々と菓子を勧める李昭儀を眺める。

何故、後宮の后妃がここまで屈託なく屍王と接することができるのか。尋ねるともなく、疑問は勝手に口からこぼれ出ていた。
「……李昭儀は俺が厭《いと》わしくはないのか？」
李昭儀はきょとんと瞬《まばた》きながら、白玲を見返す。
「白玲様は私の命の恩人です。大恩ある御方を厭う理由がどこにありましょう。まして
や、これほど装飾欲をかき立てる麗人であれば尚更《なおさら》に」
「助けたのは成り行きだ。恩に着る必要はない。いや、恩義云々《うんぬん》の前に俺は屍王だ。後
宮の后妃にとって、これほど忌まわしい存在はあるまい」
李昭儀は顎《あご》に指をあて、首を傾げる。
「后妃といっても、私は陛下の寵愛も御子《みこ》も求めておりませんので。よって、白玲様を
忌避する理由はひとつもありませんわ」
「しかし、おまえは爺《じい》さ……、皇帝の寵妃なのだろう？」
子を授かる見込みがあるから、命を狙われたのではないか。狐につままれた気持ちで
白玲は尋ねる。
「寵妃といえば、まあそうかもしれませんわね。昭儀などと、一介の商人の娘には有り
難くも分不相応な位まで賜っておりますし。とはいえ、それは祖父が孫を愛《め》でるような
もの。周囲が勘繰るような男女のものとは違いますわ」
李昭儀はからからと笑い飛ばしながら茶杯を取り、くいと飲む。
「そもそも、私は後宮での出世や、あわよくばお世継ぎなんて夢想は最初から抱いてお

りません。父にかけ合い、仰《の》け反《ぞ》るほどの賄《まいな》いを積んでもらい、後宮に乗り込んだ理由はひとつ。商いをするためですわ」

「商い？」

「申しましたでしょう、私は衣裳宝飾を扱う商家の娘だと。後宮に住まうすべての方を李家の客として囲い込む。それが私の大望です。女が商いなんてとんでもないと、外では顔を顰《しか》められますが、後宮は女しか入れませぬものね。ここでなら、私も大手をふって商売ができる。まさに、やりたい放題ですわ」

李昭儀は不敵に笑う。

おおよそ後宮の后妃らしからぬ、歴戦の猛者《もさ》めいた笑みであったが、その活《い》き活《い》きとした表情は異彩ながらも不思議な魅力に満ちていた。

「お役御免の日まで、私は後宮で稼ぎに稼ぎ、実家が疎かにできぬ人脈と実績を積むつもりです。陛下はそんな私の野心を面白がっているだけ。現に、長春宮にお泊まりの際は同衾《どうきん》こそすれ、文字通り同じ寝台で眠るだけなんですから」

あっけらかんと言い放つ李昭儀に、白玲は返答の仕様もなく黙る。

花青公主は気まずそうに目を伏せているが、特に驚いた様子はない。両者は以前から交流があるという話だったから、おそらくすでに聞き及んでいるのだろう。

「そのことは憚《はばか》ることなく公言して参りましたが、世の中にはすべてを疑わずにいられない方もいらっしゃるようで。同じ九嬪《きゅうひん》である衛充儀《えいじゅうぎ》が斯《か》くも愚かな呪殺《じゅさつ》を目論《もくろ》んだのは、私のような醜女《しこめ》に負けたのが耐えられなかった、とかなんとか」

呪殺の話に、白玲はつい身を乗り出す。

それを見た李昭儀は得たりとほほえんだ。

「どうやら、白玲様は呪殺の後日談に興味がおありのようですわね。そう、呪符を仕掛けた小葉《しょうよう》の自白から、この件の首謀者が衛充儀であったことが判明しました。衛充儀は無実を訴えましたが、白玲様の呪い返りの話を聞いた途端、侍女たちが次々に自供をはじめて。己も裏切られておいてなんですが、人望人徳が如何《いか》に大切か。よくよく身に沁《し》みました」

「……私をはじめ、李昭儀をお慕いする者は大勢おります。聞いた話では、衛充儀は実家の取り潰《つぶ》しをほのめかして、小葉を脅したとか。小葉も、本心では李昭儀を裏切りたくなかったはず」

「ありがとうございます、花青公主。私もそう信じたいですわ」

李昭儀は肩をすくめてから、白玲に向き直る。

「私情が入ってしまいました。さて、問題の呪符の出所ですが、手に入れた侍女の話では、〈奇師《きし》〉と名乗る男から持ちかけられたと。その話で思い出しましたが、私が二年前に入宮した折から、噂はありました。朱鴻《しゅこう》の裏通りには、どんな頼み事でも引き受ける呪術師がいると」

「……奇師か」

白玲の脳裏に呉悠炎の姿を偽る、贋物が思い起こされてくる。

奇師こと贋物が玄冥宮を攻める足がかりとして、後宮を狙うことは白碧の遺言から織り込み済みである。また、事実贋物が呪術の依頼を媒介に、後宮の深部に喰《く》い込もうとしたことや、その足場が朱鴻の裏通りにあったことを白玲はすでに知り得ている。

だが、それほど前から奇師の噂が流れていたことは気にかかる。もしかしたら、想像よりずっと、贋物の策略は進んでいるのではないか。そんな不安が過《よぎ》る。

「私も耳にしたことがあります。ですが、ただの噂だとばかり。朱鴻で医院を営んでいる高湛もそんな呪術師の話は聞いたことがないと」

「そういえば、高湛殿は救済の医院を開いていらっしゃいましたわね。なんとも高潔な志をお持ちでいらっしゃる」

「……俺も、高湛は優れた医師だと思う」

白玲のひと言が余程思いがけなかったのか。花青公主が弾《はじ》かれたように顔を上げて、白玲を見つめてくる。

「あら、白玲様が高湛殿をご存じとは。そういえば、高湛殿も此度《こたび》の呪殺騒動に巻き込まれたおひとりでしたわね。では、この長春宮でお知り合いに？」

「まあ……少しばかりな」

「そうでございましたか。縁とは不思議につながるものですわね。私が取り持ったおふたりのご縁も、素晴らしいものになればと願っておりますわ」

李昭儀は白玲と花青公主を順に見やり、「とにかく」と話を戻す。

「私を殺そうとした呪殺の札は奇師なる者の手によるものでした。とはいえ、実際に呪符を受け取った侍女も、奇師については何も知らないという始末で。奇師はいつも頭巾《ずきん》で顔を隠していて、さらには会う場所も定まっていなかったそうです。朱鴻の裏通りを歩いていれば、いつもどこからともなくあちらから現れたとか」

それは当然だと、白玲は内心でつぶやく。

相手は並外れた化生《けしょう》だ。人を欺き、足取りを眩《くら》ませるなど造作もない。

「今回の件で思い知りました。呪いは恐ろしいですが、それ以上に他を憎む心こそが脅威なのだと。どんな邪悪な呪術も、それを求め、誰かに仕掛けようとする者がいなければ害を成しませんもの」

「本当に、李昭儀のおっしゃる通り。でも、残念なことに後宮は憎しみ妬《ねた》みに事欠かぬ場所。そして、形はどうであれ、貴女は紛《まご》うことなき陛下の寵妃です。いつまた、浅はかな邪念を抱く者が現れるか知れません。どうかお気をつけください」

花青公主の案じに、李昭儀はうなずく。

「確かに、物わかりの悪い方が衛充儀のみとは限りませんものね。でも、そのときはまた、白玲様がお助けくださいますでしょう？」

「だから、何度も言っているように屍王は俗事に関わらない。あの呪殺を解いたのはあくまで偶々《たまたま》だ」

「もちろん、それで結構ですわ。お気が向きましたら、何卒《なにとぞ》よしなに」

どこまでいっても屈託ない李昭儀にもはや返す言葉もない。

白玲は嘆息しながら、椅子に沈み込む。

「……あの、白玲様」

ささやくような花青公主の声に白玲は視線のみを向ける。

「高湛より聞き及んでおります。なんでも、大変な無礼を働いたとか。高湛は己の浅慮を大層恥じておりました。私からもお詫《わ》び申し上げます」

医院の件について、花青公主から謝られるとは思っていなかった。

戸惑いながらも、白玲は素直な気持ちを口にする。

「いや、俺の方こそ高湛には迷惑をかけた」

「最初に陳謝するべきでしたのに、遅くなってしまい申し訳ありません」

「気にしなくていい。高湛にもそう伝えてくれ」

素っ気なく聞こえるものの、白玲の声の奥に心を感じ取ったのか。花青公主は痛々しいまでに強張《こわば》らせていた肩を微《かす》かに緩ませる。

「……もうひとつよろしいでしょうか」

白玲がうなずきで促せば、花青公主は意を決したように口を開いた。

「本日、白玲様がお越しくださったのは李昭儀に対する礼節のみならず、私への情けもあったはずだと、勝手ながら信じております。ですから、無礼を承知でお願い申し上げます。私たちの母……舒青簫の霊魂を共に弔っていただけませんか？」

さらに予期せぬ申し出に白玲は戸惑う。

一方で、花青公主は恐れをふり切るように言葉を続ける。

「屍王ではなく舒青簫の子として、白玲様に母の霊魂の安息を祈って欲しい。それが私の願いです」

「だが、俺は……」

「屍王に俗縁はない、というお考えは存じております。ですが、私にとって白玲様はこの世に残るただひとりの肉親です。そして、その想いは亡き母も同じはず。だって、母は白玲様が屍王であったことを知る間もないままに冥府《めいふ》へ発ちましたもの」

「知らなかった……？」

どうにも形容しがたい引っかかりを感じて、白玲は問い返す。

花青公主にとっても、思いがけない反応だったのか。決意を挫《くじ》かれたように、おろおろと視線を彷徨《さまよ》わす。

「え、ええ。母は白玲様を産んですぐに亡くなりましたので……」

「……そうか。だったら、そういうこともあるな」

曖昧《あいまい》に答えながら、白玲は靄《もや》のように胸に生じた気がかりを手繰っていく。

白玲にとっては未知の感覚だが、屍王は自《おの》ずと死期を悟る。それを感じれば、遠からず次の屍王が生まれる。

だが、次の屍王がいつ、どの后妃のもとに生まれてくるのか。それについては屍王も知らない。生まれてくるまでわからないというのが実情だ。

産声が上がれば、屍王は屍王を感じ取れる。屍王の誕生を察せば、当代屍王は侍中を務める宦官《かんがん》に命じる。次の屍王が生まれた、玄冥宮に連れて来い、と。

宦官の訪問を受けてはじめて、生母である后妃や周囲の者たちは赤子が屍王であることを知る。生じる時差を思えば、青簫が我が子に起こった悲劇を耳にしないまま、死んだとしてもおかしくはない。だが……。

不意、白玲の中である事実が浮かび上がる。

同時に全身から血の気が引いていくのを感じて、額に手をあてた。

どうしてこれまで思い至らなかったか。屍王でさえ、生まれてくるまで屍王かどうかわからない。その事実が意味する、もうひとつの事実に。

おそらく、当たり前過ぎたのだろう。

元より備えられた知識だけに、歴代の屍王の誰も、白碧でさえ、このことを事実以上に考えることをしなかった。

外と関わらない姿勢もさらなる覆いとなり、屍王たちの目を塞《ふさ》いできた。白玲とて扉を閉ざしたままでいたら、きっと気づけなかった。

「白玲様、どうかされまして？　その、お顔の色が……」

李昭儀の気遣わしげな声によって、白玲は沈思から立ち返る。

「……いや、なんでもない」

落ち着けと自分に言い聞かせながら、白玲は努めてゆっくりと呼吸する。

衝撃は大きいが、いまここで気づきを得たことに焦点をあてるべきだ。知っていると知らないの差は大きい。取れる対処の幅も格段に広がる。

「申し訳ありません。私が厚かましいお願いをしたばかりに……」

その言葉がきっかけになったとはいえ、白玲の動揺は断じて花青公主の咎《とが》でない。

悄然《しょうぜん》と項垂《うなだ》れる花青公主に白玲は首をふる。

「違う。おまえには何の責任もない」

「いいえ、母の死に際の話など持ち出すべきではありませんでした。ですが、母にとって白玲様は屍王ではなく、大切な我が子だった。この想いだけはどうしても知って欲しかったのです……」

声音は弱々しいのに、花青公主の言葉は白玲の心を激しく揺さぶる。

共に青簫の霊魂を弔いたいという、花青公主の願いに応《こた》えること自体は左程難しくない。しかし、それは屍王として断じて正しくない。

すでに散々、らしからぬ行動に及んでおいて今更だが、屍王の本則を犯す度に途轍《とてつ》もない恐怖を感じていた。己の自儘《じまま》が、代々の屍王たちが積み上げてきたものを減する火種となってしまうのではないか。そんな脅えに居竦《いすく》んでしまう。

心を定められないまま、白玲は花青公主を見つめる。

青白い面立ちが宵に咲く夕顔と重なる。翌朝には萎《しぼ》んでしまう幽《かそ》けき白い花は薄幸な公主の化身のようにも思えた。

己は屍王だ。使命に生き、使命に死ぬ。その定めを違《たが》えたくはないし、違えるつもりもない。

だが、花青公主を助けてやりたいと思うのもまた、白玲の偽らざる気持ちだ。

「……わかった。おまえの願いに応じよう」

「え……で、では、承知していただけると？」

「ああ、共に舒青簫の霊魂を弔う。ただし、一度きりだ」

「構いませんっ。それで十分にございます。あの、弔いの場には高湛も同席させてもよろしいでしょうか」

「高湛を？」

「あの者も母の弔慰を切望しておりますので。高湛はそれは深く母を敬慕しておりました。まだ後宮医官だった頃、高湛はある后妃の勘気に触れ、処断されそうになったそうです。それを母が身を挺《てい》して救ったとか」

白玲の脳裏にあの夜の高湛の姿が過《よぎ》る。

朱鴻の医院で、高湛は必死に花青公主に対する慈悲を請うた。また、貧しい者たちを救う医院を開いているのも青簫の遺志に添うためだとも言っていた。

それを思えば、高湛が青簫と花青公主にどれほど真摯《しんし》な忠義を寄せているかなど、もはや尋ねるまでもない。

「寄る辺ない私を支えて欲しい。高湛は母の最期の願いに応え、ずっと尽くしてくれております。私はそんな高湛の忠誠に報いるものを持ちません。だから、せめて弔慰の場に招いてやりたいのです。なにより、高湛は母との思い出を分かち合える、唯一の者ですから……」

白玲は息を吐く。

高湛が青簫や花青公主に懸ける誠心同様、花青公主の高湛に対する感謝もまた、本心からのものだろう。忠心に報いてやりたいという気持ちはわかるだけに、拒むのは忍びなかった。

「いいだろう。舒青簫に祈りを捧《ささ》げたいというなら、止めはせん」

「ありがとうございます！　高湛がどれほど喜ぶことか。つきましては……弔いの儀を玄冥宮で行っていただけますか？」

大概の異例には慣れたつもりでいた。けれど、予想も許容も追いつかない花青公主のこの申し出には、白玲もさすがに言葉を失った。

無論、花青公主も無理は承知のうえだろう。だが、それでも退《ひ》く訳にはいかないとばかりに語勢を強めて言い募る。

「弁《わきま》えのない願いだと、さぞ呆《あき》れておいででしょう。ですが、後宮内で屍王を産んだ后妃を弔うことは許されません」

「それは……」

白玲は言葉に詰まる。

花青公主の言う通り、忌避の対象である青籥の弔いを後宮で行うのは無理だろう。

しかし、どんな理由であれ、玄冥宮に余人を立ち入らせるなどあってはならない。考えるまでもなく、拒絶以外の返答はない。

だが、花青公主の切々たる訴えが白玲の心に屍王にあるまじき躊躇《ためら》いをもたらす。どうしても、はらうべき手がはらえない。

「私は、誰に憚《はばか》ることなく母の霊魂を労《いたわ》りたいのです。他の干渉を一切受けない玄冥宮であれば、それが叶《かな》います。それに、もし入宮のお許しをいただければ、私にとってこのうえない幸福です。だって、白玲様が私を姉として信頼してくださったということなのだから」

今更ながらに、白玲は花青公主の境遇を思い知る。

花青公主は少女の時分に前帝であった父を政変で失い、最愛の母も亡くした。それからずっとひとりで、後宮の片隅で息を潜めるように生きていた。

殊に母に関しては自分が奪ったようなものだ。それに、屍王と生母を同じくするという立場にも苦しめられてきたに違いない。

花青公主にすれば屍王、すなわち白玲の存在こそが不幸の元凶のはず。それなのに、白玲を弟と呼び、家族の情愛を示してくる。

もっとも……それが本心とは限らないのだが。

考えかけて、白玲は首をふる。

いま疑ったところで答えは出ない。

確かなのは、心情が如何《いか》であれ、白玲に願い出ねばならないほどに花青公主が孤独だということだ。

対し、己は幾度も救われてきた。

白碧、凜々と宵胡。北斉《ほくせい》たちや劉義《りゅうぎ》も気に懸けてくれた。そして、いまは支え合う者まで得ている。花青公主にすれば、それは余りに不平等だろう。

「……玄冥宮に立ち入ったことが知られたらどうする？　李昭儀はともかく、後宮中から誹《そし》られるぞ」

「この期に及んで、疎外を恐れはしません。この後宮で私はずっとひとりでした」

「何があろうと、私は味方です。青簫様は本当に素晴らしい方でした。あの方の慈善でどれだけの女人が救われたか。市井におりました私はよく存じております」

「ありがとうございます……」

李昭儀の力強い支えにうなずきながら、花青公主は白玲に請う。

「白玲様、私に迷いはありません。母の冥福《めいふく》と貴方《あなた》からの親愛。私の今生の望みはそれしかありませんもの」

花青公主のひたむきな眼差《まなざ》しを受けて、白玲は肩を落とす。

きっと、己の決断は屍王として間違っている。

だが、屍王の使命をまっとうするだけでは花青公主は救えない。

これはひどく危険な賭《か》けだ。

もし、悪い予感が当たれば。そのうえ、一手でも取り間違えれば。そのときは、これまで屍王たちが築き上げてきた戦果のことごとくが無に帰す。

正直、恐ろしくて堪《たま》らない。

けれど、花青公主を放ってはおけない。

ここで拒めば、花青公主を助ける手立ては完全に途絶える。奪ったものを返してやることはできないが、叶うのであればわずかなりとも償いたかった。

大丈夫だと、白玲は自分に言い聞かせる。

己はひとりじゃない。手を取り合う者がいる。冬惺が隣に在れば必ず、この難局を乗り越えられる。

心を定めて、白玲は花青公主を正面より見据えた。

「……そこまで言うのであれば、いいだろう。玄冥宮への立ち入りを一度に限り許す」

「ほ、本当でございますか？　あの、あとで思い直されて、撤回したりなど――」

「そんな真似はしない。ここで誓う」

「ありっ、ありがとうございますっ……白玲様の御慈悲で私や高湛、なにより母がどれだけ救われることか。心から感謝を申し上げます」

「良かったですわね、花青公主。白玲様、私からも御礼申し上げます。貴方はやはり、慈愛深き方ですわ」

感涙に咽《むせ》ぶ花青公主の肩を抱きながら、李昭儀が敬愛の眼差しを向けてくる。

白玲はそっと目を伏せながら、声なき声で「それは違う」とつぶやく。

もっとも、その声はあまりに小さく、喜びをわかち合う花青公主と李昭儀の耳には届かなかったようだ。

ふと、白玲は四阿《あずまや》の屋根越しに頭上を仰ぐ。

秋の陽は早い。

ついさっきまで明るかった陽射しに静かな翳《かげ》りが漂いはじめている。

しかと心を決めたはずなのに、早くも脅えに囚《とら》われてしまう。

さっさと用を済ませて、戻ってくればいいのに。

不意打ちのごとく浮かんだ願いに白玲は心底慌てる。

幼子のような甘えから逃げるように、白玲は空から目を逸《そ》らした。

伍　想いの行先

「そうか……玄冥宮《げんめいきゅう》に留《とど》まる是非はともかく、おまえが息災ならなによりだ」

冬惺《とうせい》からの報告を聞き終えると、太星国《たいせいこく》の都、蓮翹《れんぎょう》から最も近い陣舎《じんしゃ》の舎監長《しゃかんちょう》を務める韋巌煌《いがんこう》は目頭を押さえた。

五十路《いそじ》にかかるくらいの、名の通り巌《いわお》のごとく大柄で屈強な男だ。

冬惺は報告内容を記した巻子《かんす》を巌煌に渡して、そのまま辞そうとしたが、あまりに愛想がないだろうと、いまも衰えぬ膂力《りょりょく》で引き留められた。

冬惺をはじめ、豪放磊落《ごうほうらいらく》で情に厚い巌煌を慕い、敬う者は多い。

巌煌は豪腕で鳴らした鬼方士《きほうし》だったが、五年前に足に怪我をしたのを機に役目を辞した。以降はこうして陣舎の管理を担っている。

この陣舎は城下から北に位置する稜雄山《りょうゆうざん》の麓《ふもと》にある。周囲に田園風景が広がるのどかな土地だ。

鬼方士だった頃より穏やかな環境や、先頃妻君に先立たれた寂しさなどがそうさせるのか、元々涙もろかった気質にいっそう拍車がかかっている。いまもまた、話をはじめて程ないというのに、すでに何度となく涙ぐんでいる。

「それにしても、いつまで玄冥宮に逗留《とうりゅう》を続けねばならんのだ。どんな事情があるにせよ、すべてに応《こた》えねばならんものでもあるまい」

「玄冥宮に関わることはお答えできません。どうかご容赦ください」

冬惺は毅然《きぜん》と巌煌の尋ねを拒む。

玄冥宮についてはすべてが他言無用。定例の報告といっても、屍王《しおう》の許しを得た内容、当人の身体状況と狩った梟炎《きょうえん》の数に限られている。

当然、鬼方士であった巌煌もそれを承知している。

にもかかわらず、こうして範囲外におよぶことを尋ねてくるのは、一重に冬惺の身を案じているからだ。

六歳で母を失った冬惺は引き取られる形で五岳《ごがく》に入った。

その際に、巌煌は親身になって面倒をみてくれた。冬惺の固辞によって叶わなかったが、養子に迎えようとさえしてくれた。親子の縁こそ結ばなかったものの、冬惺にすれば父という存在に最も近い大恩ある人物である。

巌煌には霊力を継いだ息子がふたりおり、双方共に鬼方士となったが、そのうち長男は三年前に討伐で命を落としている。そのせいもあって、詮《せん》ないとわかっていても口を出さずにはおれないのだろう。

「申し上げられるとすれば、私に不満はないということ。屍王、白玲《はくれい》様の采配《さいはい》のすべてに納得している、それだけです」

伝えることのできる精一杯の言葉を冬惺は口にする。

父親がわりとして、巌煌が情愛を寄せてくれることは本当に有り難い。だからこそ、少しでも報いたかった。

冬惺の気遣いを感じ取れないでもないだろうが、それでも巌煌はため息を落とす。

「……おまえも北斉《ほくせい》たちと同じことを言うのだな。あいつらもそうだった。前屍王に全幅の信頼を寄せ、その意のままに戦い、そして死んでいった……」

「私は死にません。生きて、戦い抜きます」

譲れない決意を込めて、冬惺は断言する。

鬼方士の務めは多大な危険を伴う。死を恐れていては到底立ち行かない。

けれど、あの夜を境に大きく変わったことがある。

死を恐れず、されど死を許さず。

白玲を支え、また白玲に支えられるこの身はすでに自分だけのものではない。己の死は確実に白玲を傷つける。だから、死は絶対に許されない。生きてこそ、白玲が望む役目が果たせる。

「必ず次の月も報告に参ります。ですから、どうかご案じなく」

「冬惺、おまえ……変わったな」

巌煌は驚きに目を見張り、まじまじと冬惺を眺める。

「昔から、おまえは自分の幸福を望まない子だった。悠炎《ゆうえん》を失ってから、いっそう遠ざけるようになった。俺は、そんなおまえがずっと不憫《ふびん》でならなかったが……」

巌煌は椅子から立ち上がると、軽く足を引きずりながら冬惺のそばに歩み寄る。

「いまのおまえは違う。上手《うま》くは言えんが、そうだな。以前よりずっと、己を大切に想っているように感じる」

巌煌は破顔し、追って立ち上がった冬惺の肩をつかむ。

「おまえに不満はなくとも、おまえが玄冥宮に単身召集されたことも、逗留を命じられていることも、俺はやはり承服できん。おまえを変えたのが玄冥宮の屍王であるなら……こう言う他ない。全霊で務めに励め。そして、死ぬな」

「ありがとうございます。巌煌殿の恩情に報いるためにも生きてみせます」

「そう固く考えるな。子離れできない親父の無駄口だ。……延遼《えんりょう》が生きていたら、きっと同じことを言っただろう」

巌煌が口にしたその名に、冬惺の身体が微《かす》かに強張《こわば》る。

昔ほどではないにしろ、己の父親だという男の名は冬惺の心に波紋をもたらす。

巴《は》延遼とは一度だけ顔を合わせ、そして二度と会うこともなく死に別れた。冬惺にとって、実父の存在は蜃気楼《しんきろう》に似ていた。近づいた途端に露と消えてしまう。そんな実体なき幻だ。

自分にとって悠炎がそうであったように、巌煌にとって延遼は無二の友だったと聞いている。故に、巌煌は冬惺が延遼を父と認め、受け容《い》れることを願っている。それが亡き友の慰めになると信じているからだ。

いまもきっと、巌煌は期待している。ひと言でいいから、冬惺が延遼に懸ける言葉を口にしてくれまいかと。いや、きっとうなずくだけでも喜んでくれるに違いない。

だが、わかっていながら、身を硬くし、口を噤《つぐ》んでしまう。

嘘は吐きたくない。相手が巌煌だからこそ、なおのこと誠意を欠きたくなかった。

「そろそろ行かねば。日暮れ前には戻りたいので」

隠そうとしているが、明らかに巌煌は落胆していた。

冬惺は気づかぬ態《てい》を装い、巌煌にほほえみかける。

「それでは。巌煌殿、どうかご健勝で」

「……ああ、おまえもな」

何か言いたげな巌煌の視線を躱《かわ》し、冬惺は背を向ける。

延遼の影から逃げたかったのも本心だが、一刻も早く発ちたいのも事実だ。

予定の時刻を大分過ごしてしまった。日暮れはまだ先だが、できる限り早く戻って白玲を安心させたかった。

陣舎を出て、玄冥宮に戻る道すがら、冬惺は稜雄山に向かって歩いていく猟師の一群とすれ違った。

そうか、もう夜狩《やが》りの季節か。

冬惺は黙々と進む猟師たちの背中に視線を向けながら思う。

秋が深まり、日ごとに夜の時間が長くなっていくこの時季、猟師たちは日暮れ前から山に入り、夜を徹して獲物を狩る。冬に備え、秋に活動的になる夜行性の獣たちを狙っての行動だ。

この猟師たちの風習は五岳にとって頭の痛い問題である。討伐最中に山野を歩き回る猟師たちと鉢合わせることが間々あるからだ。

猟師たちも犬を連れたり、また独特の勘や経験で危険を察するため、遭遇の頻度は多くはないが、いったん起これば双方にとって相当な危険となる。

鬼方士同様、白玲にとっても夜の山野は主戦場だ。夜狩りの風習もすでに承知しているだろうが、念のために確認した方がいいかもしれない。そんなことを考えながら、冬惺は城下に向かって歩みを進める。

足を速める一方で、別れ際の巌煌の寂しげな顔が思い出されてくる。

延遼の話が出たあとは、いつも巌煌に対する申し訳なさに囚《とら》われる。これから先ずっと、巌煌を傷つけ続けるとわかっているからだ。

己と母と、そして延遼の間に起こったすべてを冬惺は把握してはいない。

知っているのは巌煌が配慮しながら話してくれたことと、五岳に入ってからどこからともなく耳に入ってきた噂話《しんせつ》だけである。

延遼と、冬惺の母である深雪は共に孤児の救済院で育った幼馴染《おさななじ》みだったという。

鬼方士と織女、それぞれの路《みち》に進むために離れ離れになったが、それでも互いの心はずっと結ばれていた。

延遼と深雪は将来を誓い合っていた。その約束は深雪が修業を終え、織女としてひとり立ちした時に果たされるはずだった。

だが、運命はそれを許さなかった。

延遼には武恵《ぶけい》という修練の師であり、また父とも敬う人物がいた。冬惺にとっての巌煌のような存在だったのだろう。武恵もまた延遼を頼みに思い、やがて自身の娘の婿に望むようになった。

五岳が権力の干渉を受けずに存続できているのは、人命を脅かす脅威を駆除するという特殊な技能があるからだ。脅威を斬る鬼方士という武器を備えてはじめて、五岳は五岳で在れる。

霊力は突発的に有する者が生まれることもあるが、血縁による継承が圧倒的に多い。それだけに、鬼方士は元より、霊力を有する女人もより多くの子をもうけることが強く求められる。

武恵の娘、朱蓉《しゅよう》は父の霊力を継がなかった。

五岳において霊力の有無がもたらす影響は大きい。

娘にとって五岳が生きやすい場所でないからこそ、武恵は信頼の置ける延遼を諦《あきら》めれなかったのだろう。自身が病で先が長くないことも、娘の行く末を案じる大きな要因であったに違いない。

父親がわりだった武恵は、深雪の存在を知っていた。だから、暗々裏に武恵は深雪に希《ねが》ったのではないか。愚かな父と憐《あわ》れな娘のために身を退《ひ》いて欲しいと。あくまで己の憶測としながらも、巌煌はそう語った。

延遼が深雪を深く愛していたことも、深雪が姿を消した時はかける言葉も見つからないほどに絶望していたことも、そばにいた自分はよく知っている。また、深雪が身ごもっていたことも当時の延遼は知らなかったのだと、巌煌は冬惺に必死に説いた。

本当は何を置いても捜しに行きたかったのだろう。だが、折悪く武恵が亡くなり、朱蓉は酷《ひど》く不安定になってしまった。

臨終の際まで、武恵は朱蓉のことを延遼に頼み続けた。

延遼は恩人の娘を見捨てることができなかっただけで、決して深雪と冬惺を蔑《ないがし》ろにしていた訳ではない。それだけは冬惺に知って欲しいと、巌煌が強く願っていることは否《いや》応《おう》なしに伝わってきた。

しかし、何を耳にしたところで、冬惺の心底に根づいている〈己に父はいない〉という認識が揺らいだことは一度もない。

父について、母に尋ねたこともあったが、深雪はいつも「優しい人だった」くらいしか語らなかった。そんな風にずっと、父というものは朧《おぼろ》な存在だった。

巌煌は父を知らずに育った冬惺を不憫に思っているのだろう。だから、延遼がちゃんと冬惺にも想いを懸けていたと言い募る。

だが、冬惺自身は寂しいと感じたことはない。母との慎ましくも穏やかな日々は十分に幸せだった。

だからこそ、冬惺は延遼が受け容《い》れられない。あの温かな日々は母が懸命に築き、与えてくれたものだ。そこに父という、冬惺にすれば話でしか知らない存在の介入を許したくはなかった。

けれど、ささやかな幸福は冬惺が六歳になった頃から揺らぎはじめた。

遊び半分に子供ばかりで山に入ったところ、先頭を切っていた一番年嵩《としかさ》の子が足を怪我して、身動きが取れなくなってしまった。

子供ばかりでどうにもならず、あたりはどんどん暗くなっていく。

泣き出す子もいて、冬惺たちは絶望に浸された。けれど、偶然泣き声を聞きつけた、討伐帰りの鬼方士の一隊が駆けつけてくれた。隊の中には巌煌がいて、そして――延遼もいた。

自分はまったくそう感じなかったが、冬惺は幼い頃の延遼に瓜《うり》ふたつだったらしい。腰が抜けるほど驚いたなどと、巌煌は言っていた。

幼かった冬惺の記憶は曖昧《あいまい》で、欠けてしまっている部分も多い。延遼から母の名を聞かれたことは覚えているが、冬惺の答えを聞いた時に延遼がどんな顔をしていたのか。そちらはまるで思い出せない。

村に連れて帰ってもらったあとについても同じだ。おそらく延遼は深雪と再会を果たしたと思われるが、疲れて眠ってしまった冬惺は何も目にしていない。

翌朝、冬惺が目を覚ました時には、鬼方士の一隊は村を去っていた。

以降も、母が延遼について語ることはなく、冬惺の記憶も自然に薄らいでいった。

それからおよそ半年の歳月が流れた、ある冬のはじまり。

見慣れない女が村にあらわれた。

寒風が吹き荒《すさ》ぶ中、薄い着衣で村を徘徊する女は明らかに異様だった。

女が村を訪れた理由はひとつ。冬惺を殺すためだった。

村には同じ年頃の男児がそれなりにいたにもかかわらず、女は迷わず冬惺を狙うことができた。冬惺が自分の夫——延遼とよく似ていたからだ。

小刀を手に襲いかかってきた、憎悪に満ちた女の顔はいまでも鮮明に冬惺の脳裏に焼きついている。自分を庇《かば》い、何度も背を刺されて死んだ母の姿もまた永遠に忘れることはできない。

騒ぎを聞きつけた村の男たちが駆けつけてきたため、深雪を殺し、冬惺を殺し損ねた女は何事か叫びながら走り去っていった。

男たちは追ったが、女は川に身を投げて、そのまま上がってこなかった。

予期するところがあったのだろう。騒動から一昼夜と置かずに、巌煌が単身村に駆けつけて来た。

惨劇を知った巌煌は深雪を助けられなかったことを大いに悔いていた。すまなかったと、泣きながら冬惺に繰り返し謝った。

母を殺した女が延遼の妻、朱蓉であること。また、朱蓉が少し前にひとり息子を病で亡くし、それから数日も経たないうちに夫の延遼を毒殺したこと。すべて自分の罪だと認める文を置いて姿をくらましたこと……冬惺を傷つけないように、また延遼の名誉を守れるように苦慮しながら、巌煌は事の次第を冬惺に話してくれた。

延遼と朱蓉の息子は生まれつき病弱で霊力も継がなかった。

討伐の責務と等しく、鬼方士は鬼方士となる子を育《はぐく》むことを求められる。

延遼が朱蓉を娶《めと》ってからすでに五年。ここに至って霊力を備えた息子はおろか、娘すらいない事実は朱蓉を追い詰めていった。

延遼は萎縮《いしゅく》する妻と病弱な息子を慈しみ、懸命に支えていた。おまえには辛《つら》い話だろうが……言い淀《よど》みながらも巌煌があえて話したのは、延遼が情の深い人間であったことを冬惺に教えたかったのだろう。

一刻も早く五岳に貢献できる子を。妻が生《な》せないなら、生せる相手を。

どれだけ無遠慮な圧力も五岳ではごく真っ当な要求だ。

延遼は妻子を庇いながら、圧力を躱《かわ》していた。だが、冬惺の存在を知られてしまい、いよいよ逃げられなくなった。

五岳は常に霊力の高い者を欲している。特に男児の価値は高く、延遼がそうであったように、孤児であれば大金を投じて引き取ることを常としている。見つければ即報告が絶対の規律で、冬惺もまた例外ではなかった。

母子共に呼び寄せろ。

東岳《とうがく》総主から延遼に厳命が下ったのと、息子が病で急逝したのはほとんど同じだったらしい。夫と息子。そのふたつで辛うじて保たれていた朱蓉の心は完膚なきまでに叩《たた》きのめされた。

総主の命令には逆らえない。

なによりいまは違っても、いずれ延遼も心変わりをするかもしれない。朱蓉なる女がそんな風に不安と疑心を募らせていったのかどうか、冬惺にはわからない。

確かなのは、朱蓉が失うことを恐れるあまりに夫を殺した挙げ句、誰よりも憎い女の目の前で息子を殺し、自分と同じ苦しみを与えてやろうとした——それだけだ。

誰が、どこで間違えたのか。

何かがひとつでも違っていれば、誰も悲しまずに済んだのだろうか。

幾度となく、冬惺は考えた。

しかし、何度繰り返そうと、どう思考を巡らせようと、最後はいつも同じ答えにたどり着く。畢竟《ひっきょう》、己さえいなければきっと誰も死ななかった。

冬惺がいなければ、延遼と深雪が再会することはなかった。朱蓉が凶行に及ぶほどに追い詰められることもなかった。

母を殺した朱蓉が憎かったし、朱蓉を止められなかった延遼が腹立たしかった。だが、それより何より、すべての元凶である自分が許せなかった。

これからどうしたい？

話の終わりに巌煌は冬惺に尋ねた。

冬惺がこのままの暮らしを望めば、巌煌は五岳の命令に背いてでも叶《かな》える覚悟だったに違いない。

本音を言えば、母のあとを追って死にたかった。呼吸さえままならないほどに、罪の意識は辛《つら》く重かった。

けれど、それが許されないこともわかっていた。

己がいまこうして生きているのは、母が我が身を犠牲にしたから。

だから、どれだけの痛苦を伴おうとも、命を投げ出すことはできない。しかし、母の気配や罪の残像が強く残る場所に居続けるのは耐え難かった。

連れて行って欲しいと巌煌に告げたのは、ただ逃げたかったからだ。

五岳が世間とどれだけ違うか。

鬼方士を目指すことが如何に過酷か。

冬惺が後悔することのないように、いやむしろ思い直させたかったのだろう。巌煌はよくよく話してくれたが、正直そんなことはどうでも良かった。少しでも己の罪から離れられるなら、五岳がどんな場所でも構わなかった。

自暴自棄だったと、認めるしかない。

けれど、悠炎と出逢ってすべてが変わった。

罪から逃げるためではなく、友と一緒に戦えるようになるために。悠炎が許すと言ってくれた時から、鬼方士を目指す意味さえ違うものになった。

冬惺は歩を進めながら、かつて悠炎とこの路《みち》を歩いた時のことを思い出す。

印可を授かったばかりの頃、遣い仕事で共にさっきの陣舎を訪ねたことがあった。

あのときは想像さえしていなかった。

互いの生路がこんな風に分かたれてしまうなど。

こみ上げてくる怒りを堪《こら》えるように冬惺は拳《こぶし》をにぎる。

必ず、悠炎を贋物《がんぶつ》の呪縛《じゅばく》から解き放つ。

白玲にも言った通り、それは亡き友のために冬惺が成せる唯一のことだ。

あと少し行けば、山野の切れ目が現れる。そこは見晴らしの良い高台になっていて、今日のように天候に恵まれた日は皇城と城下を見渡すことができでる。

季節は違えど、あの日も同じく晴れ渡っていた。ふたりして巨大な城と街並みに驚歎《きようたん》したあと、童子のごとく駆け比べをしながら帰った。

過去に想いを馳《は》せながら、冬惺は足を止める。

思い出の中と変わらない高台がそこにあり、そして——冬惺は顔色を変えた。

高台の真ん中、眺望を背に男がひとり立っている。

たったいま、脳裏に描いていた者と同じ顔。

しかし、その中身がまるで別物になっていることを冬惺はすでに知っている。

「……何故」

一瞬で乾き切った咽喉《のど》から、勝手に声がこぼれ出る。

冬惺は信じられない思いで赤毛の男を凝視した。

「常に注意は怠らなかったし、あとを尾《つ》けてくる者もいなかった、か？」

悠炎の顔をした贋物は世にも楽しげに笑う。

「おまえは間違っていないぞ。だって、事実俺はおまえを尾けてなどいない。ただこうして、おまえが通るのを待っていただけだ」

背中に冷たい汗をかきながらも、冬惺は努めて冷静に贋物の言葉について考える。

いまの話を聞く限り、贋物は冬惺が陣舎に向かうことを知っていた。

相手は悠炎の記憶を根刮《ねこそ》ぎ奪っているのだ。当然、城下から一番近い陣舎の位置も、定例の報告義務があることも把握している。

だが、たとえそうだとしても、冬惺が今日の午過《ひるす》ぎに向かうことまでは知りようがない。それこそ、皇城を四六時中見張ってでもいない限り不可能である。

もしくは――そちらはあまり考えたくないが、内通者の存在が疑われる。玄冥宮の動きを知ることができる者。思い当たるのは霖雨《りんう》くらいか。

しかし、果たして霖雨がそんな真似をするだろうか。

霖雨は根っからの実利主義者だが、決して軽薄な人間ではない。巧みに隠し、見せようとしないが、確固たる信念と矜持《きょうじ》を持って己の役目に取り組んでいる。

さりとて、他に誰があるというのか。玄冥宮に関わる者は限られている。それとも、冬惺が知らないだけで、情報を入手できる者がいるのか……いや。

己の気づきの恐ろしさに冬惺は息を呑《の》む。

中ばかりとは限らない。ここに来る途中に出逢《であ》った者がいるではないか。

しかも、顔を合わせただけではない。出かける途中だと話までしてしまった。

行き先は言わずとも、悠炎の記憶を持つ贋物なら容易に見当がついたはず。おそらくは定例の報告で手近な陣舎に行くのだろう、と。

「ここの景色は変わらないな。昔、並んで眺めたままだ。なあ？」

贋物の話も耳に入らないままに、冬惺は駆け出す。

一刻も早く玄冥宮に戻り、白玲に伝えなくては。

高潔な志を持つ医師。そう信じていた高湛が贋物の内通者である可能性が高い。

贋物の根城は朱鴻《しゅこう》の裏通りにあった。高湛の医院も同じくそこにある。それが偶然でなければ。医院での出過ぎた尋ねも、情報を得んとするための勇み足だったとすれば。

高湛が黒なら、花青公主も疑わしくなってくる。

以前から慈悲を請うていたのも、今日の茶席に同席しているのも、白玲につけ込む隙を狙っての工作かもしれない。

めまぐるしく交錯する冬惺の思案はしかし、背後から襲ってきた一刀に断たれた。

逃げ切れない。足を止めて受けなければ、斬られる。

瞬時に判断すると、冬惺は剣を抜き、ふり返り様に贋物の剣戟《けんげき》を受け止める。

刃と刃がぶつかり、火花を散らす。

互いに互いの刃を弾《はじ》いた分の距離を置いて、両者は路上で対峙《たいじ》した。

「無視とは酷《ひど》いな、冬惺。せっかく、思い出の風景を眺めながら、懐かしい日々について語らおうと思ったのに。大体、俺から逃げられると思ったか？　昔から、駆け比べで俺に勝てたことなど一度もないだろ」

「……黙れ。何度も言うが、それは貴様じゃない」

「何故、そうも俺の中の悠炎を否定する？　確かに、俺は悠炎の霊魂を余すところなく喰らい尽くした。だが、たとえ見えずともちゃんとある。冬惺だからこそ、朱鴻で悠炎がここにいることを明かしたというのに」

贋物は剣をにぎる右手を胸にあて、哀願するように語る。

それが狙いとわかっていながら、激昂《げきこう》に任せて斬り込みそうになる。

怒りに震える全身を必死に抑え込み、冬惺は贋物をにらんだ。

「黙れ、と言っている。それ以上、悠炎の霊魂と身体を穢《けが》すな」

「やれやれ、まるで話が通じないな」

贋物は肩をすくめる。

冬惺は間合いをはかりながら、逃げるための隙を探る。

白玲との誓いは元より、いまはとにかく帰参を急ぎたかった。

「何か気づいたようだが、帰りを急いだところで無駄だぞ。あの屍王の破滅は決定事項。やつは自分と同じ場所から生まれたものに殺される」

贋物の言葉の意味がつかめず、冬惺は眉《まゆ》をひそめる。

「わからない、といった顔だな。よし、説明してやろう。あ、言っておくがこれは特別だ。冬惺だから話すのだぞ」

贋物の揶揄《やゆ》めいた嘯《うそぶ》きの合間を縫うように、小さな黄揚羽がひらりとそのそばを行き過ぎようとする。

一瞬だった。

突如、贋物は無造作に手を伸ばし、黄揚羽をにぎり潰《つぶ》す。

それから、ひととき楽しげに目を細めたあと、ゆるりと手を開く。

加減したのか黄揚羽は息絶えてはおらず、ひくひくと羽を震わせていた。

「よく見ていろ」

贋物はもったいつけるように黄揚羽をのせた手のひらを冬惺に突きつけると、ふっと軽く息を吹きかける。

途端、パッと黄揚羽が黒炎に包まれる。

かと思うや、次には何事もなかったかのように、羽をはばたかせ、贋物の手の上から飛び去っていった。

「どうだ？　驚いたか？」

「……甦《よみがえ》らせたというのか？」

流石に驚きが隠せず、冬惺は贋物に問う。

「違うな。これを口にするのは業腹《ごうはら》だが、死んだものを生き返らせることができるのは九玄大帝だけ。おまえとて、玄冥宮のはじまりは知っているだろう？」

当時の皇帝が死んだ寵妃《ちょうひ》をよみがえらせてもらうために九玄大帝の望みに応じ、結果玄冥宮が誕生した。詳細はともかく、その言い伝えは太星国の誰もが知っている。

「俺は九玄大帝に創られた。だから、九玄大帝に似た力を備えている。しかし、その加減には天地の差がある。死にかけているものなら治せるが、死んでしまったものは無理だ。甦らせることなど到底できん」

束の間、贋物は顔を歪《ゆが》ませたが、すぐさま笑顔に切り替え、「だがな」と明るい声を上げる。

「こんな児戯でも人は騙《だま》せる。案の定、高湛とかいう人間も喰《く》いついた。なんでもするから、大切な人、舒青簫《じょせいしょう》とやらを甦らせてくれとな。必死な形相があまりにも滑稽《こっけい》で、笑いを堪《こら》えるのに苦労した。舒青簫の娘だという、後宮の小娘も同じ。ふたりそろって疑いもなく信じている。俺の命令を果たせば、自分たちの大切なものが甦るとな」

からからと無邪気な声で笑う贋物に対し、冬惺は怒りを越して、頭の中が冷たくなっていくのを感じた。

危惧《きぐ》した通り、高湛と花青公主は敵だった。

その事実に憤る一方で、贋物に騙され、利用されているふたりが憐《あわ》れでもあった。

「貴様はどれだけ……人の命と心をなんだと思っている？」

「怖い顔だな。そんな顔は悠炎の記憶にもない。わざわざ教えてやったというのに、これでは割に合わん」

嘆かわしいといった風に贋物は首をふる。

「冬悍は俺が残酷だと言いたいようだが、屍王だって似たようなものだ。自分の使命のために、躊躇《ちゅうちょ》なく他を使い捨てる。屍王と五岳の間に何があったか知らんが、肩入れしたところで裏切られるのがオチだぞ。たとえば……さっきの力だ。同じ九玄大帝に創られたもの同士、屍王も治癒の力を持っている。だが、屍王は屍王を助けるため、ひいては使命のためにしか使わない。仮におまえが死にかけても、本則に反するといって、平気で見殺しにするだろう」

「だから、なんだという？　屍王が使命を重んじるのは当然のことだ」

まるで動じない冬悍に、贋物は呆《あき》れた顔で天を仰ぐ。

「使命とのたまえば、何をしても許されるのか？　それを名分に、散々心を踏みにじられてきた俺は可哀想ではないと？　俺はただ愛《いと》しいもの、翠霞娘娘《すいかにゃんにゃん》に会いたいだけだというのに」

「ふざけるなっ。おまえの愛しいは歪み穢《けが》れた欲に過ぎない。己の下劣な欲と屍王の使命を並べて語るな！」

堪《こら》え切れずに冬惺は叫ぶ。

贋物が被害者面で語り、屍王の献身を穢すことなど許せるはずがない。

また嘲笑《あざわら》うかと思ったが、どういう訳か贋物は傷ついたように黙り込むと、そのまま項垂《うなだ》れる。

「……………ああ、そうだ。冬惺が言う通り、かつての俺は間違っていた」

意外な反応に今度は冬惺がたじろぐ。

何故、そんな言葉を口にするのか。思惑がわからず、不気味だった。

「俺はどうしても翠霞娘娘を自分だけのものにしたかった。けど、翠霞娘娘はうなずいてくれなかった。だから、喰らい尽くした。それ以外に、翠霞娘娘を手に入れる方法が思いつかなかったんだ」

贋物は悲愴《ひそう》な声で話しながら顔を上げ、冬惺を見る。

「だがな、悠炎が過ちに気づかせてくれた。それまでは人の霊魂も血肉も生き存《なが》えるための餌に過ぎず、美味《うま》いと感じたことなどなかった。でも、悠炎の霊魂は違った。はじめて見た時から強く惹《ひ》かれた。不思議だったが、喰らった瞬間にわかった。俺は悠炎の高潔な情愛に心惹《ひ》かれたのだと」

贋物は笑う。

これまでと打って変わり、その笑顔は生前の悠炎そのもので、冬惺は心が大きく揺らぐのを感じた。

「なあ、冬惺。おまえは悠炎の想いに気づいていたか？　おまえと同じく、悠炎もおまえに深く心を寄せていた。でも、それは似て非なるもの。悠炎はおまえを誰よりも愛していた。俺が翠霞娘娘を愛しているようにな」

「……なにを——」

「その顔。やはり、気づいていなかったんだな。いや、いいんだ。悠炎は知られぬままを望んでいた。おまえに気づかれて、親友の絆と信頼を失うことを酷く恐れていた。潰れるほどに胸が痛くとも、冬惺のそばに在り、支え合えるなら構わない。そう心に決めて、悠炎はずっと耐えていたのだぞ」

一瞬、冬惺のまわりからすべての音が消え去る。

弄《ろう》されるな、贋物の虚言に惑わされるな。

動揺に流されまいと、必死に己に言い聞かせるも、鼓動の早鐘が収まらない。剣をにぎる手まで震えそうになり、冬惺は慌ててにぎり直した。

「言っておくが、これは戯《ざ》れ言じゃないぞ。でなければ、脆弱《ぜいじゃく》な人の身体を乗っ取ろうなどと考えなかった。結果的に得たものは多かったとはいえ、人の身体は強化の進みが悪く、腹立たしいがあの屍王と互角にやり合うにはまだかかる。だが、そんな手間暇も些細《ささい》なものだ。悠炎は我欲より、冬惺が望む自分でいることを選んだ。その気高い愛に心底よりの感銘を受けたからこそ、霊魂だけではなく身体も共にしようと思った」

　贋物は幸福に満ちた表情で口角を上げながら、ゆっくりと剣をかかげる。

「次に翠霞娘娘とまみえたら、そのときはもう間違えない。今度こそ、正しい愛で彼女を慈しむ。俺がそれを学べたのは悠炎のおかげだ。だから、俺は悠炎に報いたい。悠炎が一番欲しくて、それでも手に入らなかったものを与えてやりたい」

　末尾、贋物の声が一気に近づく。

　冬惺が気づいた時には、すでに尖《と》っ先《さき》が間近に迫っていた。

「――っつ」

　冬惺は飛び退《すさ》りながら、贋物の剣をはらう。

「まだ悠炎の愛を拒むのか？　つれないにも程があるが、まあいい。相手を思い遣《や》り、気持ちを尊ぶのがまことの愛だ」

　贋物はさながら悠炎のごとく、攻めの一手で次々に剣戟《けんげき》を繰り出してくる。

「ははっ！　楽しいな、冬惺。昔もこうして手合わせをした。俺が仕掛けて、おまえが捌《さば》く。そうやって、俺が疲れてきた頃合いを突くのが得意だった」

　贋物の、いや悠炎の記憶が語るように、冬惺は相手の攻撃をまず受け、そこで生じた隙に反撃に転じる戦法を得手としている。

　しかし、それは相手に隙があってはじめて生じる勝機。贋物の剣戟は人のそれとは比べものにならないほど鋭く重く、冬惺は捌くのが精々という状態だ。

徐々に冬惺は路を外れて、路肩に広がる樹木の生い茂りに追いやられていく。劣勢であるのは明白だった。

「どうした？　反撃しないのか？　これでも手加減しているというのに。別れていた七年間の成果はこんなものか？　ああ、それとも――悠炎の秘めたる想いを知って、小娘のように恥じらっているのか？」

幼稚な煽《あお》りだったが、今度は理性の抑止が利かなかった。

冬惺は怒りに任せて贋物の剣をはらうと、そのまま踏み出し、斬り込む。

だが、冷静を欠いた攻撃が通じるはずもない。剣戟は躱《かわ》され、それどころか脇腹に蹴《け》りを喰らう羽目に陥った。

蹴り飛ばされて、冬惺はしたたかにうしろの樹木に背中を打ちつける。

樹木を支えに身を起こし、苦悶《くもん》に咳《せ》き込みながら、判断を誤るなと己を叱咤《しった》し、剣を構え直す。

いま最も優先すべきは退散だ。贋物とやり合うことではない。ましてや、易《やす》い煽動《せんどう》に乗るなど愚の骨頂である。

「命果てども剣は離さず。ちゃんと教えを守って偉いぞ。悠炎もそうだった。最後の最後まで、これを離さなかった」

これ見よがしに、贋物は剣をかかげる。

柄《つか》の先端にはめ込まれた、紫黒石《しこくせき》に刻まれた紋印が冬惺の目に入る。

笹葉。本来であれば、それは冬惺のものであった刻印だ。

「紋印を取り替えた日のことを覚えているか？　なあ、冬惺。悠炎が何故、おまえの紋印が欲しかったかわかるか？　師匠の訓戒に腹が立ったなんて建前だ。想いを告げられないのなら、せめておまえを意味する何かを手に入れたいと願ったんだ」

冬惺は苦痛に顔を歪《ゆが》める。

だが、その苦悶はいましがた負った傷の痛みによるものでない。

もし、贋物の言葉が事実だとしたら。

自分が友と呼びかける度に、悠炎が痛みを隠して笑っていたのだとしたら。

いまは考えるべきではないとわかっていても、心が割れそうなほどに軋《きし》んだ。

「冬惺、もう抗《あらが》うな。おまえは悠炎の大事な想い人だ。悠炎のためにも、俺はおまえを傷つけたくない。頼む、おとなしく身を委《ゆだ》ねてくれ」

贋物は悠然と両手を広げながら冬惺に歩み寄ってくる。

じりじりと、冬惺は後ずさる。

下がるにつれて、だんだんと耳朶《じだ》の端にかかる水音が大きくなっていく。

この高台は切り立った崖《がけ》になっていて、はるか下には嬰江《えいこう》が流れている。逃げ場を失うのは時間の問題だった。

「心配せずとも、痛みは一切与えん。霊魂も身体も、瞬きほどの間に喰《く》い尽くしてやるから。嗚呼《ああ》、やっと悠炎に冬惺を与えてやれる。未来永劫、ふたりは一緒だ」

来る、と察した瞬間、冬惺は先手を打って贋物に斬りかかる。

拒絶を示す行動に、贋物は落胆したものの、すぐに残忍な笑みを浮かべた。

「あくまで拒むか。わかった。なら、俺も苦痛の限りを尽くしておまえを喰らおうっ」

贋物も剣を構え、冬惺を迎え撃つ。

速さで勝る贋物は一足先に冬惺の間合いに入ってきた。

剣を水平に構えて、まずは右手——そこを突いて、鬼方士の誇りである剣を冬惺から奪おうという目論見《もくろみ》だろう。

しかし、贋物が利き手を狙ってくることを見越していた冬惺は、素早く左拳《こぶし》を滑り込ませて、贋物の一撃を受け止める。

ずぐりと、骨の隙間を縫って、贋物の剣が冬惺の左拳を貫く。

狙いを外した贋物が驚いたように目を見開く。

その隙を逃さずに、冬惺は贋物の胸ぐらをつかみ上げると、肩から身体を押し、そのまま反転させた。

両者の立ち位置が入れ替わるのと同時に、冬惺は力の限りで贋物を突き放す。

勢いで冬惺の左拳から贋物の剣が抜け、両者の合間に鮮血が舞った。

ここに至って、贋物は冬惺の狙いを察したのだろう。怒りに目をつり上げ、大音声でわめく。

「俺を崖から突き落とすつもりかっ。だが、無駄な足掻《あが》きだ！　速さ同様、力でもおま

え は俺に競り勝ては――」

「生憎《あいにく》、私はひとりじゃない」

冬惺は血にまみれた左手を贋物に突きつける。

「私には……支え合う方がいるっ」

言葉を形にするかのように、冬惺の左腕に巡らされた、白玲の神力の守りが解き放たれる。

冬惺の左手から迸《ほとばし》った白銀の水流は一矢ひた走り、贋物の胸を鋭く穿《うが》った。

「がっ……クソ！　冬惺、許さんぞ。悠炎を裏切るなどっ……！」

贋物は怨嗟《えんさ》を叫ぶも、白玲の力に逆らえずに断崖《だんがい》から吹き飛ばされる。

宙に放り出された贋物が崖下《がけした》に落ち行く、その寸前。

虚空に向かって伸ばされた贋物の指先から黒炎が噴き出す。

意思を持った鞭《むち》のようなそれは鋭くしなり、冬惺の左腕を捕らえた。

「なっ……！」

「放すものか、絶対にっ」

凄愴《せいそう》な笑みを這《は》わせながら、贋物が言い放つ。

恐ろしいほどの強さで身体を引かれる。

冬惺は剣をふるい、黒炎の桎梏《しっこく》を斬り裂いたが――間に合わなかった。

どす黒い執念に引きずられるように、冬惺は贋物諸共《もろとも》、崖下へ消えていった。

陸　罪の月影

「……あまり楽しい席にはなりませんでしたか？」

　白玲《はくれい》の肩にいつもの白銀の長衣《ちょうい》をかけながら、凜々《りんりん》が気遣わしげに尋ねてくる。

　帯を締める宵胡《しょうこ》も大層心配顔だ。

長春宮《ちょうしゅんきゅう》から戻ってから、明らかに様子がおかしい白玲を不安に思っているのだろう。

「いや……李《り》昭儀《しょうぎ》はよくもてなしてくれた。屍王《しおう》の本則に反するとはいえ、誘いに応じて良かったと思っている。得たものもあったしな」

「なんと、それは結構なことで……」

　答えながらも宵胡は目配せし、同意を示すように凜々もうなずいている。

　良かった、得たものがあった、という言葉とは裏腹に、表情も声もどこか物憂げな白玲に対し、やはり何かあったに違いないと、伝え合っているのだろう。

　着替えを終えた白玲は東廂房《ひがしそうぼう》を出て、正房に移動する。問いたげな視線を向けながら、凜々と宵胡もあとに続いた。

「お茶をお持ちしましょうか？」

「一緒に軽くお食事もいかがです？　慣れない席で、菓子も咽喉《のど》を通らなかったのではありませんか？」

「どちらも不要だ。それより、おまえたちに話しておきたいことがある」

正房の中心で立ち止まり、白玲は侍女たちに向き直る。

凜々と宵胡はやや顔を強張《こわば》らせながら、そろって背筋を伸ばした。

「俺は今日、途方もなく剣呑《けんのん》な賭《か》けに出た。そのせいでおまえたちのまことの主《あるじ》、翠霞《すいか》娘娘《にゃんにゃん》を危険にさらすかもしれない」

「どういうことでしょう？」

「賭けとは一体……？」

凜々と宵胡は互いに身を寄せ合いながら白玲に問う。

「俺の懸念が当たるか外れるか、いまはまだわからん。正直、外れてくれれば良いと思っているが、さて……どうなるか」

白玲は憂いを帯びた息を吐くと、改めて口を開く。

「しかし、結果がどうなろうと、俺の勝手に翠霞娘娘を巻き込んだことに変わりはない。口上で済むとは思わんが、それでも詫《わ》びる。本当にすまない」

白玲は頭を下げる。

凜々と宵胡はそろって飛び上がらんばかりに身を縮めた。

「白玲様、頭を上げてください」

「そうです。いきなりそんな真似をされても、我らとてどうすればいいのか」

ふたりの必死の取りなしも聞かず、白玲はしばらく面を伏せ続ける。

己の独断で、ふたりの献身を仇《あだ》で返すに等しい賭けに出てしまった。これはせめてもの償い。自己満足に過ぎないが、ちゃんと謝っておきたかった。

「だが……これだけは信じて欲しい」

白玲はゆっくりと顔を上げると、凜々と宵胡をそれぞれ見つめる。

「相応《ふさわ》しくない感情に流された挙げ句、愚かな賭けまで打ったが、それでも俺は屍王の使命を貫く。何が起ころうとも、翠霞娘娘は必ず守る。だから――」

そのとき、白玲の声を断つように遠くの門外でおとないの鐘が鳴る。

カーン……と、本来なら三度のはずなのに。ただの一度きりで鐘は止んだ。

「……霖雨《りんう》殿でしょうか？」

「でも、最近じゃ面倒がって鳴らしません」

「かといって、冬惺《とうせい》殿でも……待って！　妙です！」

「何故、門が開く音が……」

宵胡と凜々が次々に異変を口にする。

浮き足立つ侍女たちを制するように白玲は先立って扉に向かう。

「白玲様、お待ちください！」

「これは明らかに変事です。我々が先に参ります」

「いいや、俺が行く」

静かだが、反論を許さない断言に、凜々と宵胡は控えるしかなくなる。

白玲が手をかざせば、扉が大きく左右に開く。

すでに、外は暮れなずみはじめていた。

陽は稜線《りょうせん》の下に沈み切り、空は白玲の双眸《そうぼう》と同じ宵闇色に染まっている。

東の端には頼りなげな三日月。

そして、玄冥宮《げんめいきゅう》の前には花青《かせい》公主と高湛《こうたん》、さらには両手を後ろ手に縛られ、石畳にひざまずかされた霖雨がいた。

花青公主は白玲と視線を交えるや、にこりと晴れやかな笑みを浮かべる。

「御機嫌よう、白玲様」

白玲の背後で凛々と宵胡が驚きに居竦む。

玄冥宮は何人《なんぴと》も、たとえ皇帝であっても立ち入れない。

もっとも、正確に言えばこの場所――玄冥宮の前までなら入ることができる。

ただし、それも中から楼門が開かれてこそ。あそこが勝手に開いたことからして、ふたりには信じられない事態に違いない。

そのうえ、霖雨の尋常ならない様子を見れば、由々しき問題が起きていることは火を見るより明らかだった。

異常に際し、逸《はや》った行動に及ばぬよう、白玲はあらかじめ凛々と宵胡に「下がっていろ」と命じ置くと、花青公主に歩み寄る。

「……随分と早い来訪だな。つい先程、別れたばかりだと思うが？」

「貴方《あなた》がお許しをくださったのがうれしくてうれしくて。じっとしていられず、来てしまいましたわ」

まるで別人のごとく朗らかに花青公主は白玲に話しかけてくる。

その表情にも挙措にも、これまでにない自信が端々に満ちていた。

「高湛も一緒にか？　随分と手際が良いな」

白玲はやや皮肉のこもる視線を花青公主のうしろに控えた高湛に向ける。

高湛は答えず、ただ重たげな目礼のみを返してきた。

白玲は嘆息したのち、霖雨に視線を移す。

「花青公主。俺は玄冥宮に入る許しを正式に与えた。にもかかわらず、そこの者に対する所業は如何《いか》なるものか。理由を聞きたい」

「あら、気になりますの？　流石はお優しい白玲様。斯《か》くも浅ましい宦官《かんがん》にも御心を懸けられるなんて」

ちらりと、花青公主は眦《まなじり》を霖雨に流す。

霖雨は縛られただけではなく、高湛によって頭を押さえられ、そのうえ首元に刃《やいば》まであてがわれていた。

相変わらず、高湛は木石のごとく無表情。双眸も恬淡《てんたん》として強さはないが、それでも怯《ひる》みは一切ない。必要となれば、躊躇《ちゅうちょ》なく霖雨の喉笛《のどぶえ》を掻き切るだろう。

「この者が白玲様に伺いを立ててからなどと、うるさく喚《わめ》き立てるからですわ。ちゃんと直々にお許しを得ていると言いましたのに。あまりに強情なので、仕方なく痺《しび》れ薬を嗅《か》がせましたの」

霖雨は悔しげに身をよじりながら、はくはくと口を動かす。

薬のせいで声が出ないようだが、刃を突きつけられてなお、悪態を吐こうとする姿は流石という他ない。

「人質など取らずとも、俺はおまえの言い分を聞く。わかったら、それを放せ」

「うれしいですわ。でも、私はとても臆病《おくびょう》で……もしもの備えを手放すなど、恐ろしくてできません」

花青公主はおっとりと白玲の命じを拒み、こちらに踏み出そうとする。

「そうか……なら、仕方がない」

不意に、白玲は視線を遠く、花青公主の背後に向ける。

白玲の眼差《まなざ》しの移ろいに気づいたのか、高湛がふり返ろうとしたが遅かった。

元より、鬼方士《きほうし》と常人の身体能力は比べるべくもない。

物陰に身を潜め、隙を窺っていた冬惺は一足飛びに詰め寄ると、息も吐かせぬままに高湛の手から小刀を奪い、蹴《け》り飛ばす。

胸部を蹴られた高湛は三尺ほど向こうに飛んで落ち、そのまま石畳に倒れ込んだ。

花青公主が悲鳴を上げながら、まろぶように高湛に駆け寄っていく。

一方で、冬惺は奪った小刀で手早く霖雨の縄を切ると、その身柄と小刀を駆け寄ってきた凜々と宵胡に預けた。

「白玲様！　帰参が遅れてしまい、申し訳ありません」

こちらに駆け寄ってくる冬惺の満身創痍《まんしんそうい》さながらの姿に白玲は目を剝《む》く。

おそらく、危難に遭遇しながらも掻《か》い潜り、なんとか戻ってきたに違いない。

だが、検閲の場に霖雨がいないことや、楼門が開け放たれたままになっていることで異変を察し、事態を探るために身を潜めていたのだろう。

冬惺がこちらの様子を窺っていることに白玲は霊力の察知で気づいていた。

だから、隙を見て目で合図を送ったのだが。まさか、当人がこんな悲惨な有り様になっているとは。つくづく心臓に悪い。

白玲は冬惺の肩をつかむと、猛然と問い詰める。

「その在り様はなんだ？　まさか、贋物《がんぶつ》と遭遇したのか？　出くわしてもやり合うなと、あれほど言っただろうが！」

「幾重にも渡り、申し訳ありません。まんまと贋物の策にはまり、斬り結ぶ事態になってしまいました」

最も恐れていた事態に白玲は青ざめる。

冬惺がひとりきりで贋物と対峙《たいじ》することだけは絶対に避けたかったのに。

「ですが、白玲様がくださった力で危機を脱し、こうして無事に帰参できました。ありがとうございます」

「うるさい！　どこが無事だ！」

苛立《いらだ》ちと動揺が相まって、白玲は思わず怒鳴る。

全身ずぶ濡《ぬ》れで、応急の処置こそ施しているが左手に怪我までしている。巻いた布地に滲《にじ》んだ血の量を見る限り、相当な深手に違いない。

「簡単に身を擲《なげう》つなと、あれほどっ……」

反射的に、白玲は冬惺の左手に手を伸ばしかけたが、霊魂に宿る屍王の本則という枷《かせ》に押し止《とど》められる。

触れれば最後、傷を治してやりたいという気持ちを抑えられなくなるかもしれない。

それは断じて許されない禁忌だ。

屍王の治癒の力は屍王にのみ使うことが許されている。即ち自身、自身の前任者もしくは後継者が該当する。

それ以外には使うことはおろか、能力の存在を明かすことさえ禁じられている。贋物がその力で花青公主と高湛を誑《たぶら》かしたように、現世や人に与える影響があまりに直接的かつ多大過ぎるからだ。

「……そんな顔をしないでください。私の傷を治せないことで、貴方が御自身を責める必要はありません」

冬惺のひと言に白玲は弾《はじ》かれたように顔を上げた。

「……おまえ、どうしてそれを」

「贋物が吹聴《ふいちょう》しておりました」

冬惺は視線でそちら——蹴られた胸を押さえ、苦しげに呻《うめ》く高湛と、必死に声をかける花青公主を指す。

抑えようとはしているものの、冬惺の声には怒りが滲んでいる。

その響きで、白玲は聞かずともわかった。

「あのふたりが贋物の策の一端であることも知っているのだな」

「はい。舒青簫《じょせいしょう》という女人の反魂《はんごん》を見返りに引き入れたと、すでに贋物より聞き及んでおります。治癒の神力を見せることでそれを信じさせたことも」

「外道《げどう》が……反吐《へど》が出る」

「同感です。許すまじき悪行です」

冬惺はうなずきつつも、「ただ」とつけ加える。

「贋物の言葉でひとつ、意味が解せなかったものがありました。屍王は自分と同じ場所から生まれたものに殺される……白玲様はおわかりになりますか？」

白玲は反問したのち、すぐに「ああ」とうなずく。

「同じ場所……？」

「偶然だが、李昭儀の茶席でその危険に気づいた。できれば、悪い予感で終わらせたかったが」

白玲もまた、花青公主と高湛に視線を向ける。

花青公主はしゃがみ込み、まだ起き上がれない高湛をおろおろと抱えながら、それでもすさまじい形相で白玲をにらむ。

「穢《けが》らわしい屍王がっ……許すなどと言いながら、腹の内では私たちを陥れるつもりだったのね。おまえはどこまで冷酷無慈悲な化け物なのっ」

「……確かに、多分こうなるだろうと思っていた。だが、そうならずに済んで欲しいと願ってもいた。分の悪い賭《か》けだったが」

白玲は嘆息する。

花青公主が白玲を身内として頼り、純粋に青籥を弔うつもりであったらどれほど良かっただろう。限りなく望みが薄くとも、いまのいままで祈っていた。

だが、やはり負けた——誰にともなく白玲はつぶやく。酷《ひど》く苦々しい痛みを抑え込みながら。

「花青公主、それに高湛。おまえたちの企《たくら》みは潰《つい》えた。諦《あきら》めて降伏しろ。さすれば、捕縛はせん」

「お黙り！　化け物の分際で偉そうな口を叩《たた》くな！　犬を使い、浅ましい宦官を助けたくらいで勝った気になるとは愚かな。私には、奇師《きし》様から授かった力があるのよ」

「奇師？」

「贋物が用いていた通名《とおりな》だ。奇跡を起こす術士だと嘯《うそぶ》いていたらしい」

冬惺の疑問に、白玲が答える。

それを聞いた花青公主が柳眉《りゅうび》を逆立てた。

「奇師様を愚弄《ぐろう》するな！　あの方の力は本物。ねえ、高湛。貴方《あなた》は見たのよね。奇師様が羽や足が折れた雲雀《ひばり》を甦《よみがえ》らせるのを」

「……はい。無残な姿が嘘のように、再び羽ばたく雲雀をこの目で……」

答えながらも、高湛は苦しそうだ。

冬惺は相当に手加減しただろうが、それでも肋骨《ろっこつ》が数本折れるくらいの傷は負ったに違いない。

「貴方たちは騙《だま》されている。贋物……奇師ができるのは傷の治癒のみで、死んだものを生き返らせることはできない。他でもない、奇師がそう言っていた」

冬惺の言葉に動じたのか。高湛が大きく身を震わせる。

けれど、花青公主は怯《ひる》まない。

怒りで髪を振り乱しながら、甲高い声で叫ぶ。

「主《あるじ》が主なら、犬も犬ね！　恥ずかしげもなく、でまかせばかり口にするっ。私たちは騙されてなどいない。その証拠に、いまここで奇師様が私に授けてくださった力を見せてやるわ。これを解き放てば、おまえたちなどっ……」

「よせ！　解き放てば最後、おまえは死ぬ」

「……え？」

憎悪の限りを尽くし、白玲と冬惺を罵《ののし》っていた花青公主の口が凍りつく。

白玲は一度大きく息を吐くと、意を決したように話しはじめる。

「腹の中の赤子が屍王かどうか。屍王ですら、生まれるまでわからない。これがどういうことか、気づいた時には正真肝が冷えた。屍王であれ、どんな邪悪であれ、女人の胎内に隠してしまえば見えなくなる」

「……まさか、贋物は花青公主の胎内に梟炎を宿したと？」

あまりにも常軌を逸した非道に、さしもの冬惺も顔色を変える。

「おそらくは、神力を固めて、砂状に砕いたものを薬とでも称したんだろう。考えもしなかった。女人の腹に梟炎を潜ませるなど」

白玲は高湛に視線を向ける。

「高湛。おまえは奇師から、力を授けるなどと言われて、薬を与えられていたのではないか？　そして、それを花青公主に飲ませ続けた」

高湛は黙って瞑目《めいもく》する。

その仕草はどこか、己の罪を認めているように見えた。

花青公主は震えながら、自身の腹に両手をあてる。

「さっきから、何を言っているの？　確かに、私は薬を……でも、決しておぞましいものではないわ。あれは屍王を滅ぼすための……そう、そうよ！　薬で授かった力でおまえを討ち果たせば、奇師様は母様を生き返らせてくれると約束してくれた！」

「そんな話はすべて嘘だ。花青公主、奇師がおまえに与えたのは力じゃない、梟炎という化生《けしょう》だ。解き放てば最後、おまえは腹を裂かれて死ぬ」

「……嘘、嘘に決まっている！　私から母様を奪った、おまえこそが正真の化生じゃない！　屍王の言葉など信じるものかっ」

「いまならまだ間に合う。腹の中の梟炎は俺が必ずなんとかする。だから、花青公主。俺の言葉を聞き入れろ」

「い……嫌よ！　私は母様を取り戻すの！　父様と母様に慈しまれた幸せな日々をもう一度、この手にっ……」

「いい加減に目を覚ませ！　奇師に従ったところで青簫は甦らん！」

「そんな……ねえ、高湛。屍王の言うことなんて、嘘よね。私のお腹に化け物がいるとか、母様が生き返らないとか。そんなの、そんなの全部嘘でしょ？」

花青公主は高湛に縋《すが》りつき、泣き叫ばんばかりに問う。

高湛は苦しげに呟き込みながら、それでも擦《かす》れた声を上げた。

「……白玲様。青簫様の反魂は元より、花青公主の命が危ういというのは……まことなのでしょうか」

「ああ」

「左様でございますか……」

高湛は深く深く胸郭を上下させると、花青公主を仰ぐ。

「花青公主……どうか白玲様に助けを請うてください」

「高湛……何故、そんなことを言うの？　どうして——」

「私は、青簫様に生涯をかけて貴女《あなた》をお守りすると誓いました……たとえ青簫様を取り戻すためでも、貴女を死なせては意味がない……」

「馬鹿を言わないで！　一緒に母様を甦らせようと言ったのは貴方じゃない。今更そんなことを言われても、私……」

「ずっと解せませんでした。何故、薬を飲むのが私ではなく、貴女でなければならないのか……ですが、白玲様の話を聞いて遅ればせながら腑《ふ》に落ちました。だからこそ、奇師は女人の貴女にこだわったのだと」

高湛は震える手を花青公主に伸ばす。

「どうか、どうか白玲様に助けを……不穏な気配を感じながら、私は奇師の甘言に逆らえなかった。なんとしても、いまひとたび青簫様にお目にかかりたい。その欲に私は負けたのです。青簫様の願いや貴女の命より、我欲を優先してしまった……」

「こ、高湛。私は……」

花青公主も高湛の手を取ろうとする。

けれど、差し出しかけた手は途中で止まった。

「あ、ぎっ……いた、痛いっ！　なに、お腹が……あ、ああああああっ！」

両手で腹を抱えながら、花青公主が叫ぶ。

一体どれほど耐え難いのか、その絶叫は聞く者の身も竦《すく》ませるほどに凄愴《せいそう》だった。

「嫌っ、痛いぃっ……高湛、助けて！　高湛っ」

「か、花青公主……」

「どけ！　離れていろ！」

白玲は駆け寄るや、高湛を押しやり、花青公主の腹に両手をあてる。

とにかく、蠢《うごめ》き出した梟炎を抑えなければならない。

白玲は深衣《しんい》の肩を指先でなぞり、神力の水を現出させると、それを花青公主の腹部の上下左右に点々と置いていく。

さらに、その、四点を支柱に神力を方形に張り、腹部全体を覆う。即席の結界で梟炎の動きを封じたことで痛みが薄らいだのか、花青公主は瘧《おこり》のように震えながらも悲鳴を止めた。

「あ、ひっ……」

「動くな、じっとしていろ」

身じろぎ、逃げようとする花青公主を制しつつ、白玲は必死に考える。

必ずなんとかするなどと大見得を切ったが、胎内の梟炎の対処法など、備えられた知識を底の底までさらえてもない。単純に梟炎を狩るのとは訳が違う。中の梟炎をいったん封じたことも正しいのかどうかわからない。

だが、誓った以上はやるしかない。いまこの事態をどうにかできるとすれば、屍王である己以外にないのだから。

共に駆けつけた冬惺はかたわらに膝《ひざ》をつき、事態を静観している。

しかし、危機に瀕せばすぐさま剣を抜けるように備えている。

万が一にも花青公主ごと梟炎を斬らねばならない事態になれば、己が負うつもりでいるのだろう。

白玲の頬から汗が滴る。

冬惺に余分な咎《とが》を背負わせぬためにも絶対に失敗はできない。

神力や霊力は肉体を透過する。まずは自分の神力を胎内に浸ませていき、そこに巣くう梟炎と一体化させる。そうすれば、花青公主の身体を傷つけることなく外に取り出せるはずだ。

白玲はゆっくりと呼吸をこなしながら、あるだけの集中力をふり絞って花青公主の胎内を探っていく。

指先に梟炎の微《かす》かな抵抗を感じるものの、ちゃんと抑え込めている。

だが、すでに覚醒《かくせい》している以上、いずれは抑え切れなくなる。とはいえ、このうえ神力を上げれば花青公主に危険が及びかねない。

ここが時機だと意を決し、白玲は慎重に両手を持ち上げていく。

少しずつ少しずつ、花青公主の腹のあたりから水の薄膜で覆われた球体が浮かび上がってくる。

花青公主は息さえままならず、ひたすら震えるばかり。それを背中から支える高湛もまた、死人のような土気色《つちけ》の顔をしていた。

やがて……水球は完全に姿を現し、花青公主の腹の上に浮かび上がる。

だが、限界とばかりに、次々と水球の表面に亀裂《きれつ》が走り出した。

取り出してしまえば、もう花青公主に影響は及ばない。白玲は神力を強め、中の梟炎を抑え込もうとしたが……遅かった。

間に合わない、破られる。

白玲は舌を打つと、力の限りで水球を投げる。

空を切る水球が石畳を打とうとした――瞬間。

まるで卵の殻を破るように、長い長い、漆黒の何かが水の膜を打ち割り、宵闇の空に浮かぶ三日月めがけて上昇していく。

それはものすごい勢いで昇るだけ昇ると、今度は一直線に降りてくる。

石畳を砕く轟音《ごうおん》と共に、白玲たちの前に降り立ったのは、もうもうと燻《くすぶ》る黒い炎を全身にまとった一匹の大蛇だった。

白銀の鱗《うろこ》にびっしりと覆われた長い胴体に、しなりを上げる尖《とが》った尾。さらに眼球は血のように赤く、大きく裂けた口から目玉よりさらに赤い舌を覗かせていた。

その姿に、花青公主があたりを切り裂かんばかりの悲鳴を上げる。

こんなものを胎内に宿していたのだと突きつけられれば無理もない反応だろう。

「凜々、宵胡！　皆のことを頼む！」

白玲が侍女たちに命じる。

それと同時、大蛇はしゅうと唸《うな》りのような音をたてたかと思うや、すさまじい速さで玄冥宮目がけて這《は》いはじめた。

「追うぞ！　花青公主の胎内で育ったあの梟炎は玄冥宮に入ることができる。俺が許したからな」

白玲が冬惺に伝えるが早いか、大蛇は扉を突き破り、玄冥宮に侵入していく。

「翠炎《すいえん》を囮《おとり》にしてまで、花青公主を救おうとされたのですか？」

聞かずとも、概《おおむ》ね察しているのだろう。

梟炎を追いながら冬惺が尋ねてくる。

「……違う。俺は花青公主を試した」

白玲の胸中に自己嫌悪が満ちる。

贋物の目論見《もくろみ》に気づいてすぐに、花青公主と高湛を疑った。花青公主の罵倒《ばとう》通り、黒白を見極めるために、玄冥宮に入る許可を与えた。救いたかったという気持ちも嘘ではないが、純粋な思い遣《や》りとは決して言えない。

「ですが、白玲様は花青公主を救いました」

「結果的に上手《うま》くいっただけだ」

「どうであれ、貴方《あなた》が助けたことは事実です。仮に試したことが罪だとしても、花青公主も貴方を欺こうとしました。この件で貴方が苦しむ必要はありません」

冬悍は断言すると、危機的状況にもかかわらず白玲に笑いかける。

「翠炎を囮にした罪は私が許します。そして、必ず守り抜きましょう。白玲様と私で」

まるで温かい手をあてられたかのように、白玲は折り重なっていた罪の意識が和らぐのを感じた。

次いで白玲の心に英気が満ちる。

大丈夫、この先の危難も乗り越えられる。長らく心にかかっていた軛《くびき》から逃れ、そう信じられる己がいた。

「そうだな。俺と――」

わき上がってくる想いと共に、白玲はその名を口にしようとする。

しかし、それを遮るように、先を行く梟炎がけたたましい鳴音を上げる。その衝撃で祭殿の扉が弾け飛んだ。

濃密な春蘭香の帳《とばり》の向こうで、天縹萬樹《てんぴょうばんじゅ》に灯《とも》された数多《あまた》の翠炎が艶《つや》やかに揺らめいている。

翠霞娘娘の霊魂の欠片《かけら》たちを喰らい尽くさんと、大蛇は裂けんばかりに顎《あご》を開く。

しかし、一転。

美しい蒼《あお》い炎の群れは消え失《う》せ、かわりに山野が広がる。

止まろうとして、止まれる勢いではない。抗う暇もないままに、大蛇は渡水鏡《とすいきょう》に飛び込み、彼方《かなた》に消えた。

白玲と冬惺はそろって渡水鏡の前で立ち止まる。

「必ずここに来るとわかっていれば、罠《わな》を仕掛けるのは簡単だ」

「渡水鏡を張っていらっしゃったんですね。とはいえ、さすがに背筋が冷えました」

「約束通りに帰って来ないおまえが悪い。おかげで伝える間がなかった」

「申し訳ありません。失態は働きで返します」

「気負うな。何度も言うが、死ななければそれでいい」

行くぞ、という白玲の声で両者は梟炎を追って渡水鏡に飛び込む。

開かれた路《みち》が閉ざされれば、あたりは何事もなかったかのように静まり返る。

天縹萬樹の翠炎たちもまた、音もなく煌《きら》めくばかりであった。


渡水鏡を抜け、白玲たちが山野に下り立てば、そこには木々をなぎ倒しながら暴れる大蛇の姿があった。

「かなり大きいですね」

「そればかりか、神力も相応に強い。多少斬ったところで、すぐさま元通りだろう。急所一点を狙うしかない」

「急所……首でしょうか」

「ああ、そのあたりに神力の多くが集中している。首を落とせば——」

刹那《せつな》、背後で叫び声が上がる。

白玲と冬惺は驚き、そちらに視線をふる。少し離れた木々の合間に、猟師の一群が立っていた。

「何故、こんな夜更けの山中に人がいる？」

「夜狩りです。よりにもよって、こんな時に」

冬惺の言葉に、白玲も白碧《はくへき》の教えを思い出す。

なによりまず、あの者たちを逃がさなくては。

だが、白玲が動くより先に、梟炎は尾を震わせ、耳障りな鳴音をたてたかと思うや、顎を割り裂き、次々に黒い塊を吐き出す。

地面に散った塊がそれぞれに蠢《うごめ》く。かと思えば、塊から四肢が生え出て、鼬《いたち》に似た姿に変じた。

「あれはっ……」

「梟炎だ。あの大蛇が新たに梟炎を生み出した」

白玲は舌打ちする。

単純に神力が強いだけではない。贋物とまではいかないが、あの大蛇も他の梟炎にない能力と知恵を備えている。

そうするうちにも、鼬の梟炎が一斉に野を駆け出す。

しかし、狙いは白玲でも冬惺でもない。

小さくとも、鋭い牙《きば》と爪が矛先を向けたのは、想像を絶する脅威に慌てふためき、逃げ惑う猟師の一群だった。

「おまえは鼬どもを狩れ。大蛇は俺がなんとかする」

「ですが、白玲様」

「関係のない者たちを見殺しには出来ん。さっさと行け！」

「……っ、承知しました」

苦渋しながらも冬惺は身を翻し、鼬の群れを追う。

冬惺なら、猟師たちを守りおおせるはず。

そんな安堵《あんど》も束の間、大蛇の尾が唸りを上げて襲いかかってきた。

白玲は深衣の肩の水紋に触れ、水刃を作り出すと、迫り来る尾に目がけて放つ。

一閃《いっせん》、水刃で尾を断たれた大蛇が長軀《ちょうく》をよじり、激しく悶《もだ》える。

けれど、幾らも経たないうちに黒炎を噴き出しながら尾が再生する。思った通り、生《なま》中《なか》には狩れない。多少の傷は膨大な神力によって再生されてしまうようだ。

「やはり、首か」

白玲がつぶやくうちにも、次から次に大蛇は尾を繰り出し、黒炎を吐き出してくる。

執拗な攻撃を水で捌《さば》き、防ぎながら、白玲は首を落とす機を探る。

だが、さすがに手強《てごわ》く、なかなか隙を見出《みいだ》せない。冬惺がいれば、注意を引きつけてもらうところだが。

「戦力の分散を図るなど、随分と小賢《こざか》しいなっ」

憤懣《ふんまん》余って、白玲は悪態を吐く。

さりとて、状況は変わらない。冬惺が戻るまで、まだ刻《とき》がかかるだろう。

ならば、どうするか。

とにかく、尾でも胴体でも、削《そ》げるだけ削げば再生に時間を要するはず。その合間を狙えば、首を落とせるかもしれない。

手早く作戦を練り上げると、白玲は足を止め、その場に踏み留《とど》まる。

大蛇をギリギリまで引きつけて、至近距離から一気にたたみかける。白玲がかかげた両手に神力を集中させようとした――そのとき。

ごうっと、大蛇がまた黒い塊を吐き出す。

空中で散じたそれは四羽の醜悪な怪鳥となり、方々から白玲に襲いかかってきた。

「本当に鬱陶《うっとう》しいな！」

白玲は苛立《いらだ》ちを込めて右、左と手をふるう。

網状に広がった右手の水が瞬く間に二羽捕らえると、そのまま締め上げ砕く。残りの一羽も左手で放った水刃で裂き、白玲は残る一羽に視線を巡らす。

最後の一羽を追った先、身を翻した白玲の目に、木陰の片隅で腰を抜かして蹲《うずくま》る少年が飛び込んできた。

先程の猟師の一団のひとりだろうか。恐怖で逃げる方向を誤ったか、はたまたそもそも逃げられなかったのか。

どちらにせよ、細かいことはどうでもいい。

白玲は少年に喰らいつかんとしていた最後の一羽目がけて両手をかざす。

左右の手のひらから一直線に噴き出した激流に穿《うが》たれた怪鳥がギャッと嫌な鳴き声を上げ、砂塵《さじん》と散っていった。

「逃げろ！　早く！」

白玲が叫べば、少年は雷に打たれでもしたかのように飛び上がり、這々《ほうほう》の体《てい》ながらも逃げていく。

ほっとしながらも、白玲は苦しげに胸を押さえる。

流石に、ここまで立て続けに神力を放出すると息が切れる。

だが、休んでいる暇はない。

大きく開かれた大蛇の顎が目と鼻の先に迫っている。いますぐ斬り裂かねば今度は己が危ない。

白玲は乱れた呼吸を飲み込みながら、大蛇の牙を横合いに躱《かわ》し、早急に集めた神力を刃にして下顎《したあご》を落とす。

衝撃で大蛇が大きく仰《の》け反《ぞ》る。

その隙に胴体も裂けば、大蛇はもんどり打って地面に横倒しになった。

好機の二文字が白玲の脳裏を過《よぎ》る。

いまなら首を――消耗から決着を急ぎ、つい背後の警戒を怠ってしまった。

「白玲様！　うしろをっ」

冬惺の声と迫り来る脅威の気配。

その両方に白玲はふり返る。

すでに風を感じるほど近くまで、大蛇の鋭利な尾の先端が迫っていて――避け切れないと覚悟した瞬間、体当たりするように冬惺が覆い被《かぶ》さってくる。

身体が浮遊感に包まれて、白玲と冬惺は共にそのまま地面に倒れ込む。

したたかに背中を打ちつけたが、痛みなど感じなかった。白玲を抱え込む恰好《かっこう》で倒れていた冬惺が先に身を起こし、白玲の腕を取って引き起こしてくれる。

幸い、大蛇にとっても決死の一撃だったらしく、いまはのたうちながら再生に必死になっている。この隙に仕掛ければ、狩れるはずだ。

それもすべて、冬惺の助けがあったから。でなければ躱せなかった。

如何《いか》に治癒が可能でも、これほど切迫した状況ではその猶予を得るのは難しい。本当に助かった。そう思いながらも、白玲の心は怒りに尖《とが》る。

「おい！　身を擲《なげう》つような真似はするなと、あれほど――」

「白玲様……ご無事で。良かった……」

どうして、冬惺の声がこんなに弱々しいのか。

訝《いぶか》しく思うのと同時、濃く生々しい血の臭いが白玲の鼻腔《びこう》を突く。

「……おまえ、それ」

「……申し訳ありません。避け切れませんでした」

夥《おびただ》しい鮮血が冬惺の腹部を染め上げている。

止め処《ど》なく流れる血は冬惺の身体だけではなく、足下までしとどに湿らせていた。

自分を庇《かば》ったせいで、かわりに冬惺が大蛇の尾に貫かれた。

思い至った瞬間、白玲の中で何かが潰《つぶ》れた。自分でも意味がわからない叫びを上げながら、白玲は倒れかけた冬惺の身体を搔《か》き抱《いだ》く。

「だから、あれ、あれほど死ぬなと……なんでこんな、どうしてっ」

「……お詫《わ》びの言葉も……貴方《あなた》を遺《のこ》して死ぬなど……」

「そんな言葉を口にするな！　おまえは大丈夫だ、絶対に死んだり……」

「私は……死にます。その証拠に、まるで痛みを感じない……」

冬惺は深く息を吐くと、末期《まつご》の力をふり絞るように言葉を紡ぐ。

「白玲様、最後にお願いが。どうか私の死に心を……痛めないでください。貴方を傷つけることだけは……したくない……」

「だから、おまえは死なん。さっきから、何度も言って……」

こぼれそうになる涙を必死に堪《こら》えながら、白玲は懇願めいた声でその名を呼ぶ。

失う日が来るのが怖くて、ずっと口にすることができなかった名を。

「……冬惺っ。冬惺、死ぬな！　頼むから、生きて……」

されど、返事はない。

かわりに、白玲の身体にかかる冬惺の重みが増す。

着実に近づいてくる死に心底震え、白玲は胸中で咆哮する。

駄目だ、嫌だ。こんなことは絶対に認められない。

白玲が地面にへたり込めば、なだれるように冬惺の身体も膝《ひざ》の上に倒れ込んでくる。

ここに至ってなお、冬惺は剣を手放していなかった。

命果てても剣は離さず。

この体現だけは二度と目にしたくなかった。

漏れそうになった嗚咽《おえつ》を堪《こら》えんと、白玲は唇を強く噛《か》む。

仰向《あおむ》けになった冬惺を両腕で抱えながら、白玲はその顔を見下ろす。

血の気は完全に失《う》せていて、意識もすでにない。胸に手を当ててみても、搏動《はくどう》はほとんど感じられない。

しかし、それでも。

まだ、死んでいない。

だとすれば……白玲がそれを思った瞬間、表皮を裂かんばかりに心臓が大きく波打つ。

酷《ひど》い耳鳴りと頭痛も襲ってきて、危うく意識を失いかけた。

白玲は死に物狂いで正気を立たせ、痛みや眩暈《めまい》を抑え込む。

わかっている。これは罪に対する警鐘だと。

屍王の本則は霊魂に刻まれている。それを破る恐怖は筆舌に尽くしがたい。

しかも、これは世の理《ことわり》にも反する。到底許されることではないと、霊魂に根づく本則が白玲の過ちを戒め、正そうとしてきているのだ。

この罪がどれだけ重いか、全身全霊にかかる痛苦で知れる。犯せば最後、途轍《とてつ》もない罰が下るかもしれない。

だが、それがなんであろう。

冬惺を失う恐怖に比べれば、どんな痛みも苦しみも些末《さまつ》だ。

白玲は冬惺の顔を両手で包むと、身を屈《かが》めて口づける。

屍王の本則の桎梏《しっこく》さえふり切れば、難しいことは何もない。

治癒を望み、神力を注げば叶《かな》う。

戻って来い、ここに。俺のそばに……懇願の最中《さなか》、微《かす》かな息吹を感じて、白玲は慌てて唇を離す。

蒼白《そうはく》だった頬に血の気が差している。そう感じた矢先、覗《のぞ》き込んだ冬惺の瞼《まぶた》が震え、ゆっくりと開いた。

「……白玲様？」

驚きと戸惑いが混じる声で冬惺が名を呼んでくる。

白玲は勢い込んで答えかけて――言葉を失う。

こちらを見上げる冬惺の右目、その虹彩《こうさい》に浮かぶものを認めた瞬間、白玲は己が犯した真の罪を知った。

歓喜から一転。

白玲が再び絶望に落とされた瞬間、頭上から影が射す。

今更ながらに大蛇の存在を思い出して、白玲は顔を上げる。

眼前では、ようやく顎《あご》と胴をつなぎ合わせた大蛇がこちらをなぎ払わんとばかりに尾をふり上げていた。

とにかく攻撃を防ごうと、白玲は神力を放つために両腕をかかげる。

けれど、それより先。

弾《はじ》かれたように起き上がった冬惺が決して放さなかった剣をふるい、いまにも唸《うな》りを上げようとしていた尾を一刀のもとに両断した。

白玲は呆然《ぼうぜん》と冬惺の背中を見つめる。

冬惺が生きて、動いている。

そのことに不思議はない。

他ならぬ、白玲自身が屍王の本則を破り、死の淵《ふち》から立ち返らせたのだから。

おかしいのはそこではなく、冬惺の力だ。

幾ら腕利きの鬼方士でも、冬惺はあくまで人だ。これほど神力が強く、巨大な梟炎を一刀で斬り裂くなど人の力では出来ない。

そのはずなのに。

冬惺は留《とど》まることなく踏み出すと、返す刃でまた一閃《いっせん》。さらに胴を斬り裂く。均衡を失った大蛇の巨体が再び地面を打った。

「白玲様！　首を！」

冬惺の声に白玲は我に返る。

胴のみならず、尾も断たれているいまなら隙を突かれる心配はない。

白玲は立ち上がると、足下に広がる冬惺の血に意識を凝らす。

「地を染めし血汐《ちしお》よ……屍王の命に従え」

白玲が両手をかざした先で、地面から浮かび上がった冬惺の血が集まり、円輪を成していく。

霊力の高い冬惺の血は強力な武器だ。白玲は己の神力がいっそう研ぎ澄まされていくのを感じながら、手をふり下ろす。

赤い円輪は鋭くしなり、ほとんど音も立てずに大蛇の首を鮮やかに斬り裂いた。

急所を断ち切られた大蛇は断末魔の叫びすら上げることなく、裂かれた箇所からぼろぼろと砕けだし、灰燼《かいじん》のように崩れ去っていく。

終わった……白玲は虚脱し、地面にくたりと座り込む。

緊張が解けていくかわりに、激烈な罪悪感が全身を苛《さいな》んでいく。

自分は一体、何をしてしまったのだろう。

白玲は己の両手を見下ろす。犯してしまった罪の重さに震えが止まらなかった。

「白玲様！」

冬惺の呼び声に、白玲は大きく身を縮める。

どうか見間違えであって欲しい。

偶々《たまたま》、天上の月が映り込んだだけだったと。

冥府の神々に縋《すが》りながら、白玲は顔を上げる。

だが、祈りも虚《むな》しく、駆け寄って来る冬惺の右の虹彩に浮かぶそれが目に飛び込んできた。

白銀に煌《きら》めく三日月。

それは紛《まご》うことなき白玲の罪の証《あかし》だった。

終

玄冥宮《げんめいきゅう》の最奥である祭殿。

天縹萬樹《てんぴょうばんじゅ》を前にしながら、白玲《はくれい》は祭壇に背を預け、床に座り込んでいた。

大蛇の梟炎《きょうえん》によって壊された扉はすでに修復されている。

玄冥宮には九玄大帝《くげんたいてい》の神力が宿っている。

仮に破壊し尽くされたとしても、一夜で元の姿を取り戻せる。当然、他の箇所も復元されており、玄冥宮は何事もなかったかのように泰然とそびえ立っている。

同じように、過ちも直すことができればどれほど良いか。

そんな埒《らち》もないことを考えながら、白玲は抱えた膝に顔を埋《うず》める。

己の罪を目にしてほどなく、白玲は意識を失った。

神力と体力を限界以上に消耗したうえに、強い衝撃を受けた結果だろう。

次に目を覚ました時、白玲は玄冥宮の自室にいた。

誰が、どうやって連れ帰ってくれたかなど、考えるまでもない。

枕元に居並んだ凜々《りんりん》と宵胡《しょうこ》からは、冬惺に抱えられた姿を見た時は息が止まりかけたと涙ながらに訴えられた。

また、双方から矢継ぎ早に繰り出される話から、白玲は己が一昼夜眠り続けていたことを知った。

そして、侍女たち同様、枕頭《ちんとう》で案じ続けていたであろう冬惺の姿を見た瞬間、白玲は罪の意識に耐え切れず、寝台から飛び出していた。

とはいえ、所詮《しょせん》逃げ場などない。

無駄な抵抗と知りながら、白玲は夜着のうえに裸足《はだし》のまま祭殿に駆け込み、叱られた童のごとく祭壇の裏に身を潜めている。

こんな風にうずくまっていたところでどうにもならない。

やるべきこと、やらねばならないことは頭ではわかっている。

だが、どうしても身体が動かない。

白玲がいっそう身を縮めた時、こちらに向かってくる足音が聞こえてきた。

一瞬、渡水鏡《とすいきょう》を開いて逃げようかと本気で考えた。

しかし、胆力をふり絞って踏み留まる。

いまここで逃げれば、次はもっと怖くなる。

やってしまったことから、目を背けてはならない。こぼしてしまった水は、決して盆には返らないのだから。

扉の向こうで足音が止まる。

少しの逡巡《しゅんじゅん》を置いて、静かな声が語りかけてきた。

「――入ってもよろしいですか？」

のろのろと、白玲は顔を上げる。

駄目だと言ったところで諦《あきら》めはしない。こちらが良いと言うまで、冬惺は扉の向こうに立ち続ける。はじまりがそうであったように。

観念して、白玲は右手をふる。

扉が開く重たい音に続き、中に入ってくる冬惺の足音が堂内に響いた。

冬惺はゆっくりと、しかし迷いなく近づいてくる。

縮まっていく距離に耐え切れず、白玲は再び面を伏せる。

情けなかったが、やはり改めて己の罪を目にするのは怖かった。

冬惺はいよいよ間近に迫り、一歩の距離を置いて止まる。

かわたらに膝《ひざ》をつく気配を感じてもなお、白玲は顔を上げることができなかった。

「……ここは冷えます。夜着のままでは御身体に障るかと」

言葉のあとに衣がはためく音がして、両肩がふわりとした感触に包まれる。

なによりもまず、こちらの身を慮《おもんぱか》る冬惺の態度に白玲の胸がいっそう塞《ふさ》いだ。

「靴も履かれた方が。失礼しても？」

白玲は答えなかったが、冬惺は拒まないことから良いと判断したのだろう。童子にしてやるように白玲の足をそっと持ち上げ、右、左と靴を履かす。

触れる手はどこまでも優しく、怒りは欠片《かけら》も感じられない。

己はとんでもない罪を犯してしまった。

けれど、それさえも冬惺は許す。

わかっていたから逃げ出した。許されてしまうことが怖かったから。

だが、もう逃げる訳にはいかない。

「……すまない」

白玲は顔を伏せたまま、それでも心底からの想いで詫《わ》びを口にする。

「俺は、おまえに取り返しのつかないことをしてしまった。謝って済むとは思わん。だが、それでも……本当にすまなかった」

しんと、堂内に静寂が満ちる。

ちり、ちりりと、翠炎《すいえん》が微《かす》かに揺らぐ音がやたらと大きく聞こえた。

「白玲様は、私を助けたことを後悔しておいでですか？」

しばしの沈黙を置いて、冬惺が口を開く。

その言葉に白玲は思わず顔を上げた。

「後悔などするかっ。そんな半端な覚悟で、屍王《しおう》の本則を踏み越えられるものか。俺が、どれだけ――」

こちらを静かに見つめる冬惺と視線がかち合い、白玲は息を呑《の》む。

冬惺の右の虹彩《こうさい》に浮かぶ白銀の繊月は白玲の罪の証《あかし》だ。

さっき口にした言葉に嘘はない。

冬惺を助けたこと自体は悔いてはいない。

だが、それでも後悔と呼ぶ他ない感情に心がかき乱される。

「……失いたくない。その一心で、俺は死の淵《ふち》からおまえを引き戻した。屍王の本則を忘れるほどに必死だった。だが、俺の身勝手な願いが、おまえを人の範疇《はんちゅう》から外れた生きものにしてしまった……」

後戻りが利かない地点に立って、白玲はようやく己の真の罪を知った。

屍王の本則を破ったことではない。

冬惺の霊魂と身体を無理矢理に変容せしめてしまった。それこそが白玲の罪だ。

どこまで、またどのように歪《ゆが》めてしまったのか。詳しいことはわからない。けれど、人でなくなってしまったことだけははっきりしている。

「俺は、俺のためにおまえの運命をねじ曲げた。おまえの意思や尊厳を気に懸けずに、ただ自分の欲を押しつけた。それは断じて、許されることじゃない」

「あのとき、私は生きたいと願っておりました。貴方《あなた》を残して死にたくはないと。紛れもなく、それは私の意思です」

冬惺は答えながら、白玲の右手に自分の手を重ねてくる。

白玲は身を竦《すく》める。

許すと、無言で伝えてくるその手は泣きたくなるほど温かかった。

「私のことより、貴方が無事で本当に良かった……。貴方が倒れた時、恐怖で我を失いかけました。屍王の本則を破り、私を助けたことで罰が下ったのではないかと」

「俺の心配をしている場合じゃないだろ」

白玲は呆《あき》れ混じりに声を荒らげる。

冬惺の変容同様、屍王の本則を破った白玲に罰が下るかどうか、それも不明瞭《ふめいりょう》である。いまは生かされても、この先も同じかどうか。だが、いま案じるべきはそこではない。

「本当にわかっているのか？　五岳《ごがく》にも戻れないかもしれないんだぞ」

「確かに、五岳に知れたら厄介ですね……そうだ、あのときの術を教えていただけますか？　楼門の上で使われていた、神力と気配を消してしまうあれです」

冬惺の目論見《もくろみ》を知り、白玲は愕然《がくぜん》とする。

「五岳を謀《たばか》るつもりか？　もし、バレたらどうする？　五岳はおまえにとって、家同然の存在だろ。俺のせいで失うようなことになれば……」

「心配しないでください。必ず隠しおおしてみせます」

「うるさい！　嘘ひとつ満足に吐けないおまえにできるはずないだろ」

「白玲様に仕え続けるためなら、やってみせます」

「…………おまえというやつは」

もはや、どうすればいいのかわからない。

白玲は肩を落とす。

「こんな、何も彼《か》もおまえから奪って、俺はどうすればいい？　返してやれるものなど、何もないのに……」

「返す必要などありません。私はすでにいただいております」

「何をだ？　俺がおまえに何を与えてやったという？」

「屍王の本則を破るほどに、白玲様は私を望んでくださった。私には十分な褒美です」

冬惺は迷いなく言い切ると、強い覚悟を宿した目で白玲を見据える。

「白玲様。私はやはり、贋物《がんぶつ》をこの手で斬りたい。なんとしても、悠炎《ゆうえん》の誇りと想いを取り戻したいのです。戦いの際、贋物は私と共に崖から落ち、河川の流れに消えました。ですが、それで潰《つい》えたとは到底思えません」

「……そうだな。やつは絶対に生きている」

「あれを生かしてはおけません。また花青《かせい》公主や高湛《こうたん》殿のような者を出さぬためにも」

「……あのふたりはどうなった？　あと、霖雨《りんう》の馬鹿も無事か？」

「凜々殿と宵胡殿の手当が功を奏し、霖雨殿はすでにすこぶるお元気です。花青公主と高湛殿の狼藉《ろうぜき》に関しても、口を噤《つぐ》んでくださっています。それが白玲様の望みだと、察しくださっているようです」

白玲は密《ひそ》かに胸をなで下ろす。

霖雨の、悪い方に利きが良い機転にはあしらわれてばかりだが、今回は助けられたと言わざるを得ない。さぞ高い対価を求められるだろうが、それもまた目を瞑《つぶ》ろうと思える。

「花青公主と高湛は？　どうしている？」

「霖雨殿からうかがう限り、花青公主は健勝とは言い難いようです。それでも、高湛殿がついておりますし、李昭儀《りしょうぎ》も助けになってくださっているとか」

「そうか……」

白玲はうつむき、息を落とす。

あれだけのことがあったのだ。心身共に負った傷がすぐに癒《い》えるはずもない。

花青公主と高湛がこれからどう生きていくにせよ、白玲にできることは恙《つつが》なくあれと願うだけだ。

「白玲様」

名を呼ばれて、白玲は冬惺に視線を戻す。

冬惺は真っ直ぐに白玲を見つめると、改《あらた》めて話しはじめた。

「私は貴方が与えてくださったこの命を以《もっ》て、また共に戦っていきたい。屢物を狩るために、また貴方を屍王の使命から解き放つために」

「俺を……？」

「屍王の使命はすべての梟炎を狩り、翠霞娘娘《すいかにゃんにゃん》の霊魂をひとつにすること。それを成し遂げれば、貴方は玄冥宮という楔《くさび》から解放されるかもしれない」

白玲は驚きに瞬《まばた》く。

使命に終わりが来るなど、いまのいままで想像だにしたことがなかった。自分も白碧《はくへき》やそれ以前の屍王たち同様、途上に散りゆくものとばかり思っていた。

だが、冬惺の言う通り、狩りを続けていけばいつかは終わりがくる。そのときが自分の代であるはずがないと、どうして断言できようか。

かつてない高揚に白玲の心底が熱くなる。

それはあまりに甘い夢想だ。

使命を果たし終える難しさは元より、遂げられたところで屍王が解放される根拠は何処にもない。役目は済んだと、消されてしまう可能性だってある。

だが、それでも。

「……共に在れば、叶《かな》えられると思うか？」

「ええ、必ず」

冬惺は言葉を示すように白玲の手を強くにぎると、そっと離す。

「ですから、どうかお許しください。これからも白玲様のそばに在ることを」

冬惺は片膝《かたひざ》をついた姿勢で背を正し、白玲に拱手《きょうしゅ》する。

真摯《しんし》な願いに、最後の迷いが消える。

白玲は冬惺に笑い返しながら、立ち上がった。

「わかった、許す。これからも俺のそばに在れ、冬惺」

すべての軛《くびき》を打ち捨て、白玲はその名を口にする。

深く深く、心に刻みつけるように。

掌編

山査子の約束

日毎《ひごと》、風の向きが北に傾いていく。

山野もまた、紅《あか》、黄と彩《いろ》づいた葉を一枚、また一枚と散らしはじめた。

贋物《がんぶつ》が花青《かせい》公主と高湛《こうたん》を利用し、巻き起こした動乱からひと月余り。かつてない危機に玄冥宮《げんめいきゅう》は大きく揺るがされた。この騒動が齎《もたら》した影響や変容は計り知れず、いまもって残る不安も少なくない。

だが、梟炎《きょうえん》を狩るという、屍王《しおう》の使命に変わりはない。白玲《はくれい》と冬惺《とうせい》は言うに及ばず、ふたりを支える凜々《りんりん》と宵胡《しょうこ》もまた、すでに日常を取り戻している。

重い使命を背負う、玄冥宮の日々は危険と緊張に満ちている。とはいえ、日中ともなれば、物々しい気配はいささか鳴りを潜める。

殊に今時分、日昳《にってつ》の下刻《げこく》（午後三時）頃は最も穏やかなひとときだ。その平穏を体現するべく、白玲は正房の座牀《ながいす》に寝そべり、心地好《よ》い微睡《まどろ》みに身を委ねていた。

「白玲様ー」

ふわふわとした揺蕩《たゆた》いの合間に、自分を呼ぶ朗《ほが》らかな声が滑り込んでくる。

白玲は瞼《まぶた》を開くと、のろのろと身を起こす。

頭の半分を眠りの中に置いたまま、垂れ下がってきた髪を雑にかき上げる。欠伸《あくび》をひとつしたところで、皿を手にした凜々が正房に入ってきた。

「白玲様……あら、お休みになられてましたの？」

「髪が酷《ひど》い有り様です。梳《す》き直さなくては」

凜々に続き、正房に入ってきた宵胡がため息を落とす。

「最近は昼間でも冷えるようになってきました。午睡の際には何か掛け物を。そのままでは風邪をひきます」

最後に入ってきた冬惺が心配過剰な言葉をかけてくる。

近頃の冬惺は凜々や宵胡以上に過保護で面倒臭い。無論、この事態は白玲にとって好ましいものではない。単純に鬱陶《うっとう》しいのもあるが、それよりなにより、そんな暇があるなら、もっと我が身を労《いたわ》れと言いたい。

白玲が神力を与え、死の淵《ふち》から引き戻したことで、冬惺は人ではなくなってしまった。その変容が心身にどんな影響を及ぼすのか、まったく未知数である。あれから冬惺は特に不調もなく過ごしているが、それでも白玲の不安は尽きない。

考え出せば、すぐさま埒《らち》もない怯《おび》えが胸をふさいでいく。モヤモヤとした暗がりから目を逸《そ》らしたくて、白玲は凜々が手にした皿に視線を向けた。

途端、まさに眼が覚めるような。そんな鮮やかな赤が白玲の目に飛び込んできた。

「それは、なんだ？」

白玲は皿に並んだ謎の赤――艶々《つやつや》とした小さな球体が五つずつ、細い竹で串刺《くしざ》しにされたものを指差す。

「冬惺殿が作ってくださいましたの」

「糖葫蘆《タンフールー》という、山査子《さんざし》の飴《あめ》菓子だそうです」

「作った？　これを？」

凛々と宵胡の答えに瞬《まばた》き、白玲は冬惺に視線を向ける。

驚きの眼差《まなざ》しを受けて、冬惺は面映《おもは》ゆげに苦笑する。

その右目に三日月は浮かんでいない。

祭殿で誓った通り、冬惺は白玲から学び、霊力を消す術を身につけた。

器用で几帳面《きちょうめん》な性質あってか、冬惺は霊力の細微な制御が上手《うま》い。その能力の高さは驚くほどで、いまでは白玲よりずっと巧みに術を使う。いささか悔しいので褒めたりはしないが、菓子作りの腕前同様、感心する他ない。

「そんな大層なものではありません。山査子の実に、溶かして煮詰めた糖を絡めただけです。雑胡同様、白玲様にお勧めするようなものでもないのですが……皇城からの荷の中に山査子の実を見かけて、ふと懐かしくなりました」

「懐かしい？」

「故郷の村にいた頃は、この糖葫蘆がなによりのご馳走《ちそう》でした。祭りなどの、特別な時にしか食べることができなかったので」

凛々が手にした皿に視線を向けながら、冬惺は目を細める。

柔らかな声や眼差しから、糖葫蘆と共にある思い出が温かなものであるのが窺《うかが》えた。

「……確かに、艶々として美味《うま》そうだ」

いつか、そこにある思い出も聞いてみたい。

白玲がそんなことを思ったところで、微《かす》かながら、外から美しい音色が流れ込んできた。

「あら、五絃琵琶《ごげんびわ》の音が。どうやら後宮の園林《ていえん》で宴《うたげ》が開かれているようですね」

「時節柄、錦秋《きんしゅう》の宴でしょう」

宵胡と凜々は話しながらも、そわそわと肩を揺らしはじめる。

外界とは関わらない。それが玄冥宮と屍王の在り様だが、物理的に閉ざされている訳ではない。後宮で宴が、特に園林などの屋外で開かれれば、いまのように華やいだ空気が伝わってくる。

玄冥宮での暮らしはにぎわいとは無縁だ。凜々と宵胡にすれば、後宮から漏れ聞こえてくる音曲でも慰めになるのだろう。

「外に行っていいぞ」

白玲が声をかければ、凜々と宵胡はぱっと顔を輝かす。

その様子を見ていた冬惺が口を開いた。

「それなら、糖葫蘆も外で食べませんか」

「外？」

「糖葫蘆は露店で買って、外で食べるものなんです。祭りなどでは、これを手に歩き回ったりします」

冬惺の話に、白玲は瞬く。

外で、しかも歩き回りながらものを食べるなど、想像さえしたことがない。そんなことをして良いのかと戸惑う反面、やってみたいという高揚感がわき上がってくる。

「そういうものだというなら……」

「まあまあ！　素敵な提案ですわ！」

「では、早速に」

白玲が腰を上げるより先に、凜々と宵胡が足早に扉に向かっていく。

侍女たちの勇み足に呆《あき》れながら、白玲も立ち上がる。

「おふたりが楽しそうでなによりです」

「……まあな」

冬惺の言葉にうなずきながら、白玲も外に向かう。

すでに開け放たれた扉を出れば、音曲がより鮮明となる。

凜々と宵胡はすでに橋の欄干に寄り、五絃琵琶に加え、しゃらしゃらと流れてくる簫《しょう》や箏《こと》、笛の音色に聴き入っていた。

白玲と冬惺が近寄っていけば、凜々がふり返り、皿からつまみあげた糖葫蘆を差し出してくる。

「どうぞ、白玲様」

「ああ」

少々ぎこちなくなりながら、白玲は糖葫蘆を受け取る。

凜々は冬惺や宵胡にも糖葫蘆を配ると、自分も一本取り、欄干の上に皿を置いた。

「白玲様」

「いただいてもよろしいですか？」

「好きにしろ」

わあと凜々と宵胡は喜びの声を上げると、早速糖葫蘆にかぶりつく。

「まあ、甘酸っぱくて美味《おい》しい！」

「飴がパリパリしていて、歯ごたえも良い」

「あら、曲が変わりましたわ」

「きっと、胡旋舞《こせんぶ》でしょう。鼓の音が華やかです」

凜々と宵胡は再び欄干に駆け寄り、音曲についてあれやこれやとはしゃぎはじめる。

「にぎやかで、本当に祭りのようです」

冬惺はふたりの様子をほほえましげに眺めながら、白玲に話しかけてくる。

「祭りか……」

それがどういうものか、知識なら持っている。だが、朱鴻《しゅこう》で妓女《ぎじょ》たちが花を撒《ま》くのをそれと勘違いしてしまったように、本当のところはわかっていない。

屍王が知る必要はない。そう言ってしまえば、そうなのだが……。

「いつか、行きましょう。使命を果たしたあとなら、構わないはずです」

白玲は驚き、冬惺を見上げる。

かち合った視線はいつもと同じく優しい。けれど、同時にたじろぐほどに強い決意を伝えてくる。共に在り、必ず使命を果たしおおせてみせると。

屍王は使命に関わること以外を知る必要はない。求め、欲する心もない。らしからぬ気持ちを抱くのは、己が異質であるから。屍王として間違った感情だと、ずっと抵抗と罪悪感を覚えてきた。

けれど、冬惺の誓いを許してから、抗《あらが》いは大きく薄らいだ。不安も同様。決してなくなりはしないが、それでも支え合う者の存在は白玲の心の闇をぬぐってくれる。

だから、こうして笑い、答えることができる。

「ああ、行こう。いつか、必ず」

冬惺は嬉《うれ》しそうに笑みを深め、糖葫蘆をかかげる。

「食べましょうか」

「そうだな」

白玲はうなずき、糖葫蘆を囓《かじ》る。

山査子の程よい酸味と飴の甘さが口に広がる。

美味いものだと、白玲は改めて笑った。

参考文献

『古代中国の日常生活　24の仕事と生活でたどる1日』荘奕傑　小林朋則訳（原書房）

『はじめての中国茶とおやつ』甘露（誠文堂新光社）

『図解　中国の伝統建築　寺院・仏塔・宮殿・民居・庭園・橋』李乾朗　恩田重直・田村広子訳（マール社）

『中国の伝統色　故宮の至宝から読み解く色彩の美』郭浩・李健明　黒田幸宏訳　鷲野正明監修（翔泳社）

『イラストと史料で見る　中国の服飾史入門　古代から近現代まで』劉永華　古田真一・栗城延江訳・監修（マール社）

『続民族衣装』オーギュスト・ラシネ（マール社）

『正版　古风汉服古潮志全2册《青青子衿》+《青青子佩》』漫友文化（新世纪出版社）

本書は書き下ろしです。この作品はフィクションであり、登場する人物・地名・団体等は実在のものとは一切関係ありません。

角川文庫発刊に際して

角川源義

第二次世界大戦の敗北は、軍事力の敗北であった以上に、私たちの若い文化力の敗退であった。私たちの文化が戦争に対して如何に無力であり、単なるあだ花に過ぎなかったかを、私たちは身を以て体験し痛感した。西洋近代文化の摂取にとって、明治以後八十年の歳月は決して短かすぎたとは言えない。にもかかわらず、近代文化の伝統を確立し、自由な批判と柔軟な良識に富む文化層として自らを形成することに私たちは失敗して来た。そしてこれは、各層への文化の普及滲透を任務とする出版人の責任でもあった。

一九四五年以来、私たちは再び振出しに戻り、第一歩から踏み出すことを余儀なくされた。これは大きな不幸ではあるが、反面、これまでの混沌・未熟・歪曲の中にあった我が国の文化に秩序と確たる基礎を齎らすためには絶好の機会でもある。角川書店は、このような祖国の文化的危機にあたり、微力をも顧みず再建の礎石たるべき抱負と決意とをもって出発したが、ここに創立以来の念願を果すべく角川文庫を発刊する。これまで刊行されたあらゆる全集叢書文庫類の長所と短所とを検討し、古今東西の不朽の典籍を、良心的編集のもとに、廉価に、そして書架にふさわしい美本として、多くのひとびとに提供しようとする。しかし私たちは徒らに百科全書的な知識のジレッタントを作ることを目的とせず、あくまで祖国の文化に秩序と再建への道を示し、この文庫を角川書店の栄ある事業として、今後永久に継続発展せしめ、学芸と教養との殿堂として大成せんことを期したい。多くの読書子の愛情ある忠言と支持とによって、この希望と抱負とを完遂せしめられんことを願う。

一九四九年五月三日

玄《げん》冥《めい》宮《きゆう》の屍《し》王《おう》

有《あり》田《た》くもい

令和6年 11月25日　初版発行

発行者●山下直久

発行●株式会社KADOKAWA
〒102-8177　東京都千代田区富士見2-13-3
電話　0570-002-301(ナビダイヤル)

角川文庫 24416

印刷所●株式会社暁印刷
製本所●本間製本株式会社

表紙画●和田三造

●お問い合わせ
https://www.kadokawa.co.jp/（「お問い合わせ」へお進みください）
※内容によっては、お答えできない場合があります。
※サポートは日本国内のみとさせていただきます。
※Japanese text only

ISBN 978-4-04-115495-3　C0193

◇◇◇